MEMÓRIAS DE UM Amor INESPERADO

MEMÓRIAS DE UM *Amor* INESPERADO

CIARA SMYTH

Tradução
Vanessa Raposo

Copyright © 2020 by Ciara Smyth
Copyright da tradução © 2023 by Editora Globo S.A.

Publicado mediante acordo com Rights People, London.

Todos os direitos reservados. Nenhuma parte desta edição pode ser utilizada ou reproduzida — em qualquer meio ou forma, seja mecânico ou eletrônico, fotocópia, gravação etc. — nem apropriada ou estocada em sistema de banco de dados sem a expressa autorização da editora.

Título original: *The Falling in Love Montage*

Editora responsável **Paula Drummond**
Editora assistente **Agatha Machado**
Assistente editorial **Giselle Brito e Mariana Gonçalves**
Preparação de texto **Luiza Miceli**
Diagramação e adaptação de capa **Julia Ungerer**
Projeto gráfico original **Laboratório Secreto**
Ilustração de capa © 2020 by **Spiros Halaris | @spiroshalaris | Illustration Division**
Design de capa original **Jenna Stempel-Lobell**

Texto fixado conforme as regras do Acordo Ortográfico da Língua Portuguesa (Decreto Legislativo nº 54, de 1995)

CIP-BRASIL. CATALOGAÇÃO NA PUBLICAÇÃO
SINDICATO NACIONAL DOS EDITORES DE LIVROS, RJ

S649m

    Smyth, Ciara

    . Memórias de um amor inesperado / Ciara Smyth ; tradução Vanessa Raposo. - 1. ed. - Rio de Janeiro : Alt, 2023.

    Tradução de: The falling in love montage
    ISBN 978-65-88131-98-5

    1. Romance americano. I. Raposo, Vanessa. II. Título.

23-83561   CDD: 813
         CDU: 82-31(73)

Gabriela Faray Ferreira Lopes - Bibliotecária - CRB-7/6643

1ª edição, 2023

Direitos de edição em língua portuguesa para o Brasil adquiridos por Editora Globo S.A.
R. Marquês de Pombal, 25
20.230-240 – Rio de Janeiro – RJ – Brasil
www.globolivros.com.br

Para Steph,
Nunca vou dançar de novo

1.

Eu não acredito em amor à primeira vista, almas gêmeas ou em nenhuma dessas besteiras que a gente vê nos filmes. Tipo aquela história de conhecer alguém por uma coincidência impossível, seus olhares se encontrarem e um amor verdadeiro e eterno desabrochar na hora. Li um monte de artigos elaborados defendendo como as comédias românticas estão voltando com tudo, mas acho que é só uma ressaca dos anos 1990 tentando se arrastar de volta à relevância. Tipo gargantilhas de plástico, sombras cintilantes para olhos e *reboots* de séries de TV.

O que eu acredito mesmo é numa boa pegação. Dar uns amassos, trocar umas beijocas, ficar de roça-roça, fazer um "splish-splash", arranjar um chamego... ou, para bom entendedor, beijar. Um belíssimo fenômeno que não recebe o merecido reconhecimento.

A ideia de ficar com alguém até a língua cair era basicamente tudo o que eu podia desejar da festa pós-provas, caso eu fosse, mas ainda não era suficiente para me tirar das minhas meias fofinhas e calças de moletom. Eu estava exausta. Havia passado duas semanas cansativas em um cômodo sem ar-condicionado, suando tanto com o típico calor do período de provas que minhas coxas faziam um som molhado toda vez que eu me levantava. Sem surpresas, porém, meu pai encontrou uma maneira de tornar a ideia de vestir roupas decentes e fugir para uma festa uma perspectiva agradável.

— Saoirse — a voz dele me chamou.

Se pronuncia Sir-cha, aliás. Eu sei que a Saoirse Ronan está internacionalmente cumprindo o dever de informar a todos que o correto é Sur-cha, e Deus sabe que ela é um tesouro nacional irlandês, mas se fala *Sir-cha*. Essa história realmente atrapalha a vida de todas as outras *Sir-cha*s do país. Não sei por que a coitada não pronuncia o próprio nome como eu quero.

Notei a empolgação na voz do meu pai, mas eu precisava de mais um minuto. Meu cérebro estava tão entorpecido que se recusava a mandar qualquer sinal para o restante do corpo. Tudo o que eu vinha armazenando na cabeça até poucas horas havia ido embora. Talvez seja assim que comece. Ou talvez isso aconteça com todo mundo. Sobre o que mesmo era a Guerra Franco-Prussiana? Isso lá me importava agora? Será que eu conseguiria soletrar a palavra "Württemberg"? Duvido.

— Saoirse, venha cá — meu pai chamou de novo, evidenciando um tom impaciente.

Forcei um sorriso e me lembrei de que ele estava tentando ser atencioso para variar. Cheguei a ver quando colocou uma garrafa de champanhe na geladeira ao voltar do trabalho umas duas horas atrás.

Em outubro, desde que eu conseguisse o tanto de notas máximas necessárias, eu pularia a poça para ir morar em Oxford, na Inglaterra. Minha mãe estudou lá também. Meu pai estava obcecado com isso. Contou para todo mundo que encontrava. Algumas pessoas fingiam interesse; outras, como o carteiro, paravam de tocar a nossa campainha. Graças ao meu pai, agora a gente precisava ir até a agência dos correios sempre que tínhamos uma encomenda.

Acho que ele pensava que a faculdade seria algo legal de ter em comum com a minha mãe, mas boas notas na escola não estavam na lista de coisas que eu me preocupava em compartilhar com ela. Quando me candidatei à vaga, Hannah e eu tínhamos acabado de terminar o namoro, então a ideia de colocar o Mar da Irlanda entre nós havia parecido muito boa na época. Mas, já em junho, a perspectiva cada vez mais real de abandonar minha mãe estava me deixando em dúvida. Na verdade, a dúvida era sobre essa história toda de faculdade. Eu só não podia contar isso para o meu pai, ou ele ia pirar na batatinha.

— Não temos taças de champanhe — disse ele quando entrei na cozinha. Papai apertou os olhos para as canecas no suporte. — Quer a de banana ou a listradinha?

Nossa cozinha era bem-iluminada e aconchegante, com uma prateleira de temperos bamba na parede e bagunça em toda superfície, livros de receitas com páginas coladas com molho e armários de madeira tortos construídos pelo meu avô quando a gente se mudou para cá e não tinha dinheiro para fazer coisas tipo reformar a cozinha. Mas meu pai não era exatamente um cozinheiro, então hoje em dia os temperos estavam empelotados e os livros de receitas só serviam para juntar poeira.

— A listradinha — respondi.

— Tá bom. — Ele abriu um grande sorriso e deslizou a mão pelo cabelo, ondulado e ainda preto, apesar de ele já estar chegando aos quarenta e cinco anos. No exato momento em que percebi isso, me dei conta de que ele provavelmente o pintava. — Então, prova de história hoje, né? Foi tranquila? Muita Bernadette Devlin e Bismarck?

— É, eu realmente não quero falar disso agora. Tô acabada.

— Tá bom, tá bom. Vamos brindar então. Temos muito pra comemorar.

Puxei a rolha da garrafa com um estouro satisfatório.

Tecnicamente, *eu* é quem tinha muito pra comemorar. O último ano da escola havia sido um inferno, somado com o Exame do Certificado de Conclusão do Ensino Médio, mas agora isso tinha ficado para trás e eu nunca mais precisaria voltar lá. Meu pai, por outro lado, não teria sequer percebido que minhas provas haviam acabado, não fosse pelo meu calendário colado na geladeira nos últimos nove meses. Ironicamente, ele sempre teve a memória fraca.

— Suas provas acabaram — anunciou meu pai, erguendo a própria caneca —, e você está indo para Oxford...

— A gente ainda não sabe disso — acrescentei rapidamente, meu estômago embrulhando.

— Eu tenho certeza de que você vai. E vai se divertir muito lá. — Ele hesitou, e eu percebi que estava se preparando para anunciar mais alguma coisa. De repente, eu sabia o que era, e meu estômago deu uma cambalhota descompassada.

Eu vinha implorando por meses para que ele deixasse mamãe voltar para casa. Meu pai sempre tinha na manga um milhão de justificativas pelas quais isso não fazia sentido, mas, por um segundo, meu coração se expandiu para dar espaço à esperança. Não seria perfeito, eu sabia disso, mas seria melhor do que o que tínhamos agora. Eu poderia vê-la o dia inteiro. Não apenas durante visitas de uma ou duas horas, o que é uma coisa muito diferente de se morar com a pessoa.

Eu poderia adiar Oxford e compensar o tempo que perdemos este ano. Depois, aí sim, eu estaria pronta para ir embora e todo mundo ficaria contente.

— Tenho notícias empolgantes. Sei que podem chocar um pouco. Queria ter contado antes, mas tem sido tudo tão complicado e você tem estado muito brava comigo.

As palavras dele não faziam sentido. Quer dizer, sim, eu andei brava com ele. Mas achei que estivesse escondendo isso espetacularmente bem, considerando como nunca me esgueirei para o quarto dele durante a noite para tacar fogo em tudo.

— Espero que você fique feliz por mim. — Tanto o copo na mão dele quanto a voz oscilaram.

Nada de bom começa com um *espero que você fique feliz por mim*. A frase sempre vem carregada com a conclusão implícita: *porque você não vai ficar feliz por si mesma*.

— Saoirse, querida, eu pedi a Beth em casamento.

Deixei minha caneca cair na mesa, fazendo o champanhe respingar e empoçar pela superfície. Meu pai soltou a própria caneca e ergueu as mãos, como em rendição.

— Olha, sei que você ainda não a conhece bem, mas você não deu a ela uma chance — disse ele.

Minha boca se abriu como se eu estivesse tentando responder, mas meu cérebro não tinha a capacidade de juntar as letras. Fechei a boca e fiz a única coisa madura possível nessa situação. Corri escada acima para o meu quarto.

O pequeno espaço entre a porta e a janela não era grande o bastante para que perambular de um lado para o outro fosse satisfatório, mas era o que tinha. Eu estava praticamente cuspindo fogo. Me perguntei se ele viria atrás de mim. Quando comecei a me sentir tonta, parei de andar e prestei atenção para tentar escutar os passos dele no corredor.

MEMÓRIAS DE UM AMOR INESPERADO 13

Momentos depois, ouvi a TV sendo ligada, os sons de algum esporte qualquer atravessando o teto.

Como ele podia fazer uma coisa dessas comigo? Com a minha mãe? Reuni mentalmente tudo o que eu sabia sobre Beth. Ela e meu pai estavam tendo um caso. Ela trabalhava em uma empresa de publicidade. Estava sempre tentando conversar comigo, e eu tinha o tempo todo que arranjar maneiras cada vez mais criativas de evitar esses bate-papos "amigáveis". Eu odiava o meu pai por ser tão fraco, por trair a minha mãe dessa maneira, por pular na cama da primeira substituta que havia aparecido, como se fosse possível trocar uma mulher por outra no minuto em que a primeira não servisse mais. E a forma como ele esperava que eu aceitasse isso era de enlouquecer. Mas esse tempo todo nunca achei que pudesse ser algo sério. Teria me preocupado se ela começasse a aparecer para jantar ou, pior, passasse a noite aqui, mas eles sempre saíam. Quando o meu pai não voltava para casa, eu tentava não pensar muito no porquê e me concentrar em ficar grata pela paz e pelo silêncio.

Na beira da cama, meu dedo vacilou sobre o nome de Hannah na minha lista de contatos. A tentação de apertar o botão de ligar era grande. Mesmo após oito meses, mesmo depois de tudo o que havia acontecido, eu ainda queria muito falar com ela. Queria ligar e me deixar mergulhar em sua voz, as palavras dela me acalmando apesar das coisas absurdamente razoáveis e totalmente sem emoção que ela de fato dissesse. Mas eu ansiava por algo que não existia mais. Era esse o problema dos términos de relacionamento. Você acha que já superou e então alguma coisa acontece e você se pega sentindo a perda toda de novo. Soltei o telefone. Não havia mais ninguém com quem conversar.

Mas não sinta pena de mim, ou sei lá o quê. Eu odeio que sintam pena de mim. É a pior parte de todos saberem que você não tem amigos. Eu não estou nem aí para a solidão; é a pena o que não consigo suportar.

Um dia, mais ou menos seis semanas depois do término apocalíptico, eu estava sozinha na nossa antiga sala de aula comendo um sanduíche quando minha ex-melhor amiga, Izzy, apareceu.
 Olha, sanduíche é literalmente uma das melhores coisas da vida. Não tem como superar comida unida por uma camada grossa de manteiga a duas fatias de pão. Mas não existe nada mais deprimente e patético do que se sentar sozinha para comer um sanduíche. É assim nos filmes o tempo todo. Sempre que querem mostrar o quão triste e solitário um personagem é, ele aparece comendo um sanduíche em sua escrivaninha, ou comendo um sanduíche em um banco de praça ou em frente à TV.
 Então lá estava eu, na minha, ouvindo um podcast sobre assassinatos macabros, com meu sandutriste em uma das mãos e rabiscando genitais masculinos na mesa com um compasso com a outra. Acho que os professores tendem a pensar que são só garotos que fazem esse tipo de pichação nas carteiras. Então se você é uma garota com inclinação para danificar patrimônio escolar, sugiro desenhar o clássico combo de pênis e bolas, já que os estereótipos devem te manter acima de suspeitas.
 Izzy girava a chave de seu armário em um dedo enquanto cantarolava a trilha de algum musical, tão alto que conseguiu invadir as descrições de desmembramento narradas em meus fones de ouvido. Eu costumava adorar a tendência dela de começar a cantar do nada, mas às vezes, quando você para de falar com alguém, passa a odiar coisas que antes você amava.

Não olhei para ela, mas percebi o momento em que notou que eu estava lá. O clima ficou pesado, e eu soube que Izzy estava pensando se deveria me evitar ou não. Tínhamos brigado feio por causa de Hannah, e eu não falava com ela havia duas semanas.

Fingi não perceber sua presença, embora eu estivesse contando cada segundo constrangedor e barulhento que se acumulava. Quando ela virou as costas, eu olhei de relance. Izzy encarava o seu armário. Os ombros dela murcharam. Foi quando eu soube que ela ia tentar ter uma conversa franca comigo. Minhas opções eram embrulhar meu sanduíche depressa e dar o fora dali ou aguentar seu esforço constrangedor de reconexão. Havia uma pequena possibilidade de ela querer me dar uma bronca, mas era remota. Izzy era uma pessoa gentil, sem tendência ao confronto. Era eu quem fazia o tipo "me sacaneie uma vez, tome gelo para sempre".

Já mencionei que eu sou um partidão?

Izzy puxou uma cadeira e se sentou de frente para mim. Removi os fones de ouvido e soltei um suspiro deliberado.

— Pois não? — perguntei, como se ela fosse uma professora me enchendo o saco por causa de um dever de casa não feito em vez de uma das minhas amigas mais antigas.

— Saoirse, vamos parar com isso. Nós somos amigas.

— Seu rosto era sincero, vulnerável. Ela realmente queria que eu abaixasse minha guarda e contasse como estava me sentindo.

Admito que cheguei a pensar no caso. Cortar relações com alguém demanda muita energia. As últimas duas semanas haviam sido algumas das mais solitárias da minha vida. Todo mundo com quem eu podia conversar tinha ido embora, não só na escola como em casa. Lidar com meus sentimentos por conta própria após anos da presença constante de

Hannah ou de Izzy era como tentar pastorear um bando de gatos selvagens para um curral. Mas eu não podia mais confiar em Izzy. Agora sobramos só eu e os meus gatos, e eu precisava me acostumar logo com isso.

— Nós *éramos* amigas, Izzy.

— É isso mesmo? A gente agora precisa ser inimiga só porque discordamos em uma coisinha? — Ela colocou a mão sobre a minha. — Nada mudou entre a gente.

Afastei minha mão e cruzei os braços.

— Não somos inimigas, Izzy — falei casualmente, como se isso não me incomodasse o bastante para me deixar irritada. — Não somos nada. Você escondeu algo muito importante de mim.

— Não cabia a mim te contar aquilo — disse ela. Pela quadragésima vez. Eu sabia que ela acreditava naquelas palavras, mas isso não tinha o mais remoto significado para mim.

— Eu não tô brava — menti. — Só não tô mais nem aí. Não se pode sair por aí permitindo que as pessoas saibam que elas te magoaram. Isso dá poder demais a elas.

— Então você vai passar o resto do ano sozinha? Sentada numa sala de aula vazia enquanto mexe no telefone?

E lá estava ela. A pena.

Ofereci a Izzy o meu melhor dar de ombros de "não estou nem aí" e coloquei meus fones de ouvidos de volta, apesar de parecer que ela ainda tinha mais coisa a dizer. A testa de Izzy se enrugou e seu lábio inferior tremeu. O tipo de expressão que uma criança faria se você arrancasse a cabeça do seu brinquedo favorito.

Apertei o botão de voltar até retornar ao trecho do podcast em que eu tinha parado de prestar atenção. Izzy esperou por um segundo. Continuar lutando ou desistir? Estava estampado na cara dela. Eu a imaginei finalmente perdendo a paciência e me mandando crescer, dizendo que amizades não acabavam simplesmente desse jeito. Mas ela não disse isso. Porque elas acabam, sim.

Pensar nessa história me deixou irritada com Izzy de novo. Quando Hannah e eu terminamos, acabei perdendo Izzy também, e a culpa era toda dela. Mas nos meses que se seguiram desde então, eu havia aprendido um truque bacana para lidar com todos esses sentimentos desagradáveis. Eu fingia que nada daquilo tinha acontecido e me concentrava em outras coisas.

Não é porque eu não tinha amigos que eu precisava virar uma eremita que fica trancada no próprio quarto como uma pária da sociedade. Rolei a tela de mensagens no meu celular em busca dos detalhes da festa pós-provas que eu havia planejado furar. A combinação de shots de vodca barata e garotas aliviadas com o fim das avaliações querendo ter novas experiências era a minha melhor opção para evitar ficar encarando a parede do meu quarto a noite toda, a situação constrangedora com o meu pai e o turbilhão infinito dos meus próprios pensamentos.

Olha, depois que Hannah e eu terminamos, criei uma regra: eu me recuso categoricamente a entrar num relacionamento. Um adendo importante à regra, uma cláusula B, se preferir, é que não beijo lésbicas nem garotas bissexuais. Com isso não quero dizer que elas iriam se apaixonar por mim ou que estão todas atrás de uma relação, mas há sempre a possibilidade. Cruzar essa linha pode me encrencar. Mas eu tenho um lance ótimo rolando. Toda garota da minha escola que quer experimentar ficar com uma menina sabe que (1) eu sou supergay e (2) eu não vou pedir elas em namoro depois da gente ficar. A gente se beija, cada uma vai pro seu canto, ninguém se machuca. Todo mundo ganha.

Hannah — quando éramos amigas e antes de sermos mais do que amigas — costumava reclamar de garotas assim, do tipo que só queria me usar para saber como era. E, sendo sincera, houve uma época em que eu teria concordado com ela. Tipo quando eu tinha catorze anos e Gracie Belle Corban disse que só tinha ficado comigo porque queria poder dizer a Oliver Quinn que já tinha beijado uma menina. Chorei no ombro de Hannah por uma semana por causa disso. Mas agora... bem, agora eu tinha outras prioridades. Contanto que ambas conseguíssemos o que queríamos, sem compromisso, nada mais do que uma bela e tradicional pegação entre garotas, que mal teria? Meu limite eram garotas que só queriam fazer isso para deixar os namorados com tesão. Mas uma menina que simplesmente estivesse a fim de satisfazer a própria curiosidade? Dessas eu caía em cima. Literalmente.

Soltei uma risada bufada quando finalmente achei a mensagem. É claro que era uma festa do bom e velho Oliver Quinn. As festas eram sempre dele. Oliver tinha uma casa enorme, e o único motivo para ele não ter ido estudar em uma escola particular metida à besta é que não havia nenhuma por perto. Então não seria tão terrível se eu acabasse vomitando nas roseiras da mãe dele. Não que eu ainda estivesse guardando ressentimento ou algo assim.

O texto no grupo dizia para as pessoas chegarem depois das dez da noite, o que significava que eu estaria esquisitamente adiantada, mas se eu não saísse logo, havia a possibilidade do meu pai me interceptar e me forçar a ter uma conversa profunda e significativa a respeito de sua atual noiva. Brincadeira.

A gente ia mesmo era evitar tocar no assunto até que ambos ficássemos tão ressentidos que acabaríamos gritando coisas horríveis um para o outro pela sala de estar. Este terno momento entre pai e filha podia esperar. Entreabri a porta do quarto o mais silenciosamente possível e dei uma olhada rápida escada abaixo. A luz que vinha da sala de estar tremeluzia contra a parede ao fundo do corredor. Arquitetura com conceito aberto podia mesmo ser um saco às vezes. Eu teria que sair pela janela, então. Vesti uma roupa mais apropriada e amarrei meus coturnos pretos. Até que me senti meio fodona descendo pela janela.

Meu pai perceberia mais tarde, é claro, e eu iria receber uma mensagem irritada no celular. Ele odiava quando eu saía de fininho. Segundo meu pai, ele nunca tinha me impedido de ir a lugar algum, então o mínimo que eu poderia fazer era contar para onde estava indo. Mas para que enfrentar hoje o que se pode discutir no café da manhã do dia seguinte?

2.

Sabe aquela história de que dá para ver a Grande Muralha da China do espaço? Pois bem: daria para ouvir a festa de Oliver do espaço. Ela estava bombando de gente e pulsava feito um coração. Eu quase conseguia enxergar as ondas sonoras. Não precisava ter me preocupado com a questão de chegar adiantada: pelo visto, metade das pessoas aqui estava bebendo desde a hora que a prova acabou, às quatro da tarde. Por que eu não havia pensado nessa possibilidade? O barulho me sugava para perto como um buraco negro. Alguém havia conectado o próprio celular nos alto-falantes de nível profissional imensos, colocados ao lado da porta de entrada da casa como se fossem guardiões estranhos e modernos. A música estava tão alta que eu não apenas a ouvia, como a sentia latejar dentro do corpo, fazendo meu coração entrar no ritmo da batida. Era assim que eu gostava.

Me deixei ser atraída pela órbita de pessoas socializando no jardim enquanto me esgueirava pela massa de corpos e sufocava em uma nuvem de fumaça, loção pós-barba e suor. Como estávamos em junho, no meio de uma onda de calor, a maioria das pessoas havia optado por ficar do lado de fora. Às oito da noite, ainda estava quente e claro. Mesmo assim, quando entrei na casa, ela estava tão lotada que, ao atravessar a muvuca até a cozinha, me senti participando de uma daquelas corridas de obstáculos de programas de TV, ou de um apocalipse zumbi. Fiquei atenta à presença de Izzy ou Hannah, para poder evitá-las se necessário, mas nenhuma das duas havia respondido à mensagem no grupo, então eu achava que não viriam. Mãos me agarravam e gente chamava pelo meu nome, mas eu não conseguia ver quem eram. Eu me espremi por entre braços, pernas e um emaranhado de pessoas entrelaçadas que haviam decidido que as preliminares do sexo eram um esporte com plateia e agora mandavam ver no espetáculo.

A cozinha ofegava como um organismo vivo. Pessoas serpenteavam umas pelas outras, atravessando os vãos entre as panelinhas para alcançar a geladeira ou a porta. Tudo parecia estranhamente coreografado, e eu me senti tão deslocada quanto uma cientista observando a festa através de um microscópio em vez de alguém que fazia parte dela.

Felizmente, eu já tinha frequentado muitas festas de Oliver e sabia qual era a solução para isso. Passei por trás de duas pessoas que estavam praticamente transando com roupa e tudo na ilha da cozinha e alcancei a geladeira, onde, sem surpresa, diversas garrafas de vodca estavam aninhadas entre um pote de sorvete caro e bandejas de gelo. Caso você esteja se perguntando que tipo de garoto oferece bebida grátis em suas festas, a resposta é: o tipo ricaço. Puxei uma garrafa azul que estava debaixo de uma sacola de peras congeladas e usei minha manga para remover o gelo do gargalo. Peguei uma garrafa vazia de Coca-Cola dentro da minha mochila e comecei a enchê-la, entornando um pouco nas laterais de forma desajeitada.

— Isso aí é seu?

Tinha uma garota sentada num banquinho da ilha da cozinha, e eu não havia percebido que me observava — ela havia sido ofuscada pelos transões até então. A garota tinha um cabelo castanho bagunçado que ia até a altura dos ombros, e a maior parte dele estava jogado de lado, se amontoando sobre sua cabeça em um topete, como se ela possuísse o hábito de passar as mãos por ele. Era curvilínea, de rosto e corpo macios. Do jeito que eu gostava. Um piercing labial em forma de argola dourada me chamou a atenção para a sua boca.

— O Oliver me deve uma — respondi baixo demais para a barulheira na cozinha e ofereci a ela um sorrisinho torto que sempre funcionava.

Ela se inclinou sobre o balcão para me escutar melhor e pude ver uma insinuação de renda rosa-chiclete escapando por sua blusa, que lembrava um elaborado cachecol colorido tricotado como uma frente única ao redor do seu pescoço. Me inclinei também.

— Ah, é mesmo? — A garota não parecia convencida, mas talvez achasse a situação divertida. Era gatinha, embora estivesse bancando a detetive da Divisão de Crimes Etílicos.

— Por que o interesse? — perguntei.

Observei seus lábios se moverem enquanto respondia:

— Essa casa é do meu tio. Vou passar o verão aqui.

Foi então que registrei seu sotaque inglês. Não sabia exatamente de que parte da Inglaterra, mas percebi que não era nem muito chique nem do tipo nortenho. Esse era o vasto limite do meu conhecimento de sotaques da Inglaterra.

— Você é parente do Oliver? Que tristeza. — Massageei seu ombro casualmente em simpatia, como se não estivesse percebendo o quão macia era a pele dela. Os olhos da garota se fixaram nos meus. — Vai precisar disso aqui.

Servi duas doses de vodca em copos de plástico limpos (ou assim espero). Empurrei um dos copos para a mão da garota, permitindo que meus dedos se demorassem nos dela por um segundo. Mandei a minha vodca pra dentro e senti o calor deslizar pela garganta até a barriga, mas a desconhecida soltou o copo dela na bancada e deu um gole em uma lata de Sprite.
— Vida louca a sua, hein? — comentei com um sorriso debochado.
— É essa a tal da má influência de que todo mundo fala? — disse ela, se inclinando para trás e saindo da minha órbita. Droga. — Por acaso você é a garota descolada que vai me empurrar pra dentro do meu armário só porque eu não bebo?
Ela riu consigo mesma e saltou do banquinho. Meus olhos a seguiram até a porta, admirando as ondas praianas de seu cabelo, seus ombros nus e o jeans apertado que se agarrava a curvas que me fizeram morder os lábios com força.
Que babaca.

Um quarto de garrafa de vodca e um bocado de conversa chata sobre as provas depois, dei uma escapada para o andar de cima. Tecnicamente, a escada estava bloqueada por um portãozinho para bebês com uma placa improvisada que dizia para *não* subir, mas a fila para o banheiro estava imensa, então precisei tomar uma atitude. Ao sair do banheiro ornamentado, fiquei parada no pavimento superior da escada, atraída pelo suave som de piano que deixava um dos cômodos.
Sem surpresas, Oliver estava na sala de música. Eu já o tinha encontrado ali outras vezes. Ele dava essas festas e aí sempre acabava entediado e sumia. Agora parecia cansado enquanto dedilhava pelo piano, e uma bebida já pela metade suava sobre um porta-copos no tampo do instrumento. Seu

copo era de vidro, embora fosse impossível encontrar qualquer vestígio de vidro de verdade nos copos lá embaixo.

— Quando é que papai e mamãe vão voltar pra casa dessa vez, hein, seu riquinho tristonho? — perguntei enquanto me sentava ao seu lado no banco do piano.

Oliver mal olhou para mim, mas vi uma sugestão de sorriso em seu rosto.

— Amanhã. — Ele empurrou uma mecha de cabelo loiro acinzentado para trás da orelha.

— Acho que eles vão perceber que a casa parece ter sido atingida por uma bomba.

— Vem um pessoal fazer faxina pela manhã.

— Deve ser legal ser tão rico que você nem precisa se preocupar em limpar a própria sujeira. — Solto um suspiro melancólico.

— Saoirse, é legal ser tão rico que nem fico chateado por você ter me roubado uma garrafa de Cîroc Ten. — Ele deu uma pancadinha na garrafa de Coca-Cola na minha mão, o que provocou uma falha estranha na melodia. Eu não fazia ideia de como ele tinha descoberto que eu havia enchido aquela garrafa com vodca cara. Um palpite sensato, chamemos assim.

— Mano... Isso aqui é vodca? Desce que nem água.

— Imagino.

— Sem contar que — falei, esticando meus braços sobre a cabeça — você me deve uma.

— Ainda devo, é? — Seus dedos flutuavam sobre as teclas de modo impressionante. Não que eu algum dia fosse admitir que ele era impressionante, é claro.

— Para sempre. Você roubou a Gracie Belle Corban de mim e eu nunca superei isso. Meu coração gelado e murcho ainda lamenta essa perda.

— Tá bom. Ouvi dizer que não faltam garotas pra te ajudar a tirar ela da cabeça.

Oliver agia como se eu fosse uma espécie de pegadora com um harém de curiosas fazendo fila para mim toda noite. A percepção dele a respeito da minha vida sexual não poderia estar mais equivocada. Desde que eu e Hannah terminamos, uns beijinhos sorrateiros eram o máximo que eu tinha conseguido. E, beleza, é verdade que a lista de ficantes era longa, mas e daí?

Imagino que o rumor de que eu transava com frequência tenha começado por causa do meu hábito de pegação indiscriminada, mas a verdade é que isso nunca ia além de um tiquinho de sacanagem por cima do sutiã.

Oliver fez uma pausa na sonata complicada que estava tocando e começou a dedilhar as primeiras notas cheias de confiança de "Heart and Soul". Me juntei a ele um instante depois, meus dedos desajeitados sobre o teclado. Eu estava meio bêbada e errei metade das notas, e Oliver riu. Nós tínhamos aula com o mesmo professor de piano na escola aos oito anos de idade, e "Heart and Soul" era basicamente a única música que eu lembrava. Larguei as aulas depois de umas semanas. Oliver continuou praticando, obviamente.

Após nosso dueto improvisado, bebemos em silêncio por alguns minutos.

Ele voltou a tocar, e entendi o recado de que era minha deixa para me mandar dali. Quando alcancei a porta, a música parou repentinamente, o que me fez olhar para trás. Oliver estava franzindo a testa, os dedos imóveis, pairando sobre o teclado.

— O nome dela era Gracie Belle Circarelli — disse ele.

— Quê? Não era mesmo. — Sacudi a cabeça enfaticamente, mas depois de tanta vodca isso me deixou um pouco tonta.

— Era sim. O pai dela era um italiano grandão. Eles tinham uma sorveteria lá no calçadão. Sorveteria Circarelli.

— Hã... Bem, esse sobrenome não tem nada a ver com Corban, né? O primeiro amor pode ser tão confuso.

Fui atraída de volta para a festa, de algum modo. A cozinha estava quente que nem uma estufa e fedia a suor e hormônios, então vasculhei os fundos da gaveta de tralhas para encontrar a chave da porta de vidro que dava para o jardim dos fundos. Ela ficava trancada nas festas de Oliver desde aquela vez em que Loren Blake subiu em uma árvore, pulou para o jardim dos vizinhos e foi pega vomitando no lago de carpas deles. O problema de Oliver é que, embora ele soubesse que eu sabia onde ele botava a vodca boa, onde guardava as chaves para o pátio e onde escondia todos os seus segredinhos, ele nunca lembrava de fazer qualquer coisa a respeito disso.

Abri a menor passagem possível na porta e deslizei por ela, trancando-a em seguida. Afinal de contas, o jardim deixaria de ser um espaço de tranquilidade se todo mundo pudesse entrar lá.

O *tum-tch tum-tch tum-tch* da música me seguiu junto com um ou outro berro e gritinho animado, mas a sensação era a de submergir na água: os detalhes ficam para trás. Inspirei uma golada do ar noturno e me peguei seguindo a trilha de pedras que serpenteava por um canteiro de azaleias, passando por um gazebo vitoriano que poderia ter saído de *A noviça rebelde*, até chegar ao arbusto lilás no fim do jardim.

Numa das primeiras festas de Oliver, Hannah e eu vagueamos para longe da farra. Ela pegou a minha mão e me puxou até uma namoradeira de pedra esculpida, instalada perto do arbusto lilás malpodado. Se você sacudisse os galhos, pétalas cairiam em seu cabelo. Eu estava tonta de tanto tomar drinks de rum naquela noite, e o jardim parecia o lugar mais silencioso e caloroso do mundo. Hannah e eu nos sentamos lado a lado, nossas pernas se encostando. Tive a impressão de conseguir ouvir o coração dela bater em sincronia com o meu. Ela entrelaçou nossos dedos e começou a cantarolar, desafinada, a música que estava tocando dentro da casa. Nem parei para pensar antes de beijá-la, como se pensar pudesse estragar o momento.

Foi assim que eu beijei a única garota que já amei na vida, com uma música pop brega dos anos 1980 tocando no fundo. Quando o solo de saxofone entrou, nós duas nos afastamos rindo. Por anos depois disso, bastava que uma de nós cantarolasse algumas notas da música para que começássemos a rir. Virou um refrão para o nosso relacionamento. Um código só nosso. Sempre que eu me sentia triste ou estressada, Hannah começaria a murmurar no compasso e eu cairia na gargalhada, com a sensação de que tudo ia ficar bem. Porque ela estava comigo.

Então, deixa eu te dar uma dica: nunca, jamais permita que a "música de vocês" seja brega. Mesmo que na hora seja engraçado. Mesmo que nenhuma outra faça sentido. Pelo amor de Deus, escolha algo épico, algo harmonioso, atemporal e fofo. Porque um dia, quando seu coração estiver em pedaços, você vai chorar toda vez que escutar essa canção. E não existe nada mais patético do que ser a garota que chora ao ouvir "Careless Whisper".

***

Eu estava prestes a me sentar no banco quando percebi, do outro lado, uma pessoa deitada no chão, com as pernas e a bunda saindo pelo arbusto que ocultava o resto de seu corpo. Se eu não tivesse passado um tempo observando aquela bunda mais cedo, teria achado que era só um aleatório bêbado que havia se enfiado ali e desmaiado. Fiquei parada por um instante, pensando em como lidar com a situação. Então eu a ouvi fazendo uns barulhos esquisitos de beijo e gargalhei alto antes de conseguir me segurar.

Rapidamente, a garota se esgueirou para longe do arbusto e saltou para ficar de pé com uma agilidade impressionante.

— Ok — falei. — Isso é meio constrangedor.

Ela colocou a mão no quadril e olhou para mim, confusa.

— E por que você está constrangida? — perguntou.

Eu a encarei.

— Eu quis dizer constrangedor para você.

Ela franziu a testa como se estivesse se esforçando para pensar em algo pelo que se envergonhar.

— Não faço a menor ideia do que você está falando — respondeu, soprando uma mecha de cabelo solta para longe dos olhos. Mas vi que tentava não sorrir.

Estiquei o braço para remover uma folha que havia ficado presa entre as camadas de tecido ao redor de seu pescoço.

— Tem toda razão, é a coisa mais normal do mundo encontrar uma garota de quatro no meio de uma festa.

Percebi seu cérebro trabalhando para se decidir se o que eu havia dito tinha duplo sentido ou não. Então ela soltou uma risada e pegou a minha mão, me puxando para o nível do solo. Mesmo em meio à confusão, enquanto meu rosto voava em direção à grama, torci para que a palma da minha mão não estivesse suada.

Ela me soltou e segui a sua deixa, me arrastando por baixo da moita como se estivesse no exército. A garota empurrou para o lado os galhos próximos ao chão e nós nos espremíamos para o mais longe que conseguíamos. Ela olhou para mim e então espiou em meio a um emaranhado de folhas e galhos. Segui o seu olhar, mas meus olhos demoraram a se ajustar à baixa luminosidade. Meio sem jeito, contorci o braço para pegar o celular no meu bolso, esbarrando na garota no processo. Quando me ajeitei de volta, a distância entre nós havia diminuído e eu pude sentir o seu corpo inteiro colado ao meu.

Virei a tela iluminada para a escuridão. Um par de olhos verdes faiscaram na hora, e foi então que vi uma gatinha, enroscada tão para dentro da sebe que estava praticamente no outro lado, no jardim do vizinho.

Olhei para a garota. Ela me olhou de volta. Nossos lábios separados por meros centímetros.

— Perdeu a sua gata? — perguntei, tentando soar como se não estivesse pensando na distância entre nossas bocas. Com a minha sobriedade comprometida, não cheguei a considerar que isso significaria que a garota teria precisado trazer o animal de casa para a Irlanda durante o verão.

É claro que esse detalhe ia voltar para puxar o meu pé depois. Quase literalmente.

Ela estava prestes a me responder quando, à luz do meu telefone, percebi algo muito estranho e me aproximei. Só um pouquinho, mas estávamos tão perto que meu nariz esbarrou no dela. A garota não se afastou. Acho que prendeu o fôlego.

Ela tinha uma pintinha azul. Tipo, um pontinho pequenininho embaixo do olho.

— Você tem uma pintinha azul.

— É a primeira vez que me dizem isso — falou, num tom que indicava que todo mundo que ela conhecia fazia esse comentário.

Apertei os lábios para segurar um sorriso e olhei outra vez para a gatinha, repentinamente ciente de que a vodca estava me deixando zonza. Ou eu achava que era a vodca.

— Como ela se chama? — perguntei.
— Por que você acha que é uma menina?
— Cachorros são meninos, gatas são meninas — falei com indulgência. — Todo mundo sabe disso.

Ela deu uma risada bufada.

— Essa é a maior bobeira que eu já ouvi na vida. — A garota me cutucou com o ombro. Aquilo era uma desculpa para me tocar ou eu estava viajando?

— Bem, você não deve sair muito, né? — rebati, cutucando-a de volta.

A gatinha soltou um miado.

— Own, ouviu só? — disse a garota. — Ela está dizendo: "Me salva, menina bêbada, eu estou tão triste e solitária."

— E como é que eu vou conseguir chegar lá? — perguntei. Já tinha feito um monte de coisas ridículas alcoolizada, mas não achava que fosse possível enfiar o meu corpo inteiro por baixo da sebe.

A garota olhou para mim com uma expressão triste, fazendo beicinho. Revirei os olhos como se aquilo não tivesse o menor efeito sobre mim. Foi um revirar de olhos cheio de mentiras.

— Tá bom. — Suspirei. — Acho que posso tentar chegar do outro lado de algum jeito.

Mas eu duvidava muito de que os vizinhos fossem gostar de ter uma adolescente bêbada tocando a campainha da casa deles no meio da noite e perguntando com a voz arrastada sobre gatos.

Rastejei para fora da sebe. Meu cabelo ficou preso num galho e demorei bem mais do que a garota para conseguir voltar. Quando saí, ela já estava de pé, estendendo a mão para me ajudar a levantar.

Sacudi a poeira e caminhei ao longo do muro, deslizando os dedos por sua superfície como se isso fosse me ajudar a encontrar uma passagem secreta para o jardim dos outros. Mas eu sabia que o único caminho possível até lá era por cima. Por que eu estava fazendo aquilo? Olhei para trás. A garota estava alguns passos às minhas costas e, quando me virei, consegui pegar um vislumbre de culpa em seu olhar antes de ela abrir um sorriso para mim. Isso me fez me perguntar para o que exatamente ela estava olhando.

Ok, ali estava a resposta.

Fechei os olhos, invocando quaisquer vestígios de potencial atlético até então inexplorados. *Se eu estivesse sóbria, isso seria tão mais fácil*, pensei.

Se eu estivesse sóbria, não estaria fazendo isso e ponto final.

Não me senti diferente ao abrir os olhos, mas minha cabeça parecia girar. Me aproximei da árvore ao lado do muro. A árvore da Loren Blake. A garota ainda me observava — eu podia sentir o seu olhar pinicando a minha pele. A sensação era boa. Resisti ao impulso de balançar os quadris ou jogar o cabelo. Então dei meia-volta.

— Vira pra lá — falei, gesticulando uma forma circular com um dedo. — Não vou subir com você me olhando.

— Não curte uma plateia? — Ela deu um sorriso debochado, mas cobriu os olhos e mostrou a língua para mim.

— Tipo isso — murmurei.

O que acontece é que de jeito nenhum eu ia me matar pra escalar aquela árvore com uma garota bonita me encarando. Seria como subir por uma corda na aula de educação física com a Kristen Stewart olhando desapontada pra você lá de baixo. Digo, a Kristen Stewart te olharia desapontada de qualquer maneira, a cara dela é assim mesmo, mas deu pra entender o meu ponto.

Enganchei um pé em um nó retorcido no tronco e me impulsionei para cima. Olhei para baixo. Eu estava agora a incríveis trinta centímetros do chão. Só faltavam mais uns dois metros. Felizmente, logo descobri como uma garota sem dotes atléticos e totalmente bêbada como Loren tinha conseguido subir: havia saliências e trechos nodosos muito bem-posicionados por todo o tronco. Mas isso não queria dizer que era uma escalada fácil. Minhas coxas queimavam e minhas mãos ardiam de me agarrar com tanta força nos galhos. Em determinado momento, eu escorreguei e arranhei o joelho. A artilharia de palavrões que eu liberei surpreendeu até a mim.

— Você consegue! — gritou a garota.

— Você tá olhando? — berrei de volta.

— Não tô, eu juro. — Uma pausa. — Mas acho que você devia limpar esse corte assim que descer daí.

Que ótimo.

Com um resquício de energia que eu nem sabia que tinha, cheguei à altura do topo do muro e, com cuidado, pisei do apoio de um galho para a relativa segurança do concreto sólido.

— Consegui — gritei. Olhei para baixo, para a minha perna. O jeans estava rasgado e eu podia sentir algo molhado escorrendo do joelho para dentro da minha meia.

Foi quando percebi que o verdadeiro problema ainda estava por vir. Eu tinha escalado a árvore, arriscado a minha

vida e segurança no processo, e tudo o que havia do outro lado era uma queda de dois metros e meio.
— Merda.
A garota era bonita, mas não a ponto de valer uma perna quebrada.
— Algum problema?
Me sobressaltei. Ela estava bem abaixo de mim. Com uma expressão preocupada, a garota passou os dedos pelo cabelo, jogando-o de um lado para o outro.
Era isso mesmo?
— Vê se não me assusta quando eu tô no meio de uma droga de corda-bamba — resmunguei. O mundo pareceu cambalear quando olhei para baixo. Ou era eu que estava cambaleante?
— Que exagerada. Esse muro aí tem uns sessenta centímetros de grossura.
— Aham. Bem, ele também tem uns dois metros e meio de altura e não há nada do outro lado além de uma roseira com uma carinha bem espinhuda, então, minha amiga, a sua gata vai ter que sossegar onde está essa noite.

Acredite: eu queria muito bancar a salvadora de gatinhas e sentir os braços da garota me envolvendo cheios de gratidão, mas uma tontura me dizia que isso seria uma péssima ideia. No ar fresco, a coragem etílica estava começando a se dissipar. Eu não ia conseguir.
— Você não pode abandonar ela!
— Posso muito.
Em questão de segundos, a garota saltitou árvore acima com a agilidade de um macaco e parou do meu lado.
— Como você fez isso? — perguntei.
Ela sorriu, dando de ombros.

— Por que raios eu tô aqui? — falei, indignada. — Por que você mesma não fez isso?

— Sei lá. Tipo, foi você quem se ofereceu. Não achei que fosse ser tão difícil, mas você precisou se esforçar tanto que me senti culpada demais pra mencionar qualquer coisa.

Apertei os lábios e rezei por paciência.

— Mas saquei o que você quis dizer — disse ela, pensativa. Colocou a mão no queixo. — É uma baita queda.

— Pois é, por isso temos que encontrar outro jeito. Talvez a gente consiga criar alguma espécie de armadilha pra pegar gatos.

A gatinha soltou um miado alto em protesto.

A garota balançou a cabeça e disse sem rodeios:

— A gente vai ter que pular.

— Tá brincando, né?

Ela balançou a cabeça de novo.

— Hã? Mas a gente vai acabar quebrando um osso — falei.

Coloquei a mão no braço da garota para tentar arrancar da mente dela essa determinação absurda de saltar. Ela me ignorou e continuou parada de pé ali, com as mãos na cintura como uma super-heroína contemplando o horizonte.

Bem, eu é que não ia entrar na pilha dela.

— E se a gente fizer assim: você pula, eu desço de volta por onde vim e te espero de boas por ali mesmo. — Apontei em direção à relativa segurança do jardim de Oliver.

Por que cacete eu tinha decidido fazer esse negócio totalmente desnecessário por uma garota que eu havia acabado de conhecer? (Tipo, você sabe o porquê, é óbvio. Ela era gostosa, eu era fracote e patética, a parte sensata do meu cérebro estava desligada e tudo o que eu conseguia pensar era [1] em como seria a sensação de beijar alguém com um

MEMÓRIAS DE UM AMOR INESPERADO

piercing labial, [2] se ela tinha outros piercings pelo corpo e [3] se ela ia me deixar descobrir onde.)

— Pois eu acho que o certo é nós duas pularmos — disse ela com toda a seriedade, a mão no queixo de novo.

Ela sacudiu o pé esquerdo e então o direito, como se estivesse se alongando. Toquei em um de seus braços, tentando chamar a atenção dela, mas a garota ainda se recusava a me olhar. Eu não ia saltar. Nem pensar. De jeito nenhum.

Se pudesse fazê-la me encarar, eu sabia que seria capaz de convencê-la de que isso era uma péssima ideia.

Foi quando nossos olhares se cruzaram, e houve um lampejo em seus olhos que quase me desequilibrou.

— Tá bom — falei, aceitando a minha derrota.

Ela pegou a minha mão e eu senti um arrepio percorrer meu braço.

— Um — disse ela, apertando forte a minha mão. — Dois.

— Talvez não seja uma boa ideia fazer isso de mãos d...

— Três!

A garota pulou. Eu hesitei. Ela ainda estava segurando a minha mão, é claro, então fui puxada para baixo.

Caí de cara na roseira, gemendo. De algum modo, magicamente, a garota estava de pé com a gatinha cinza em seus braços, me espiando de cima. Parecia quase confusa por me ver naquela situação. Parando para pensar agora, tenho certeza de que perdi a consciência por alguns segundos.

— Vou ficar um mês tirando espinhos da bunda depois dessa — resmunguei. Mesmo deitada ali, eu sabia que o álcool estava anestesiando a maior parte da dor e que eu só ia sentir mesmo no dia seguinte.

A gatinha cinzenta miou alto, se contorcendo no colo da garota.

— Bem, pelo menos você pegou a sua gata — falei, finalmente fazendo o esforço de me levantar.

— Então, na verdade... — A garota evitou o meu olhar.

— Essa gata não é exatamente minha.

— Como é que é?!

— O que acontece é: eu estava olhando pela janela quando a vi no jardim — ela disse, apontando para uma das janelas da casa de Oliver. — Pensei que estivesse perdida. Eu desci pra buscar ela, mas a gata se assustou e fugiu pra debaixo do arbusto. — Eu não sabia o que responder, mas a garota continuou mesmo assim. — Tive medo de que ela fosse ficar aqui fora, sozinha e assustada, a noite toda. Ela é tão pequenininha.

A garota ergueu uma das patas do animal e a moveu de um modo que pareceu que a gatinha estava acenando para mim.

— Não fica com raiva, menina bêbada — disse a "gatinha", com uma voz surpreendentemente áspera.

Suspirei e bati um pouco da poeira em minhas roupas. Agora eu não apenas estava sangrando, como também estava coberta de uma terra cujo cheiro me fazia pensar que os vizinhos talvez usassem estrume como fertilizante. Percebi que, no meu presente estado, as minhas chances de dar uns beijos estavam ficando cada vez menores.

— Bem, ela tá de coleira, então acho que a gente pode pelo menos devolvê-la pros donos — falei.

— Hã... é. Então, na verdade...

— Eu tô real começando a não curtir quando você diz isso.

— Acontece que, de acordo com a coleira, ela mora... aqui.

A garota esticou as mãos para indicar a exata propriedade que estávamos invadindo. Ela mordeu os lábios, aguardando a minha reação.

— Então basicamente tudo o que a gente fez aqui foi invadir o jardim dos vizinhos e tentar roubar a gata deles?

— Sim. — Ela assentiu. — Basicamente.

Eu a convenci a se despedir da gata, e ela beijou o topo de sua cabecinha peluda. Não fui capaz de reunir aquele tanto de afeição da minha parte, mas fiz um carinho na cabeça do animal, e nós duas ficamos paradas lado a lado observando-o fugir na escuridão.

— Desculpa por você ter se machucado — disse a garota.

Ela virou o corpo na minha direção, seu rosto na altura do meu, os olhos arregalados e as bochechas coradas.

— Não foi culpa sua.

— Foi, sim. — Ela empurrou uma mecha de cabelo para longe do meu rosto.

Prendi o fôlego.

— É, eu sei — respondi.

Ela olhou para mim, e foi como se o momento estivesse se fechando ao nosso redor, escuro e envolvente como um cobertor.

Então um holofote luminoso brilhou no espaço entre nós. As luzes do pátio. Instintivamente puxei a garota para as sombras comigo enquanto o dono da casa saía para o jardim dos fundos.

— Quem está aí? — gritou uma voz mal-humorada. — Marian, aqueles garotos desgraçados estão aprontando de novo. Fiquem longe dos meus peixes!

Saímos de fininho pela lateral da casa, tentando não rir alto demais.

Quando voltamos para a festa, ficamos de bobeira nos degraus inferiores da escada.

— Você acha que eu deveria virar veterinária? — perguntou a garota, do nada. — Tipo, eu amo animais, mas esse negócio de cutucar bumbum de bicho não é pra mim. Será que eu me acostumaria com isso? Você acha que eu seria uma boa veterinária?

— Eu não te conheço — respondi.

— Ah. É.

Eu queria oferecer uma bebida a ela, mas já havíamos estabelecido que ela não bebia e, mesmo que a aventura lá fora tivesse me ajudado a ficar sóbria, eu não estava mais com vontade de me embebedar. Mordi o lábio, tentando pensar numa maneira de perguntar se ela queria ir para algum lugar mais vazio que não fosse constrangedora nem me fizesse soar desesperada.

— Vamos dar um pulo no meu quarto? — perguntou a garota com vivacidade, apontando para o topo da escada. — Quero te tirar dessa camisa imunda.

Por um segundo, houve um lampejo sacana no olhar dela, o mesmo que eu tinha visto quando estávamos no muro. Senti aquela tontura novamente, embora dessa vez eu estivesse pisando em terra firme.

— E te emprestar uma limpinha — acrescentou ela, inocente feito um cordeirinho.

3.

Depois que ela fechou a porta do quarto, a barulheira ficou distante e não pude deixar de me surpreender com a diferença em relação a minha casa. Lá, se meu pai tossisse no quarto dele, eu seria capaz de ouvi-lo da cozinha. Aqui, até o apocalipse seria abafado pela porta e as paredes grossas. Havia uma bolsa esportiva no chão com roupas se esparramando para fora dela, e a cama estava desfeita, os lençóis amarrotados. As cortinas tinham sido fechadas e a garota acendeu o abajur na cabeceira da cama. Iluminação para dar um clima. Eu não estava lidando com nenhuma principiante.

Ela remexeu na bolsa no chão, jogando um par de tênis para o lado e colocando um saquinho de chicletes Penny sobre a cama. Encontrou uma camiseta lisa e a jogou para mim.

Hesitei, desconfortável com a ideia de exibir minha nudez assim tão cedo, mas a garota virou as costas para me dar um pouco de privacidade e eu me troquei o mais rápido possível.

— Está vestida? — perguntou ela.

— Agora sim.

— E o seu machucado? — Ela pegou o chiclete antes de se sentar de pernas cruzadas na cama.

— Tá tranquilo. — Estava ardendo, mas eu não queria precisar sair do quarto para limpá-lo.

— Rosa ou azul? — Ela espiou dentro do saquinho de chicletes.

— De que sabores são?

— Sabor rosa e sabor azul.

— Saquei. Rosa, então.

Me empoleirei na beira da cama ao lado dela e desembrulhei um chiclete. Veio com uma tatuagem temporária do Papa-Léguas.

— Exatamente o que eu queria: o Papa-Léguas tatuado na minha bunda. O derradeiro sinal de bom gosto.

A garota riu.

— É o seu dia de sorte, então.

Eu removi o plástico de cima do papel com a tatuagem e a apertei contra o ombro. Mostrar a bunda tão cedo teria sido meio prematuro. Ela umedeceu um disco de algodão com a água que estava num copo em sua cabeceira e segurou-o contra o papel.

Sei que não soa como uma cena saída de um daqueles livros de romance, do tipo com gente suada na capa, mas quando os dedos dela pressionaram a minha pele, eu me senti zonza de novo. Era como se meu corpo estivesse sendo percorrido por uma corrente elétrica. A garota se aproximou tanto que eu conseguia contar as sardas em seu nariz. O olhar dela se fixou no meu, em um tom castanho cremoso emoldurado por cílios pretos e aracnídeos.

Ela pousou o copo no chão. Entre nós, mal havia espaço para a luz passar. Normalmente não sou tímida na hora de ficar com alguém, mas por algum motivo eu estava nervosa. A sensação era diferente. Talvez eu estivesse imaginando a tensão, mas a impressão era de que era quase possível enxergá-la, como uma estática visível entre nossos corpos. Eu tinha quase certeza de que estava lidando com uma garota que gostava de garotas.

Uma vozinha dentro da minha cabeça me advertiu sobre a minha regra. Havia até um adendo para esse caso. Considerei ir embora.

— Sua tatuagem é muito sexy — disse ela.

— O Papa-Léguas tem mesmo esse efeito nas meninas.

Minha resposta soou despreocupada, mas eu tinha certeza de que ela era capaz de ver como meu coração estava acelerado. A garota não respondeu. Ela mordeu o lábio, o que fez o piercing desaparecer em sua boca. Ao fundo, vagamente, eu estava ciente da batida da festa no andar de baixo, mas o quarto havia se tornado uma bolha que diminuía mais e mais até conter só nós duas. Ela não se afastou. Percorreu minha nova tatuagem com um dedo e o que quer que eu tivesse a dizer ficou entalado na garganta.

— Você vai me beijar? — ela me perguntou baixinho.

— Mas eu nem sei seu nome — provoquei.

— Ruby.

Não consegui evitar o sorriso antes de me inclinar em sua direção. Me perguntei se ela conseguia senti-lo em meio ao beijo. Seus lábios eram macios e logo se abriram; sua língua tinha gosto de chiclete e Sprite. Pude sentir o piercing labial, mas ele não atrapalhou da maneira como achei que atrapalharia. Levei meu corpo na direção dela; uma de suas mãos encontrou a minha cintura, a outra, meu pescoço. Isso era bem diferente de beijar aquelas outras garotas. As que eram hesitantes e cheias de risadinhas ou as que vinham com tudo para a minha boca, mas mantinham os braços moles e estáticos porque o meu corpo não as interessava. Eu tinha me esquecido de como era ser beijada por alguém que talvez quisesse ir além de um beijo. Foi quando eu soube que Ruby definitivamente não estava apenas experimentando. Eu deveria ter me assustado. Eu deveria ter saído do quarto. Eu nunca deveria ter subido as escadas com uma garota que me deixava zonza. Disse a mim mesma que podia me permitir a isso, só por enquanto, que não ia doer quando acabasse. Ela se afastou, tão pouco que eu ainda sentia sua respiração contra os meus lábios. Havia uma pergunta em seus olhos: *O que mais você quer?* Eu respondi empurrando-a de volta à cama e beijando-a de novo, não apenas com a minha boca, mas com todo o corpo, as mãos explorando cada declive e curva, nossos corpos encontrando um ritmo, uma fricção deliciosa até que estivéssemos ambas sem fôlego.

Nós não chegamos a fazer "aquilo", se é isso o que você está pensando. Não que eu não quisesse. Eu era uma bola de energia prestes a explodir ao mero toque (isto é um eufemismo para os mais inocentes, caso esteja se perguntando). Eu não sabia se ela queria ir além, mas nenhuma de nós tentou tirar as roupas ou colocar mãos e bocas em locais mais... estratégicos (estou evitando ser vulgar aqui, espero que aprecie o esforço). Por mais que eu desejasse essas coisas, tenho uma confissão: nunca fiz nada disso antes. Todo mundo concluía que eu e Hannah já tínhamos transado porque namoramos por muito tempo, mas ela queria esperar e foi isso o que fizemos. Esperamos até ela perceber, no fim das contas, que simplesmente não queria fazer nada comigo.

Quando acordei na manhã seguinte com a cabeça grogue, a boca seca e lábios machucados, mas completamente vestida, fiquei aliviada por não termos ido longe demais. A memória do corpo dela contra o meu era viva como um carimbo na minha pele. Mas eu também me sentia culpada. Era uma regra pessoal, claro, mas era importante e eu me sentia como se tivesse agido errado.

Nada que um café da manhã reforçado e uma boa ducha não fossem resolver.

Ruby estava deitada de lado, virada para mim, com cabelo para tudo que é lado e os lábios tão rosados e inchados quanto os meus. Eu não sabia se deveria acordá-la antes de ir. O que dizer? *Tô ralando, valeu pela pegação e pelo roubo de gato não intencional?* Se eu fosse embora sem dizer nada, ia bancar o clichê do pegador que sai de fininho só pra não ter que lidar com o dia seguinte.

A primeira opção era desconfortável, mas a segunda era simplesmente patética, então eu a cutuquei meio sem jeito até que seus olhos se abrissem. Ignorei a maneira como meu coração acelerou quando ela piscou algumas vezes e fixou os olhos castanhos em mim.

— Tenho que ir — falei, apontando para a porta sem qualquer razão.

Ela esfregou os olhos e bocejou antes de responder.

— A noite passada foi divertida. — Um tom sedutor em sua voz quase me fez voltar para a cama e começar tudo de novo.

A total consciência do meu bafo matinal me manteve firme e forte.

— Foi mesmo. É... O meu nome é Saoirse, aliás.

— Eu sei.

— Como? — Não me lembrava de ter dito a ela e realmente esperava que isso não fosse um efeito da vodca, porque uma coisa é beber socialmente, outra muito diferente é ter apagões de memória.

— Eu perguntei quem era a garota roubando a vodca do freezer.

Ela havia perguntado a meu respeito. Tentei mudar a minha expressão para a de alguém que garotas bonitas sempre perguntam a respeito.

— Aliás, meu aniversário é na semana que vem. Vamos fazer só um jantar por aqui, mas você devia aparecer — disse ela.

A maioria das pessoas ficaria constrangida em convidar alguém que havia acabado de conhecer para a sua festa de aniversário. Era a cara do desespero. E, no entanto, Ruby não parecia constrangida nem desesperada. Ela dava a impressão de estar me lisonjeando com um convite, e que tanto um sim quanto um não seriam respostas perfeitamente aceitáveis.

Demorei tanto para responder que ela recomeçou a falar.

— Vai ser na sexta-feira, às oito. Não posso te prometer um festão, mas vai ter comida. Acho que ouvi minha tia mencionando um bufê — disse ela, revirando os olhos.

Não é que eu não quisesse vê-la de novo. Mas se eu fosse a esse jantar, será que ela ia pensar que a gente tinha um lance? Se eu fosse nesse jantar, isso significaria que a gente tinha um lance? Um lance precedia uma relação. E eu já havia quebrado parte da minha regra ao beijá-la, pra começo de conversa. Não podia sair por aí agora quebrando todas as minhas regras que nem uma doida e começando um casinho de verão, as consequências que se danem.

— Hum, não sei se vou conseguir. Preciso ver com o meu pai se ele já tem planos pra sexta. Tá bom?

Ela deu de ombros.

— Claro.

Ela nem parecia perceber que eu estava inventando uma desculpa. Ou talvez ela percebesse, mas não se importasse.

Fiquei confusa. Ela estava a fim de mim ou não? Queria ou não queria que eu viesse? E por que isso importava? Tropecei em sua mala no caminho até a porta. Em algum lugar em meio a toda a confusão, eu havia perdido o equilíbrio. Já estava quase na porta quando seu telefone tocou. Ela se colocou de pé rapidamente.

— Mãe? Está tudo bem? — Ruby parecia em pânico.

Eu parei, a mão na maçaneta de latão ornamentado.

— Tudo certo... não, eu tô bem. É só que é muito cedo aí e achei que você estivesse ligando por causa de algum problema.

Não dava para continuar ali sem que parecesse que eu estava caçando fofoca, então girei a maçaneta e saí do quarto.

Parei na parte superior da escadaria da casa dos Quinn, tentando me recompor. Por que Ruby parecia tão preocupada ao telefone? Por que a mãe dela estava em outro fuso horário? E aquela história de jantar? Será que eu devia ter dito que não ia?

Meu cérebro nadava em perguntas. A culpa era minha. Eu devia ter me limitado a beijar meninas héteros. Quando eu as beijava, não havia perguntas porque eu era cuidadosa. Seja sincera a respeito do que está oferecendo. Não se envolva com alguém que possa desejar mais do que você está disposta a dar. Isso era importante. Claro, eu nunca havia dito a Ruby que queria namorar ou algo assim, mas talvez tivesse passado uma impressão equivocada.

E, no entanto, apesar da minha culpa, não conseguia me obrigar a sentir o arrependimento que eu pensava que deveria sentir.

A casa estava silenciosa e minhas botas deixaram marcas profundas no carpete da escada. Passei por cima de um corpo caído nos degraus e me preparei para dar de cara com um piso grudento, garrafas vazias, montes de latas de cerveja jogadas e o cheiro remanescente de cem adolescentes suados e cheios de hormônio no ar. Mas os raios de sol filtrados pela janela iluminaram uma casa impecável que poderia ser usada num comercial de limpador de móveis com brilho. Por que essas fadinhas mágicas da limpeza nunca apareciam no meu quarto pra dar um jeito na pilha de roupas debaixo da cama?

Encontrei as tais fadinhas da limpeza na cozinha, um grupo de mulheres vestidas em uniformes coloridos com luvas de borracha, guardando os materiais enquanto Oliver se desfazia de uma boa grana.

— De onde você saiu? — Oliver deu um sorriso debochado quando me viu.

— Ah, você sabe, tô sempre aqui ou ali.

Peguei um copo americano de cristal em um guarda-louça que definitivamente estava vazio na noite passada, o enchi de água da torneira e bebi. Oliver abriu a geladeira e me entregou uma garrafa de plástico gelada, estendendo a mão para o meu copo.

— Valeu, Oliver. — Sorri com sinceridade e guardei a garrafa na minha mochila enquanto bebericava do copo.

— Então, acho que você estava com a Ruby — disse ele, batendo os dedos no balcão. — O que significa que precisa oficialmente parar de ficar irritada comigo por roubar sua namorada.

— Oliver, em primeiro lugar: que nojo. Você não é o dono da sua prima, e eu realmente espero que você não tenha por ela os mesmos sentimentos que tinha pela linda e doce Gracie Belle Corban.

— Circarelli.

— Tanto faz. Além disso, eu já superei essa história. Só não vou com a sua cara.

— Você não vai com a cara de ninguém.

— Bem, isso é verdade. Não tô sugerindo que você seja especial ou algo assim.

Apoiei o copo com uma pancada deliberada que fez Oliver se encolher.

— E por que ela está aqui, aliás? — Tentei soar casual. Tipo, eu estava sendo casual. Que diferença a resposta faria para mim? Era só um bate-papo.

Oliver me lançou um olhar de reprovação.

— Vocês não trocaram nem três palavras, né? Pergunte a ela você mesma.

Dei de ombros como se não me importasse o suficiente para perguntar. O que obviamente era o caso. Porque eu não perguntei.

Me deixa.

— Quer tomar café da manhã? — Oliver pegou uma frigideira de um organizador de cobre e a apoiou no fogão.

— Ah, eu já vou comer caviar frito e marisco no almoço, então vou ter que recusar.

— É isso que você acha que gente rica come no café da manhã? — A boca de Oliver repuxou.

— A Loren Blake tá dormindo na sua escada, aliás. Talvez você queira dar uma olhadinha.

— Tô sabendo. Ela bebeu o próprio peso em tequila ontem, então me senti mal em acordá-la. — Ele soltou um suspiro. — Acho que eu poderia movê-la pro sofá.

— Que anfitrião incrível você é — falei, a caminho da porta.

Na soleira, peguei meu celular para mandar uma mensagem para o meu pai.

E vi que recebi duas mensagens ontem à noite.

PAI
Saoirse, cadê você?

PAI
Pelo amor de Deus, Saoirse,
você podia ter dito que ia sair.

SAOIRSE
Holyden Park, 221. Preciso de carona. Traz comida.

Pra ser justa com ele, meu pai não falou nada no carro durante a volta para casa. Ele me entregou um sanduíche de bacon embrulhado em papel-alumínio e deixou que eu comesse em paz.

Assim que paramos em nossa garagem, ele puxou o freio de mão e inspirou fundo pelo nariz, fechando os olhos. Um sinal claro de que tinha coisas *sérias* para discutir. Revirei os olhos e fiquei olhando pela janela, esperando pelo que quer que ele precisava *tanto* falar comigo antes da minha ressaca passar.

— Você já tem idade o bastante para tomar suas próprias decisões. Eu não te tranco no quarto nem tento te impedir de sair. Se eu sou capaz de te respeitar, você poderia reservar a mesma cortesia para mim.

— Você ficou a noite inteira elaborando esse discurso?

— Meu Deus, Saoirse, você às vezes é tão difícil. Você não é mais uma criança, então pode parar de agir como uma.

Ele respirou fundo várias vezes, para me mostrar como era paciente e contido ao lidar comigo.

— Imagino que você esteja precisando dormir um pouco, então vê se dorme, mas hoje à noite nós vamos jantar juntos e ter uma conversa.

— Sobre o quê? — perguntei de forma intensa.

Ele passou as mãos no cabelo e, quando voltou a falar, sua voz já não soava tão firme.

— Você sabe do que eu tô falando. Sobre o casamento. Existem... outras implicações, ok? Coisas que preciso conversar com você.

— Então me fale agora.

— Não assim. Você tá de ressaca, com um bafo que poderia provocar um incêndio e precisa descansar. Ah, e... — Ele fez uma pausa, e o silêncio foi tipo o momento nos filmes de terror antes do cara mascarado saltar na frente de alguém pra esfaquear a barriga da pessoa. — Na sexta, a Beth vem aqui pra jantar. Você *vai* participar.

— Valeu pelo convite, mas não tenho interesse.

— Pois que arranje interesse — disse ele. — Você vai participar. Tem se comportado como uma menina malcriada de treze anos. Sua mãe teria vergonha.

As palavras quase me tiraram o fôlego. Apertei a mandíbula com tanta força que pensei que meus dentes pudessem trincar.

— Sabe, pai, eu não me preocuparia tanto com isso. Em alguns anos, eu vou ter esquecido o seu nome, e você e Beth podem me enfiar em uma casa de repouso com a mamãe e seguir em frente com as suas vidas.

Ele não respondeu dizendo que jamais faria isso. Eu não teria acreditado em suas palavras. Ele não disse nada.

Eu desci do carro e marchei para dentro de casa, batendo a porta ao passar. No meu quarto, me enfiei debaixo das cobertas. Apesar de estar exausta, fiquei por horas me revirando na cama antes de conseguir dormir. Não o ouvi entrar.

Então, essa é a parte que eu não contei ainda. Minha mãe não deixou o meu pai. Ela não me abandonou. Ela não fugiu com o líder de uma gangue de motociclistas nem com um vendedor de canetas. Ela foi diagnosticada com demência precoce. Setembro passado, meu pai decidiu que não era mais capaz de cuidar dela e que ela precisava de cuidados em tempo integral. Ela tem 55 anos e às vezes se esquece de como se lavar. Ela esqueceu meu nome muito tempo atrás. Você acha que sua mãe é capaz de te amar se ela não sabe quem você é?

Uma outra questão sobre esse tipo de demência é que ela é, com frequência, hereditária. Não há como ter certeza disso, mas há uma boa chance de que vá acontecer comigo também. Às vezes me sinto como se eu vivesse com um cronômetro sobre a cabeça. Então agora você entende o motivo para eu não ligar de ir para uma universidade chique como Oxford. O motivo de não haver sentido em ter relacionamentos com meninas que podem gostar de mim também.

Eu estou esperando pelo dia em que meu cérebro vai pegar fogo. Uma faísca que lentamente queimará tudo o que é importante até virar cinzas.

4.

Quando acordei novamente, ainda estava claro, mas a luz tinha aquela opacidade de fim da tarde, e, quando conferi meu telefone, vi que já passava das cinco. Por um momento, tudo o que senti foi sono e sede, mas passou quando engoli um litro da água que meu pai devia ter deixado para mim ao lado da cama. Então eu lembrei de um monte de coisa ao mesmo tempo. A ardência no joelho veio primeiro. Então a dor na minha bunda. Então veio Ruby e a memória de nós duas em sua cama. Era como se alguém estivesse fazendo cócegas do lado de dentro da minha barriga; lampejos de sensações que vinham a mim como se estivessem acontecendo na hora. Seus olhos castanhos e sua pintinha azul, minhas mãos em sua cintura. O gosto dos lábios dela. A sensação de seus dedos explorando a minha pele nua.

Eu tinha o direito de pensar em Ruby desse jeito quando estava com a incômoda sensação de que não a havia tratado direito?

Balancei a cabeça, o que foi um erro. Era como se bolinhas de gude estivessem chacoalhando lá dentro. Eu estava exagerando. A noite anterior havia sido divertida, e eu tinha que me achar muito para pensar que por algum motivo Ruby estivesse querendo namorar só porque nos beijamos e ela me convidou para um jantar. A gente nem se conhecia.

Após sair de um longo banho — no qual eu definitivamente não fiquei imaginando como seria se Ruby estivesse ali comigo, não, senhor, como ousa sugerir isso? —, ouvi o barulho do meu pai se virando na cozinha para preparar o jantar. Parei no alto da escada, cheirando o ar como um cachorro curioso. Não gostei do que o meu nariz me contava. No caso, nada. O ar tinha cheiro de nada. Meu pai não cozinhava mal, mas também não cozinhava bem. Tudo o que ele fazia tinha gosto de isopor insosso.

Minha roupa da noite passada era uma pilha amarrotada no chão e eu a atirei na lavanderia, escolhendo uma combinação quase que idêntica para o jantar. Se você só tem calças jeans pretas e blusas pretas, não tem por que se preocupar com o que vestir. Não fiz questão de tentar ajeitar o cabelo. Ele é longo e grosso, e precisa de horas no secador para secar bem. Além disso, embora eu finja que não me importo com essas coisas, o fato é que meu cabelo fica fabuloso mesmo quando deixo secar naturalmente. Ele é de um tom castanho escuro e desce até a metade das minhas costas. Minha mãe costumava aparar a franja quando saía de controle. Ela era muito boa em coisas assim. Um domingo por mês ela me encurralava: *vamos, moça, é hora de cortar essa franja, está tão longa que nem sei como você consegue enxergar*. Eu reclamaria, mas no fim das contas sempre parava no mesmo lugar: uma cadeira na cozinha, com uma toalha ao redor do pescoço. Então ela aparava as pontas duplas, e pequenos tufos de cabelo caíam sobre o meu colo.

Deixei minha franja crescer muito tempo atrás. É algo pequeno de se perder, mas tenho perdido coisas pequenas todos os dias por anos e mais anos, e elas se acumularam em algo enorme.

***

Meu pai estava com uma expressão feliz quando manquei escada abaixo. Tentei abrir um sorriso, uma cortesia pela vaga culpa que eu sentia por jogar a história da mamãe na cara dele, apesar de ele ter feito isso primeiro. Eu sou boa demais para esse mundo.

— Obrigada pelo jantar — falei, enfiando o garfo em um pedaço de peixe branco insosso e grelhado.

Comemos em silêncio. Percebi que ele não estava bravo por mais cedo. Provavelmente também se sentia culpado, mas nenhum de nós era do tipo que pedia desculpas. A gente varria nossos problemas pra debaixo do tapete.

Um tapete que já estava cheio de calombos.

Houve um tempo em que éramos próximos, quando as coisas eram fáceis. Meu pai é dez anos mais novo que a minha mãe e sempre foi o "pai divertido". Os dois costumavam discutir por causa disso. Mais de uma vez, entreouvi minha mãe reclamando por ter sempre que fazer o papel de vilã. Ela revirava os olhos para nós quando nos esparramávamos no sofá para assistir a filmes de terror ou quando respondíamos em voz alta, com uma seriedade digna de vida ou morte, a perguntas em programas de auditório toscos na TV. Nós tínhamos piadas internas e playlists compartilhadas. Agora, acho que minha mãe talvez se sentisse excluída de nosso clubinho bobo. Ela sempre foi tão tensa, e nós simplesmente deixamos que assumisse este papel em vez de convidá-la para as brincadeiras. Mas, apesar de eu ter certeza de que meu pai acreditava que fui eu que me afastei primeiro, foi ele quem ergueu muralhas imensas entre nós. Eu não conseguiria escalá-las nem se tentasse. E eu não tinha o desejo de tentar.

Quando nossos pratos já estavam praticamente vazios, ele se ajeitou em seu assento e deu uma tossida.

— Então. — Ele limpou a garganta. — Então.

— Então?

— Então, eu preciso conversar com você sobre umas coisas.

Empurrei minha cadeira e levei meu prato até a cozinha. Meu pai veio atrás, mas parou no portal.

— Olha, eu realmente não tô a fim de ouvir. — Me apoiei na lava-louças, mantendo uma distância segura entre nós para que eu não o estrangulasse. Havia tido uma noite tão boa ontem, e não queria que meu pai estragasse a ressaca deliciosa de beijar uma linda garota com uma conversinha sobre como ele havia encontrado uma nova esposa maravilhosa para substituir a antiga que estava quebrada. — Estou indo pra faculdade logo mais e vou morar lá. Eu não vou ficar aqui de qualquer forma. Faça o que quiser.

Eu ainda não tinha certeza de que iria para Oxford, mas, na lista de prós e contras na minha cabeça, meu pai se casar com Beth estava fazendo a balança pesar para o lado que me fizesse dar o fora dessa ilha. Talvez, quando eu partisse, ele arranjasse uma nova filha também. Uma sem genes defeituosos. Às vezes eu pensava em ligar para Izzy para perguntar a respeito de Oxford. Ela tem uma maneira incrível de fazer tudo parecer simples. Se eu conversasse com ela, sei que me daria uma resposta perfeita e eu logo saberia o que fazer. Ela devia virar terapeuta, como a minha mãe. Eu pensava em ligar, mas nunca fazia isso.

— Você vai voltar nos feriados. — Ele fez uma cara amuada. — Você precisa conhecer a Beth. Não dá pra fingir que ela não existe.

— Ó, homem de pouca fé...

Meu pai me ignorou.

— Queremos nos casar antes de você ir. Já temos uma data: dia 31 de agosto. Sorte a nossa que as aulas em Oxford começam um pouco mais tarde do que a maioria das universidades. Então temos bastante tempo para resolver essa situação antes de você ir.

O silêncio foi tão completo que eu conseguia ouvir o gato do vizinho miando lá fora. Isso me fez pensar em Ruby. Eu preferiria escalar um outro muro de dois metros e meio do que ter essa conversa.

— Sei que é uma grande mudança — disse meu pai quando percebeu que eu não ia responder. — Você vai gostar da Beth quando a conhecer.

Ele realmente conseguiu dizer isso na cara dura.

— Ela vai se mudar pra cá antes do casamento? — perguntei.

"Antes de eu me mudar" era o que estava implícito na pergunta. Eu não acho que conseguiria tolerar a visão de Beth substituindo as coisas da minha mãe pelas dela. A visão de suas roupas preenchendo o lado do armário que era da minha mãe. Ela dormindo no lado da cama que pertencia à minha mãe.

Meu pai ficou muito interessado em tirar pedaços de tinta seca do portal com a unha.

— Essa é uma outra questão que eu queria conversar. — O desgaste estava começando a aparecer em seu rosto, como um policial de um esquadrão antibomba suando sem saber qual dos fios pode levá-lo à morte certa. — Nós vamos ter que nos mudar.

Por um momento, entendi que "nós" se referia a ele e Beth, e tive uma visão gloriosa da minha pessoa ostentando uma casa só para mim.

— Já demos uma olhada em alguns lugares, mas não queremos chegar a uma conclusão sem você.

— Tá falando sério? — Eu me ouvi gritar. — Isso não é justo.

As palavras deixaram a minha boca, embora eu soubesse que eram infantis; embora eu soubesse que nada nessa história já tenha um dia sido justo. Passei pelo meu pai que nem um furacão, a caminho da sala. Ele se virou para me olhar, mas permaneceu do outro lado do cômodo.

— Saoirse...

— Essa casa é minha, e você vai vendê-la só pra poder se engraçar com a sua nova esposa em um lugar sem as memórias da mamãe. É isso o que a Beth quer? Ou é só pra você não precisar se sentir mal sempre que olhar pras coisas da mamãe?

Olha, eu sei que isso é exatamente o oposto do que eu estava pensando um segundo atrás, mas eu sou uma pessoa complicada, ok? Tenho uma capacidade imensa de me irritar por qualquer coisa que meu pai faça. Eu não queria que a Beth se mudasse para cá, e também não queria que meu pai se mudasse com ela.

Ele se apoiou no portal da cozinha. Quando voltou a falar, sua voz estava cansada e quase me senti mal por ele. Mas só quase.

— Não sei como você pode pensar essas coisas. A história não é assim. Precisamos nos mudar.

Esperei por mais informações com uma expressão que meu pai chama de "cara de *Carrie, a Estranha*". A que parece que estou prestes a botar fogo no quarto e ficar observando enquanto tudo queima. (Um conselho: apenas assista a *Carrie, a estranha* com os amigos. Talvez você pense "Beleza, é só mais um filme de terror!", mas o verdadeiro terror começa quando você se pega assistindo àquela cena da menstruação com o seu pai.)

— Nós refinanciamos a casa quando fizemos a divisão de bens. Assim, sua mãe receberia a metade para bancar o tratamento dela, e eu e você ficaríamos financeiramente protegidos. Mas tem sido caro demais. Eu não consigo mais pegar tantos *freelas* quanto antigamente, e nossa poupança está zerada. Como você vai se mudar no ano que vem, faz sentido arranjar um lugar menor. Eu odeio esse papinho. Meu pai faz parecer que está tentando me convencer de que sua decisão é inteiramente prática e sem qualquer bagagem emocional, mas eu já ouvi isso antes.

Lembrei de já ter ouvido essa história antes de eles me contarem que iriam se divorciar. Já sei até o que você está pensando: *Ora, seu pai não está tendo um caso se ele se divorciou da sua mãe, Saoirse.* Mas não era para ser de verdade. "O motivo é só o dinheiro", eles disseram. "Nós não estamos nos separando." "A gente se ama muito."

Eu havia me escondido atrás da porta da cozinha, observando os dois através de uma fenda. Nessa época, eu estava sempre escutando por trás das portas. Meus pais estavam discutindo a respeito de grana de novo. Alguma besteira sobre proteger a casa como um bem. Na verdade, tinha sido ideia da minha mãe: os cuidados dela custavam caro. Provavelmente ela não idealizava meu pai juntando as escovas de dentes com outra pessoa.

— Você não vai pra uma daquelas instituições estatais — dissera meu pai, dando um murro na ilha da cozinha. — A gente toma conta de você.

— Deus, Rob, só me matem se isso for necessário um dia, por favor.

— Não diga essas coisas, amor, não é engraçado.

Minha mãe se levantou da cadeira e se aproximou dele. Vi o rosto dela quando colocou as mãos nos ombros do meu pai e o olhou profundamente, sem hesitação.

— Não é brincadeira. Eu prefiro morrer a obrigar você e a Saoirse a me alimentar, a me limpar. Não quero que ela passe o resto da vida cuidando de mim.

— Pois eu sinto muito, mas eu sou bonito demais pra ir pra cadeia e não acho que a nossa filha de treze anos tenha força suficiente no tronco pra te estrangular — respondera o meu pai. Eu podia ouvir um sorriso fraco em sua voz enquanto ele tentava aliviar o clima.

Minha mãe o beijou, e eu desviei o olhar. Quando olhei de volta, mamãe estava com o rosto enterrado no pescoço dele e percebi que ela estava chorando.

Nunca consegui conversar com os meus pais sobre o que estava acontecendo naquela época. Todas as coisas que eu entreouvia, adivinhava ou descobria. Minha mãe às vezes tentava conversar comigo. Ela me dizia que podíamos falar sobre qualquer coisa: nenhum sentimento ou pensamento era proibido. Eu sempre respondia que estava bem. Não queria deixá-la triste porque eu sabia o quão triste ela já estava. No dia em que soube do divórcio, corri para a casa de Izzy e me acabei de chorar no chão de seu quarto, enquanto Hannah acariciava as minhas costas. Quando consegui respirar de novo, Izzy fez pipoca pra gente, escovou nossos cabelos, e a gente acompanhou a cantoria de *Mamma Mia!*. Quando voltei para casa, consegui dizer à mamãe que eu estava bem e quase ser sincera.

***

A cozinha não havia mudado desde aquela época: tinha a mesma ilha, o mesmo relógio de parede que esquecíamos de adiantar no horário de verão, o mesmo azulejo quebrado perto da máquina lava-louças. Porém, a sensação era outra. Não parecia habitada, repleta dos cheiros e do caos da preparação da comida; parecia negligenciada, vazia. E agora era eu quem estava do outro lado da porta, participando de uma conversa difícil.

— Não entendo por que você precisa se casar com ela — falei, mudando de estratégia. Eu odiava ouvir esse papo financeiro idiota. Como se o problema da doença da minha mãe fosse o quanto ela nos custava. — Por que você não para de mudar tudo?

— Saoirse, eu *amo* a Beth. Quero passar o resto da minha vida com ela. — Ele falou isso como se pensasse que eu finalmente entenderia. Como se esclarecesse tudo.

Palavras não tinham o menor significado para ele. Palavras tipo *amor, casamento* ou *a gente toma conta de você*.

— O resto da sua vida? — Balancei a cabeça. — Não foi isso o que você prometeu à mamãe também?

5.

Me sentei em frente ao espelho, brigando com o delineador e resmungando comigo mesma. Não podia acreditar que meu pai estava me obrigando a conhecer a mulher com quem ele vinha traindo a minha mãe por um ano.

Beleza, a gente pode discutir as particularidades se você quiser. Sim, meu pai é tecnicamente divorciado, e ele pode não ter um casamento normal com a minha mãe, mas outras pessoas dariam um jeito. Tem gente que continua com seus parceiros mesmo quando coisas assim acontecem. Já vi na TV, li artigos sobre esposas e maridos que passam o resto de suas vidas cuidando de seus cônjuges mesmo que estejam em coma ou coisa do tipo. A moral da história é que meu pai é egoísta demais para fazer isso.

Eu não estava me maquiando para impressionar Beth ou porque esse era um evento importante ou algo assim. Porque não era. E não é como se eu estivesse planejando ir para outro lugar essa noite. Eu não ia para o aniversário de Ruby. Na verdade, tinha praticamente me esquecido de que era na mesma noite. Coloquei perfume e delineador para mim mesma, ok?

A última semana foi, no mínimo, meio esquisita. Mas meu pai e eu estávamos acostumados com isso. Era um padrão que havíamos aperfeiçoado. A gente explodia um com o outro, então não conversávamos por uns dois dias. Aí o silêncio se transformava em "Me passa o sal?", e até o fim da semana estávamos gritando juntos as respostas de algum programa de auditório na TV. Não é que nem nos filmes, quando os personagens saem batendo portas e nunca mais conversam de novo ou quando decidem ter uma conversa muito profunda e tudo se resolve. Na vida real, você precisa só aguentar até a briga não estar mais tão fresca na memória.

Meu pai realmente estava dando todos os passos necessários para um bom jantar, pelo menos tantos quanto eram possíveis para ele. Quando desci, ele estava na sala acendendo velas sobre a mesa.

— Isso aí é propaganda enganosa, hein — falei a ele, esfregando o polegar em uma cicatriz na palma da minha mão. Um hábito nervoso. Não que eu estivesse nervosa. — Essa mulher não vai se casar com você porque ela acha que você faz coisas tipo acender velas e usar guardanapos, né?

Peguei da mesa um guardanapo com tema de Halloween cheio de gatos pretos e o revirei. Meu pai deu uma risada grata. Não sei por que eu estava dando moral para ele, mas talvez tivesse a ver com a sensação desagradável que vinha remoendo meu estômago a noite toda. Acho que me sentia mal pelo que falei. Tipo, as palavras eram cem por cento verdade, mas a cara que ele fez assim que eu as disse não parava de voltar à minha mente.

É difícil odiar e amar alguém ao mesmo tempo.

A campainha tocou, e meu pai congelou enquanto ajeitava um vaso de flores.

— Seja legal — disse ele, os olhos se estreitando.

Mostrei a ele o maior e mais amarelo dos sorrisos.

— Eu sou sempre legal.

Meu rosto se contorceu em uma carranca de lábios franzidos quando ele parou de olhar. Havia pensado muito sobre isso e me convenci de que não tinha importância. Eu não poderia impedi-lo de se casar, e, mesmo que conseguisse, para que faria uma coisa dessas? Isso não o faria amar a mamãe de novo. Não é como se fôssemos reinterpretar uma versão com demência de *Operação Cupido*. Além do mais, era só uma questão de tempo até esse casamento ir pelos ares também. Isso não significava que eu estava feliz com essa história, mas só precisava aguentar até o fim do verão.

Ele tiraria o meu lar de mim, mas e daí? Tudo de bom que já aconteceu aqui havia acabado. A casa que explodisse, eu não estava mais nem aí. Ser obrigada a escolher entre ficar aprisionada na Irlanda com ele ou deixar minha mãe para trás estava me dando um aperto no peito. Preferia não pensar nisso. Talvez um dentre os vinte currículos que eu mandei antes das provas para lojas pela cidade se transformasse em emprego e eu conseguisse arranjar minha própria casa e mandar Oxford pastar. Mamãe poderia vir morar comigo. Dois problemas resolvidos. Fiz uma nota mental de ligar para dar uma conferida naqueles currículos.

Meu pai me contornou para chegar até a porta e esticou os braços, bem abertos.

— Seja muito bem-vinda, madame — ele disse, e, mesmo sem ver, eu conseguia ouvir seu sorriso bobo.

Beth deu um passo hesitante à frente. Quando os dois se abraçaram, meu olhar encontrou o dela. Ela quebrou o contato visual e imediatamente interrompeu o abraço.

— Parece incrível, Rob — disse Beth.

Ela tinha uma pele de tonalidade marrom, cabelos cacheados e um sotaque inglês, mas não era como o de Ruby. O sotaque de Ruby era fofo e as palavras soavam efervescentes e alegres quando deslizavam por sua língua. Beth soava como alguém que poderia ler notícias na BBC. Ela tirou o casaco, revelando um vestido verde-esmeralda sem mangas que exibia suas tatuagens. Eu sabia que ela tinha a mesma idade que meu pai — apesar de esforços contrários, meu cérebro havia absorvido algumas informações sobre ela —, mas (e me doía muito admitir isso) ela parecia naturalmente descolada de um jeito que meu pai nunca foi capaz. Ele sempre dava a impressão de tentar demais. Ou talvez eu apenas soubesse em primeira mão quanto tempo ele gastava ajeitando o cabelo.

Papai pegou o casaco e a bolsa de Beth e os colocou delicadamente nas costas da cadeira. Ele me olhou. Este era o momento em que eu geralmente dava uma desculpa para sair de casa.

— Estou tão contente por podermos nos conhecer — disse Beth. — Seu pai está sempre falando de você.

— Aham — respondi, seca.

Meu pai me lançou um olhar. Estava parado entre nós, ainda torcendo um guardanapo com as mãos. Dei de ombros. Como eu poderia responder a isso? *Estou familiarizada com a sua existência e não a aprovo.* Parecia grosseiro até para mim.

— Saoirse, que tal já ir se sentando? Beth, você pode vir me ajudar na cozinha.

Isso azedou o meu humor. Por que Beth devia ajudar? Ela não morava aqui.

Por outro lado, eu não queria ter que servir o jantar dela — a tentação de derrubá-lo em seu colo seria grande demais.

Me joguei na cadeira à mesa e rolei a tela do celular pelo Twitter, fingindo não ouvir as risadinhas que vinham flutuando da cozinha. Quando reconheci o som de algo quebrando seguido de mais risadinhas, olhei instintivamente na direção da cozinha. Fui punida por um lampejo dos dois no meio de uma baita troca de saliva. Nojento.

Vasculhei a sala em busca de uma mochila com roupas para passar a noite e felizmente não encontrei nenhuma. A menos que Beth carregasse calcinhas limpas e uma escova de dentes na bolsa.

Que nojo. Por que a minha mente tinha ido para esse lado?

Tentei ficar interessada em um fio de tweets sobre um cara que conheceu o presidente quando estava doidão. Talvez eu também tenha dado uma busca por um possível perfil de Ruby, mas, se ela tinha um, não encontrei.

Quando meu pai e Beth finalmente voltaram da cozinha, as bochechas dele estavam rosadas e o olhar dela tinha um certo brilho. Revirei os olhos. As chances de eu manter o meu jantar dentro do estômago estavam diminuindo a cada minuto. *Aproveitem enquanto dura. Pelo menos um de vocês vai se machucar feio por causa dessa decisão apressada.* Eu apostava que seria Beth. Meu pai já tinha um histórico de abandonar esposas. Isso quase me fazia ter pena dela. *Fuja enquanto há tempo, Beth! Torça para não pegar um resfriado ou coisa do tipo. Meu pai já vai estar transando com a próxima mulher porque ele achou esse negócio de ter que servir canja de galinha por uma semana muito complicado.*

Decidi não a alertar sobre este assunto em particular. Se está na chuva é para se molhar, afinal. Não era meu trabalho protegê-la de sua burrice. Sem contar que talvez Beth é quem pudesse dar um pé na bunda dele, e meu pai acabaria provando do seu próprio veneno. Uma imagem de meu pai envelhecendo sozinho se infiltrou em minha mente. Eu a afastei. Era muito confuso. Em vez disso, empurrei um pedaço de frango insosso para a boca e me concentrei em mastigar.

Mas um outro pensamento veio a mim. Se papai estava mesmo tão dedicado a substituir minha mãe por uma versão mais jovem e saudável, então eu não podia continuar sentada ali sendo supereducada como se ela fosse uma estranha. Afinal, ela já havia perdido anos de brigas, grosserias e comentários sarcásticos. Eu tinha a obrigação de fazê-la se sentir mais como parte da família.

— Então, devo te chamar de Mamãe Nova ou...? — Mastiguei o frango com a boca aberta.

Meu pai abriu a boca para me repreender, ou talvez tenha sido só o queixo dele caindo.

— Tô zoando. Quebrando o gelo, sabem como é. — Mostrei aos dois minha melhor cara inocente. Acho que eu estava tentando comprar briga, mas, para minha surpresa, Beth deu risada.

Pelo menos ela não é uma completa pé no saco.

A hora seguinte foi um misto do som de garfos arranhando pratos e conversas mornas tão interessantes quanto o arroz insosso que eu estava tendo que engolir. Beth perguntou como eu tinha me saído nas provas e o que eu queria estudar na faculdade, e arranjei para ela respostas adequadas e não sarcásticas. Em determinado momento, papai de alguma maneira conseguiu fazer com que um comentário sobre abacates virasse uma conversa sobre a pena de morte, só para me dar corda para falar. Não sei como ele conseguia. Era o dom dele.

— Tá bom, mas e se eu fosse assassinado? Você não ia querer que...

— Pai, vamos ser sinceros: realisticamente falando, se alguém acabar te matando, esse alguém serei eu. Então não.

— Mas e se...

— Ah, Deus, chega, por favor — gemi.

Depois que todos nos esforçamos para engolir o jantar, meu pai limpou a mesa e Beth se sentou no sofá. Ela parecia deslocada lá. Definitivamente não pertencia ao nosso sofá.

Acabei me lembrando de quando a conheci. Eu tinha ido visitar a minha mãe, acho que no máximo uma semana depois de ela ter se mudado, e quando voltei, Beth estava ali, com uma cara culpada, nesse mesmo lugar do sofá. Papai tentou parecer natural.

— Como está sua mãe? — disse ele, depois de Beth se levantar do sofá como se estivesse em chamas e inventar uma desculpa torta para sair. — Vocês fizeram algo legal?

— Quem era aquela? — perguntei, brusca, ignorando a tentativa dele de me distrair.

— Hum? Ah, é a Beth, uma cliente da área de publicidade. — Ele deslizou da sala para a cozinha e eu fui atrás. Papai era desenvolvedor de sites e trabalhava com um monte de gente de publicidade. A coisa de ser cliente podia bem ser real. A mulher tinha cara de alguém que trabalhava com publicidade. Esse é o melhor tipo de mentira, né? Aquela que é tecnicamente verdade.

— Por que ela estava aqui? — Sentei na mesinha de café da manhã e mantive a voz propositalmente firme. Queria que ele se explicasse. Uma sensação de enjoo tinha começado a revirar meu estômago assim que a vi, e eu queria que passasse logo. Eu desejava muito estar errada.

— Ela mora aqui perto — disse ele. — Pedi a ela para vir pra cá pra gente discutir uns assuntos. Assim eu poderia chegar em casa mais cedo, só pra variar.

Ele começou a tirar panelas e frigideiras do armário da cozinha. Observei enquanto meu pai examinava um pacote de macarrão como se as informações nutricionais fossem subitamente importantes para ele.

— Então, como está sua mãe? — perguntou de novo.

Tive uma sensação de dissociar do momento. O enjoo no estômago desapareceu.

— Você dormiu com ela? — Era como se eu estivesse assistindo à cena em vez de participando dela. Como se estivesse acontecendo em um espelho.

— Como é? Saoirse!

Não respondi, não tentei me explicar. Eu aguardei. Queria ver o que ele tinha a dizer. Era estranho observá-lo, a forma como seu rosto e sua linguagem corporal revelavam cada pensamento de modo tão claro que era como se eu pudesse ler a sua mente. Observei a transformação de indignação para resignação.

Finalmente, ele se sentou do lado oposto a mim na mesa e enfiou a cabeça nas mãos, amassando o cabelo e franzindo a testa com tanta força que lhe daria uma dor de cabeça mais tarde.

Quando falou, as palavras foram para a mesa:

— Não queria que você descobrisse desse jeito. Nos conhecemos alguns meses atrás e nos demos bem. Saímos juntos algumas vezes. Eu queria te contar, mas preferi esperar para ver se viraria algo importante.

Ajudava que ele soasse como um personagem de um programa de TV, que fosse tão clichê. Fazia a coisa toda parecer menos real.

— Mas a mamãe... — falei. — Você tá traindo ela.

Eu lembrava dos dois me contando a respeito do divórcio, enfatizando que era só no papel. Aquilo sempre havia sido mentira?

— Saoirse, a condição da sua mãe piorou há muito tempo. Ela já nem sabe quem eu sou.

— Essa parte é nova — protestei.
— Tem pelo menos um ano, meu bem.
Um ano não é tanto tempo assim.
— Eu não estava procurando por alguém — disse ele, como se fosse uma defesa razoável.
Quando não respondi *"Ah, bem, já que ela só caiu no seu colo então tá de boa!"*, ele continuou:
— Às vezes, quando visito a Liz, ela pensa que sou da equipe de cuidadores. Estivemos juntos por vinte anos e, quando ela olha para mim como se eu fosse um estranho, isso acaba comigo. Sei que não é verdade e que não é culpa dela, mas há dias em que sinto como se nada do que vivemos tivesse importância para ela.
Suas palavras me tiraram o chão. Ela olhava para mim assim também. Será que isso queria dizer que todos os anos em que ela havia sido minha mãe não tinham significado algum? Será que pararam de significar alguma coisa quando ela me chamou de Claire, o nome de sua irmã, pela primeira vez? Ou seria na décima? Na ducentésima?
Eu entendia o que meu pai estava sentindo, mas o que eu não conseguia entender era sua vontade de desistir e abandoná-la por uma pessoa nova.
— Foi por isso que você a mandou para uma casa de repouso? Para que pudesse sair com outra pessoa?
Ele se encolheu.
— Meu Deus. Não. É claro que não. Você sabe que não éramos capazes de cuidar dela aqui. Não era mais seguro. Ela precisa de cuidados 24 horas por dia, sete dias por semana. Você sabe disso — falou, e então encontrou meu olhar.
— Você concordou com isso.
Nojo revolveu o meu estômago. Ele vinha me pressionando para nos livrarmos da minha mãe por séculos antes de eu

finalmente ceder. Eu me levantei, empurrando a cadeira para trás no azulejo com um ruído estridente.

— Não quero ver aquela mulher aqui de novo. Nunca mais.

— Saoirse... — ele chamou, frouxo.

Meu pai queria que eu entendesse como se sentia para que eu me lamentasse por ele ter passado o último ano cuidando da minha mãe, a mulher com quem ele tinha se casado. Aquela história toda de "na saúde e na doença" deve ter passado batida por ele. Meu pai queria que eu entendesse por que ele precisava trair a minha mãe. Mas, no fim das contas, o que venceu a briga foi seu desejo de evitar conflito.

Busquei refúgio na casa de Hannah por três dias. Ele tentou me ligar, mas o ignorei. Finalmente, os pais de Hannah me disseram que eu precisava voltar, o que era hilário, considerando a quantidade de noites que ela havia passado na minha casa. A quantidade de vezes que ela tinha vindo a minha casa para conversar com mamãe sobre seus problemas, porque os pais dela sempre a faziam se sentir pior. Eu não notara que, nessa época, eu vinha procurando por Hannah com muito mais frequência do que ela me procurava. Poucas semanas depois, ela me deixou.

As coisas foram se acalmando com o meu pai após um tempo, claro. Eu não sabia como continuar com raiva nem como parar de ter raiva — e não tinha certeza de qual dos dois eu queria mais. A energia necessária para continuar a odiar alguém é alta demais para se manter. Mas eu nunca o perdoei de verdade. Chegamos a uma trégua frágil, mas as coisas nunca mais foram as mesmas. Antes de Beth, eu achava que meu pai e eu estávamos nessa juntos. Mesmo que eu nem sempre concordasse com o que ele pensava ser melhor, eu achava que pelo menos isso doía tanto para ele quanto doía para mim. Após Beth, eu fiquei sozinha.

***

— Que tal um filme, então? — Meu pai ficou parado de pé, com as mãos na cintura, nos observando e parecendo muito satisfeito consigo mesmo. — A gente ainda não assistiu a *Gonjiam: Hospital Maldito*.

— Nem pensar — falei com frieza. — Não gosto desses filmes de terror com hospitais psiquiátricos. São ofensivos.

— Ofensivos como? — Ele revirou os olhos.

— Como não seriam ofensivos? Por acaso pessoas com transtornos mentais são sempre assustadoras? — perguntei, ficando incomodada.

— Talvez seja um comentário sobre como o sistema de saúde mental causa danos iatrogênicos a populações traumatizadas — disse meu pai, claramente satisfeito com seu palavreado chique.

— E aí elas morrem e viram fantasmas assustadores? — intrometeu-se Beth, cética.

Nós dois a encaramos por um instante.

— Exatamente — falei. — Mesmo que o que você disse seja remotamente verdade, como transformar os espíritos dessas pessoas em vilões seria sensível?

— Bem, e se...

Então percebi que havia sido sugada para mais um debate. Meu pai já sabia que eu odiava "terror manicomial". Minha mãe também odiava. Ela era uma terapeuta, afinal. Mamãe odiava a ideia de trancafiar pessoas pelo resto de suas vidas só porque elas tinham certas dificuldades. Ela sempre dizia que não era um gesto de compaixão ou cuidado, era medo. E o que foi que fizemos com ela? Se estivesse aqui, se minha mãe estivesse bem, ela saberia como calá-lo imediatamente. Eu queria que ela estivesse aqui para dizer algo inteligente e reflexivo que faria meu pai ficar quieto e então assentir e dizer "você está certa, amor". Ela era tão boa nisso. Queria ela aqui ao meu lado. Mas eu estava sozinha.

Decidi apertar o botão de emergência para dar o fora dessa noite horrorosa.

— Não tenho tempo pra isso. Preciso ir num lance de aniversário de uma pessoa — falei

— Que aniversário? — Meu pai me olhou com desconfiança. Ele conferiu o relógio. — Está meio tarde.

— Valeu, vovô. É um lance de aniversário da Ruby.

— Quem é Ruby?

— Uma garota. Uma amiga. Ela é nova.

Tive certeza de que ele ia encrencar. Então eu teria que sair de fininho e começar toda uma nova treta. Já tínhamos feito esse jogo na última semana; eu não estava pronta para uma nova rodada. Mas, em vez disso, meu pai tinha um brilhinho no olhar.

— Hummm — disse ele, lentamente —, uma nova "amiga". Ruby, hein?

Ele deu uma piscadela e morri de vergonha alheia.

— Pai, não...

— Saoirse é lésbica — ele explicou cheio de importância para Beth, que, em sua defesa, não pareceu saber como responder a essa informação. Se eu estivesse mais bem-humorada, teria brincado que uma simples reverência de joelhos já seria o bastante.

— Pai, a Ruby não...

— Vai lá, Saoirse, dá o fora daqui. E vê se dá um oi pra *Ruby* por mim. — Ele falou o nome dela de um jeito que soava como se um coro de "com quem será que a Saoirse vai casar" fosse começar se eu não fugisse imediatamente.

Cerrei os dentes para me impedir de dizer algo que pudesse virar outra discussão.
— Total, vai ser a primeira coisa que vou fazer. Dizer a ela que o meu pai, que ela nunca conheceu, mandou um oi. Não é nem um pouco esquisito.
— Ora, ora... — Ele deu um sorriso bobo. — Imagino que seu velho aqui vai ser a última coisa em sua mente quando você a vir. Amor jovem e coisa e tal.
— Por favor, para. — Estremeci.
Beth acenou timidamente em despedida. Enquanto eu saía, meu pai gritou que ainda tinha bons argumentos a fazer a respeito do filme *Na companhia do medo*. Bati a porta ao passar.
Que bom que eu tinha feito um delineado nos olhos, afinal.

6.

Meu bairro é bacana. Quando eu era pequena, costumava achar que ele era "normal": o tipo de lugar onde a maioria das pessoas morava. Mas agora vejo que nossa situação é tranquila quando comparada à de muita gente. A coisa apertou um pouco depois que a minha mãe passou a receber cuidados em tempo integral — pagamos mais para colocá-la na melhor instituição possível —, mas tivemos condições de bancar tudo e acho que somos muito sortudos por isso.

O bairro de Oliver estava em um outro nível. As casas iam lentamente ficando maiores até você não as enxergar mais pois ficavam ocultas por longas entradas de garagem e muros de pedra. Ele não morava numa mansão ou algo assim, mas era uma casa bem grande com jardins (plural), um laguinho e esse tipo de coisa. Eu sabia que as casas nessa região custavam uma bela fortuna porque Hannah tinha vontade de morar em uma muito bonita de tijolinhos cinzentos com uma torre de verdade. Estava à venda no ano passado, então olhamos o site da corretora de imóveis e concluímos que nunca teríamos tanto dinheiro assim. Recalculamos nossas expectativas e aceitamos que a meta podia ser morar em qualquer lugar, desde que estivéssemos juntas.

Três meses depois ela terminou comigo, então não sei se estava falando sério quando conversávamos sobre um futuro juntas. Essa era uma das coisas mais difíceis nos términos. Não se tratava de uma narrativa circular, um paralelo bem-definido entre o começo e o fim. Era a dissolução do futuro. O apartamento para o qual nunca nos mudaríamos, o gato que nunca escolheríamos no abrigo. Era todas as vezes que eu não a ouviria tagarelar sobre um filme chato que não aguentei assistir até o final, ou como eu não a veria mais fazer aquela dancinha boba que ela sempre fazia quando calçava um sapato novo. Era todas as coisas que costumávamos fazer e que não faríamos nunca mais, e todas as coisas que nunca faríamos juntas pela primeira vez.

Assim que encostei na campainha dos Quinn, percebi que não havia avisado a ninguém que eu estava vindo. Não tinha trazido um presente nem mesmo um cartão. O que eu estava fazendo ali? Aparecer só para vê-la com certeza daria a impressão de que eu estava a fim de começar alguma coisa séria, e isso era contra as regras.

Ou será que eu estava exagerando? Podíamos ser amigas, não? Ruby não tinha amigos por aqui, assim como eu. E quem não queria ter um amigo descomplicado para curtir o verão?

Fiquei parada por um minuto, pensando nas opções. Se eu quisesse só amizade, talvez devesse voltar no dia seguinte. À luz do dia. Como uma pessoa normal. Com um cartão de aniversário atrasado e um pedido de desculpas.

A porta da frente se abriu.

Merda.

— Você precisa apertar a campainha pra ela fazer aquele barulho, sabe. — Oliver estava parado no portal, vestindo uma camisa de botões e uma calça chino cáqui.

— Você parece um membro perdido da One Direction — falei.
— Eles vão se reunir de novo e eu tô pronto pra isso — respondeu Oliver. — Como você passou pela segurança?
— Que segurança?
— O portão lá na rua que devia manter a gentalha do lado de fora.
— Você é rico. Eu não sou. Ha ha.
— Bem, eu não estava te esperando, então precisei usar um repertório simples. Devia ter te zoado pela vagabundagem.
— Uma oportunidade pedida — rebati, seca. — Como você sabia que eu estava aqui?
— Passei por perto e vi você murmurando sozinha. — Ele apontou para a parede atrás da porta e, quando atravessei o portal, vi uma telinha de circuito de segurança.
— Eu não estava murmurando.
— Estava sim. Por um tempão. Fiquei ali rindo da sua cara.

Espiei por sinais de outros membros não específicos da família Quinn. Havia uma porta aberta no corredor, e música e risadas escapavam por ela.

— Presumo que a Ruby tenha te convidado em meio a uma neblina mental pós-sexo sáfico, mas você está bem atrasada pro jantar. Imagino que esteja aqui atrás de uma transa casual?

— Nós não... — Comecei a falar, mas não terminei. Não precisava responder a ele. Mas senti uma pequena euforia quando Oliver disse o nome dela. Uma euforia de amizade. Amigos novos são empolgantes.

— Isso deve ser novidade pra você — disse ele, com um sorriso espertinho.

Revirei os olhos. Corrigi-lo apenas o encorajaria a pensar que esse assunto era da conta dele, em vez de ser apenas meu e da pessoa com quem eu *não* estava fazendo aquilo.

— Qualquer dia desses você vai ter a sua primeira vez também — respondi, apertando o ombro dele.

Dei uma olhada no cômodo de onde a música estava vindo. A luz de uma tela oscilava contra os detalhes visíveis do papel de parede exuberante. E se eu entrasse lá e Ruby ficasse incomodada com a minha presença e me mandasse embora? E se ela na verdade nem se lembrasse de mim? Talvez ela ficasse com garotas e as convidasse para a sua casa o tempo todo. Ela disse que o jantar seria uma coisa em família, mas podia já ter conhecido uma porção de gente desde semana passada. E se aquele cômodo estivesse cheio de lésbicas? Bem, quer dizer, não é como se essa fosse uma ideia *terrível*, mas ainda assim...

— Você tá certo — falei, recuando. — Cheguei muito atrasada e é melhor não atrapalhar a sua festa.

— Tem alguém na porta, Oliver? — chamou uma mulher.

Balancei a cabeça para ele.

— Sim, mãe, a gente tem visita.

Dei a ele o meu mais intenso olhar de morte. Aquilo não o impressionou. Oliver me arrastou até o cômodo pela mão. Estava iluminado por velas e lâmpadas de aparência cara que projetavam sombras estranhas na parede, o que fazia a cena parecer mais sinistra do que era de fato. Me lembrou o trecho de um romance da Agatha Christie imediatamente antes do corpo de algum ricaço ser encontrado sobre um tapete persa. Havia alguns balões cheios de hélio com o número 18 na sala, o que meio que aliviou um pouco o clima bizarro. Fiquei pensando se Ruby ainda não havia terminado a escola ou se apenas era uma das pessoas mais jovens de sua classe, como eu.

A mãe de Oliver estava sentada em uma das duplas de sofás estilo Luís XVI, do tipo que é fantasticamente desconfortável, mas muito chique. Será que ela sabia que Jack Kennedy havia perdido a virgindade em um desses sofás? A julgar pelo fato de que eles não tinham botado fogo em nenhum dos dois, eu imaginava que não. O pai de Oliver estava no centro da sala com um microfone na mão, evidentemente no meio de uma performance pausada no karaokê.

Ruby não estava presente.

— Mãe, pai, essa é a Saoirse — disse Oliver.

— É um prazer conhecê-los, sr. e sra. Quinn — falei.

O pai de Oliver se adiantou para apertar a minha mão. Eu odiava quando os pais faziam isso. Era um lance muito esquisito, mas ele tinha um sorriso tão caloroso no rosto quando me pediu para chamá-los de Harry e Jane que não consegui ficar incomodada.

— Bem-vinda à festa, Saoirse. Você tem uma música favorita? — Ele apontou para a tela de TV, que ainda estava exibindo as letras do que eu sabia ser uma canção da Sarah McLachlan, apesar de alguém ter silenciado a melodia de fundo quando entrei.

— É... Não. — Eu não ia cantar. Nem agora, nem nunca.

— Não constranja a pobre menina. — Jane balançou a cabeça. — Sente-se, querida. Vou pegar a lista para você dar uma olhada.

Eu não sei o que me deixou mais em pânico: a lista com opções de música ou ter que escolher entre dois sofás sem saber qual era o sofá do sexo. Tentei chamar a atenção de Oliver para silenciosamente averiguar o status das poltronas, mas ele me lançou de volta um olhar vazio.

Assim que me acomodei e vi que ninguém estava olhando, Oliver fez com as mãos o gesto universal para sexo hétero e apontou para o lugar onde eu tinha me sentado.

Estremeci involuntariamente.

— Ruby, temos visita — disse Jane, e minha cabeça se ergueu num estalo.

Lá estava ela, parada na entrada da sala, os olhos arregalados de surpresa. Me levantei automaticamente, como se ela fosse alguma figura ilustre. Ruby tinha em mãos uma tacinha contendo algo efervescente, imagino que não alcóolico, e seu cabelo bagunçado estava jogado de lado, a argola labial brilhando à luz das velas. Usava um vestido salopete jeans coberto de broches, meia-calça rosa e exibia sapatilhas douradas brilhosas nos pés. Me preparei para a possibilidade de ela me encarar friamente e me perguntar por que eu estava ali.

Mas ela sorriu.

Eu a observei, me mantendo atenta a quaisquer sinais de tontura. De coração acelerado ou friozinho no estômago. Eu estava bem. Ela era só uma garota. Uma garota que eu tinha beijado e que podia total ser só uma amiga.

Então ela atravessou o cômodo em poucos passos e me abraçou. Um cheiro frutado de produtos para cabelo flutuou para o meu nariz. Não que eu tenha cheirado o cabelo dela, sabe. Não se cheira o cabelo dos amigos.

Ela sussurrou no meu ouvido:

— Tô muito feliz por você ter vindo. — O ar que saiu de sua boca me fez cócegas. Ela sustentou o meu olhar por um momento ao se afastar, os olhos faiscando. Ruby me fitou de cima a baixo por um bom tempo. Ou talvez só tenha parecido muito tempo. — Imagino que esteja escondendo o presente em algum lugar? — disse, os lábios estremecendo de leve.

A tontura voltou.

A tontura era meu ponto fraco.

Antes que eu pudesse dizer algo inteligente ou só pedir desculpas, Jane disse:

— Conseguiu falar com a sua mãe? — Uma ruga de compaixão surgiu na testa dela.

Ruby balançou a cabeça. Parecia triste, mas deixou isso de lado. Jane se voltou para mim, talvez porque percebeu que agora todo mundo olhava para Ruby.

— Saoirse, como é que você já conhece a minha linda sobrinha? Ela está na cidade não tem nem dez minutos e já fez uma amiga.

Ruby e eu nos sentamos ao mesmo tempo. Tão perto que eu conseguia sentir seu perfume. Tão perto que, quando apoiei a mão ao lado do corpo, o dedo mindinho dela fez cócegas no meu. De um jeito amigável, é claro.

— Ah, bem, foi o Oliver que nos apresentou. Mais ou menos — falei, lembrando-o de que podia muito bem dedurar seu hábito de dar festinhas como vingança por ele não ter me alertado a respeito do sofá. Havia pânico nos olhos dele, e eu dei um sorriso presunçoso antes de prosseguir. — Ele está sempre unindo as pessoas, fazendo conexões e coisa e tal.

— Você é da turma do Oliver?

Assenti.

— Quais são os seus planos, então, para o ano que vem? Faculdade? Ou talvez tirar um ano sabático, como a Ruby aqui?

— Saoirse vai para Oxford, mãe — disse Oliver antes que eu pudesse responder.

A cabeça de Ruby se virou em minha direção, mas não olhei para ela. As pessoas tinham certas opiniões sobre lugares como Oxford. Elas tendiam a pensar que você era algum tipo de gênio (não sou), que você é rico (não sou) ou que você se acha melhor que todo mundo (definitivamente não).

— Ah, muito bom, querida. O que você vai estudar lá?

Dei de ombros e desviei da pergunta.

— Talvez eu nem consiga entrar. Tudo depende de alcançar uma pontuação boa o suficiente nas provas — falei. Era isto o que eu vivia dizendo às pessoas: que talvez não conseguisse entrar. Porque não posso dizer "Eu não quero ir". E, embora isso respondesse à pergunta a respeito de Ruby estar na escola ou não, agora eu me perguntava por que ela estava tirando um ano sabático. Provavelmente ia viajar pelo mundo ou fazer alguma outra coisa boêmia empolgante e exclusiva de gente rica. Será que ela me achava entediante por não estar com nada mais divertido planejado?

Ela mudou ligeiramente de posição, fazendo com que seu joelho roçasse no meu de um jeito que pareceu intencional. Não me achava entediante, então.

— E quanto ao verão? — Harry esfregou as mãos. — Algum plano empolgante?

— Meio que estou atrás de trabalho, mas ninguém me respondeu ainda.

— Viu só, Oliver? — disse Harry, apontando para o filho, que olhou ao redor cheio de inocência como se pudesse haver outro Oliver na sala. — Você precisa procurar por trabalhos de verão também.

— Meu caríssimo pai, já conversamos sobre isso... Estou ocupado.

Jane riu.

— Pode deixar que eu te dou algo com que se ocupar! — disse ela. — Que tal essa ideia, Saoirse? Você acha que o Oliver deveria levantar a bunda do sofá e fazer alguma coisa útil pra variar?

— Que tal um belo trabalho voluntário? Fazer algo pela comunidade — respondi, com os olhos arregalados de inocência.

Aquilo pareceu atingir Oliver em cheio. Provavelmente, a única coisa que ele achava pior do que trabalhar era trabalhar de graça.

Ruby tinha acabado de tomar um gole de sua bebida, então, quando riu pelo nariz ao ver a expressão de Oliver, acabou se engasgando. Coloquei uma das mãos em seu joelho para perguntar se ela estava bem e então a tirei rapidamente quando lembrei do lance de sermos amigas. Não queria passar uma impressão errada.

— Ah, Saoirse, nós ainda nem te oferecemos uma bebida. O que vai querer? — disse Jane.

— Eu estou bem, de verdade, obrigada.

— Bobagem, você vai precisar de um pouco de coragem líquida para pegar o microfone — disse Harry, rindo.

— É mesmo, eu falei que ia trazer a lista com as músicas que temos — comentou Jane, se levantando. — Você está mais para uma diva pop ou uma estrela do rock?

— Hã...

— Saoirse é obviamente perfeita para uma baladinha leve. — Oliver sorriu, retribuindo meu comentário sobre o trabalho voluntário.

Cutuquei Ruby com o joelho e seu olhar encontrou o meu. Tentei enviar sinais de pânico a ela, mas eu não sabia se já estávamos no nível da comunicação ocular não verbal.

— Jane, acho que a Saoirse talvez ainda esteja muito tímida para cantar — disse ela.

Foi a vez de Oliver de bufar uma risada.

— Talvez mais tarde, depois que o restante de nós já tiver pagado mico — disse Harry, e esticou o microfone para Oliver. — Filho, você não ia cantar "Kiss from a Rose" agora?

Mal consegui conter a minha alegria. Eu me virei para Oliver, esperando encontrá-lo constrangido. Ele caminhou em direção ao pai e pegou o microfone. Esticou os braços para cima, depois alongou as pernas no braço do sofá como se estivesse se aquecendo para uma corrida.

— Tenho apenas um pedido. — O comentário foi dirigido a mim.

Imaginei que fosse me dizer para não dar um pio a respeito disso a ninguém. Eu estava errada.

— Por favor, guarde os aplausos para o final da performance.

7.

Após mais três rendições de Oliver por diversos gêneros, mais duas músicas da Sarah McLachlan cantadas por Harry e um dueto divertido de Ruby com uma Jane muito bêbada e ligeiramente dramática, Ruby me lembrou de que eu havia deixado uma blusa lá em cima, e que tal se eu subisse agora para ir buscar? Harry e Jane estavam alcoolizados demais para questionar por que ou quando eu havia deixado peças de roupa na casa deles.

— O Oliver até que não é ruim — falei, seguindo Ruby pela escada. — Você sabe que nunca vou dizer isso a ele, mas o cara consegue segurar uma nota. Não é como se eu fosse aconselhar ele a esquecer a faculdade pra seguir carreira musical ou coisa assim, mas...

Eu estava tagarelando. Estava nervosa. Fiquei sentada ao lado dela a noite toda e, mesmo enquanto ouvia Oliver arrasar no vocal de "A Whole New World" (tanto como Aladdin quanto como Jasmine), eu sentia uma vibração elétrica, uma energia estática que crescia a cada segundo.

O quarto dela parecia mais habitável do que da última vez. A bolsa esportiva em que eu tinha tropeçado não estava mais à vista e agora havia livros nas prateleiras. Ruby se sentou em uma poltrona azul-cerúleo que não estava ali na semana passada, dobrando as pernas abaixo de si.

— E aí, cadê a minha blusa? — perguntei.

— Não faço ideia. Joguei ela na lavanderia e sumiu. — Ruby deu um sorriso.

Me empoleirei na beira da cama, próxima ao seu notebook aberto. Estava pausado no meio de uma cena de um filme que não reconheci.

— O que você tá vendo?

— *Quatro casamentos e um funeral* — disse ela. — Tô na parte em que o Hugh Grant diz pra Andie MacDowell na chuva que ele a ama.

— Nunca ouvi falar.

Ela pareceu genuinamente chocada.

— É um clássico, o meu filme favorito! A rainha de todas as comédias românticas.

— Eu não vejo nada desse gênero. Dá às pessoas expectativas pouco realistas sobre o amor.

Se você fosse o tipo de pessoa que dependia de comédias românticas para saber como é a vida, acabaria muito desapontada. Um coração partido não se resolveria com um pote de sorvete e um encontro ao acaso com o novo amor da sua vida em uma livraria independente. Se era assim que Ruby enxergava relacionamentos, então ela provavelmente não conseguiria entender minha aversão a eles.

— De que filmes você gosta? — perguntou ela.

— Se tivesse que escolher um gênero, seria terror.

— Você não acha que eles te dão uma expectativa pouco realista sobre a probabilidade de você ser assassinada por um maníaco usando uma faca?

— Justo. — Eu ri. — Mas o que me incomoda nas comédias românticas são os finais. Tipo, os personagens ficam juntos ou se casam ou sei lá o que, e é pra você entender que eles viveram felizes para sempre, mas a gente nunca vê a sequência em que o cara dá um pé na bunda da garota pra ficar com a melhor amiga dela, ou em que ela fica de saco cheio de catar cueca suja do chão do quarto.

— Isso daria um filme horrível. — Os olhos de Ruby faiscaram. Acho que ela achava o meu cinismo descontrolado engraçado. Isso esquentou as minhas bochechas.

— Então, você mencionou que vai ficar por aqui durante o verão, né? — comentei com naturalidade.

— Até setembro. — Ela assentiu. — Minha família está longe, mas eles não queriam que eu ficasse sozinha o verão inteiro.

Estranho. Se eles não queriam que ela ficasse sozinha, por que não a levaram junto? Mas azar o deles. Eu faria companhia a ela durante o verão. Era capaz de passar algumas semanas com uma garota bonita sem precisar beijá-la de novo. Não é como se eu fosse algum tipo de tarada.

— Estou feliz por você ter vindo hoje — disse Ruby, mudando de assunto. Observei os lábios dela quando falou: — Antes tarde do que nunca.

— Eu provavelmente devia ter mencionado que ia aparecer.

— Mas você não tinha se decidido até o último minuto.

— Não era uma pergunta. Os dentes dela brincaram com o piercing labial, torcendo o lábio inferior. Ela jogou o cabelo de um lado para o outro com os dedos.

— Algo assim.

— Então o que te fez vir?

Achei que pudéssemos curtir um tempo juntas. Queria ser sua amiga.

— Queria te beijar de novo.

Por algum motivo, deixei a verdade escapar. Mesmo que eu ainda não tivesse admitido para mim mesma até esse momento que, embora mal nos conhecêssemos, eu sentia como se tivéssemos algum tipo de conexão intangível, uma espécie de sensação de tato, de anseio, de busca que fazia com que eu não tivesse exatamente escolhido estar ali, mas, em vez disso, só percebido que estava sendo puxada na direção dela.

Ruby apoiou o cotovelo na escrivaninha ao lado de sua cadeira e colocou o punho sobre a boca, como se estivesse refletindo a respeito de um assunto seríssimo.

— Vou manter isso em mente — falou por fim.

Inclinei a cabeça para esconder meu divertimento. Eu podia aguentar um pouquinho de provocação.

— Então, você e o Oliver são amigos mesmo? — perguntou Ruby.

— Ai, Deus. Não. De jeito nenhum. Acho que "inimigos mortais" é uma descrição mais precisa.

— E por que isso?

— Ele roubou a minha namorada no nono ano... e tecnicamente eu dei um pé na bunda dele antes disso, no sétimo. Parti aquele pobre coraçãozinho de menino rico. Ele ficou completamente devastado; tenho certeza de que Oliver te confirmaria isso. Acho que ele roubou a minha namorada como um grande prato de vingança fria. O coitado não conseguiu viver com o fato de que, depois que me aceitei como lésbica, eu tinha muito mais borogodó que ele.

Ruby riu.

Eu gostava de fazê-la rir.

— Acho que nenhum de vocês tem muito borogodó.

Engasguei, indignada, e bati no peito duas vezes para fazer o ar sair.

— Dá licença. Eu peguei você e o seu primo — rebati. — Beleza, a gente tinha onze anos, mas o beijo teve até língua. Mais ou menos.

— E, no entanto, você quer me beijar de novo e veio ao meu aniversário sem sequer me trazer um presente? — Ruby fingiu se abanar como as damas de antigamente.

— Pois eu trouxe um presente sim — falei, saltando da cama. — Espera um segundinho.

Com o simples conteúdo de um velho porta-canetas, comecei a trabalhar em uma folha rasgada de uma prancheta que estava em cima da escrivaninha. Após rabiscar apressadamente por alguns instantes, eu a chamei para perto da janela que dava para o jardim dos fundos. Pensei ter visto a nossa gata se esgueirando pelo muro no escuro. Minha mão descansava na curva da lombar de Ruby, o lado esquerdo de seu corpo pressionado contra mim. Entreguei a ela o pedaço de papel.

Eu havia desenhado bordas onduladas com canetinha azul e, com uma caneta preta, tinha escrito:

Por meia desta, declaro que "aquela estrela ali" deverá receber o nome de Ruby Quinn. Assinado: Brian Cox, Detentor de Estrelas.

Ruby soltou uma risadinha.
— Qual delas? — perguntou.
— Aquela estrela ali. — Apontei vagamente para o céu.
— Está escrito no certificado, Ruby.
— Vou guardar com carinho para sempre. — Ela secou uma lágrima falsa. Então me deu uma checada rápida, com um olhar que só consigo descrever como avaliador.
— O que foi?

— Bem, não sei se você vai gostar disso — disse ela, fingindo suspirar de forma teatral —, mas essa é a minha parte favorita das comédias românticas.

— Como assim?

— Você sabe, o gesto grandioso. Quando o cara compra uma estrela para a garota pois isso tem muito mais significado do que, tipo, um colar ou uma porção de flores.

— Não sou especialista, mas não acho que isso seja o gesto grandioso — falei, e Ruby se virou ligeiramente, de modo que agora minha mão estava pousada em sua cintura. Ela olhava diretamente para mim, e a proximidade era quase demais para suportar.

— Você me deu uma estrela. Como isso não é um gesto grandioso?

— O gesto grandioso acontece depois de uma briga, não? A gente não teve a briga. — Eu tentava soar relaxada, embora me sentisse prestes a derreter.

— Você tá certa, é verdade — admitiu Ruby. — Como o Hugh e a Andie, ou o John Cusack levantando um rádio até a janela do quarto da Ione Skye. — Ruby cutucou o meu ombro e estreitou os olhos. — E como você sabe disso se não assiste a esse tipo de filme? Tem certeza de que não é secretamente uma fã de comédia romântica?

— Eu não preciso ser, é exatamente essa a questão: se você viu uma, já viu todas. Os personagens se conhecem de um jeito engraçadinho, tipo esbarrando um no outro...

— A colisão fofa.

— Se é assim que você chama...

Ruby deu língua para mim e se afastou. A tensão crescente entre nós parecia um elástico sendo puxado; quanto mais ela se afastava, mais perto eu ficava de arrebentar. Ela subiu na cama e se deitou. Resisti ao impulso de segui-la e me inclinei contra a parede, torcendo para que eu tivesse uma aparência irresistível sob a luz do luar que entrava pela janela.

— Então, depois da colisão fofa, rola um clipe dos personagens se apaixonando, indo a piqueniques e encontros e ficando alegrinhos de modo geral, mas, oh, não, o que é este conflito artificial? Briga feia, o herói percebe que é um idiota, então há o gesto grandioso e aí o "felizes para sempre". Os personagens não teriam tanto trabalho se não agissem como imbecis pra começo de conversa, mas acho que isso seria anticlimático.

— Ok, essa é a *fórmula*. Todas as histórias têm fórmulas. São os personagens que as tornam especiais. — Ruby pareceu pensativa. — E mal existem comédias românticas sáficas, então nossas regras podem nem ser as mesmas. A gente poderia reinventar o gênero.

— Ah, as regras definitivamente não são as mesmas. Se isso fosse um filme sáfico, infelizmente uma de nós teria que se matar no final.

— Drástico.

— Eu não faço as regras. Eu gostaria que existisse um monte de comédias românticas com garotas? Com certeza. A gente merece tantos filmes felizes e de alto orçamento quanto qualquer um. Mas existem, tipo, dois filmes assim, e as personagens se beijam um total de quatro vezes neles somados. Nem tem nenhum... — Fiz um gesto com os dedos de ambas as mãos entrelaçados.

— Com certeza podia ter mais beijo — comentou Ruby, encontrando o meu olhar. A maneira como ela disse isso me fez querer voar pelo quarto só para beijá-la, mas por algum motivo meus pés estavam grudados no chão. O que havia de errado comigo?

— Sim. Tipo, tem uns dois beijos por filme só — falei, vagamente ciente de que estava me repetindo.

Ruby assentiu. Ela se levantou da cama.

— E nem dá pra dizer que esses filmes têm lá um grande orçamento. O que quis dizer é que dá pra reconhecer alguns atores neles.

Ruby caminhou em minha direção, mantendo os olhos nos meus.

— Teve um filme sáfico que eu vi uma vez — continuei tagarelando — em que uma garota pula de um prédio e parece muito que ela se transforma em uma águia, e aí...

Ruby parou de andar quando a ponta de sua sapatilha brilhante encostou nos meus coturnos gastos. O restante da minha frase ficou entalado na garganta.

— Você fala demais — disse ela.

Assenti.

Ela jogou o cabelo para o lado oposto. O meu estômago se revirou para o lado oposto *dele*.

— Acho que a gente devia se beijar agora. Até porque você já tinha me conquistado com a estrela. — Ela gesticulou para o céu noturno. — E tenho a impressão de que você tá nervosa, então talvez a gente deva só fazer isso e pronto.

Eu não estava nervosa. Digo, a gente já tinha se beijado antes. Então por que eu estaria nervosa? Tentei responder que não estava nervosa, mas não saiu nada.

Me deixa.

Um momento de silêncio passou, e a energia entre nós foi aumentando. Os dedos de Ruby encontraram meus braços e ela tracejou uma linha que ia de meus cotovelos até as palmas, segurando as minhas mãos com delicadeza quando as encontrou. Nossos dedos brincaram gentilmente. Eu podia sentir o peito dela subindo e descendo contra o meu.

Todos os pelos do meu braço se eriçaram. Um arrepio percorreu minha garganta até meu estômago e além. Nossos lábios ainda não haviam se tocado, mas a ponta de seu nariz raspava minha bochecha e eu podia sentir seus longos cílios acariciarem minha pele quando ela fechou os olhos. Por um segundo, respiramos o ar que havia entre nós. Os quadris dela se moveram, espremendo quaisquer resquícios de luz que poderiam passar entre nossos corpos.

— Conheço uns caras que pagariam uma grana pra ver isso. — Oliver estava inclinado contra o batente da porta do quarto, um sorrisinho convencido estampado no rosto, como sempre. — Mas não sou lá muito fã, então fechem a porta da próxima vez.

Eu ia acabar com a raça dele.

— Oliver! — Ruby soltou um gritinho. Ela escondeu o rosto nas mãos.

— Vaza daqui, seu esquisitão. — Me adiantei na direção dele, que se sobressaltou.

—Acredite em mim, não tenho o menor desejo de ver minha querida prima de pegação com a minha inimiga mortal, mas a porta *estava* aberta. — Ele pareceu tão genuinamente ofendido por eu pensar que ele poderia estar nos espionando que acreditei nele.

— Tá tranquilo, Oliver — disse Ruby entre dentes, seu rosto havia reaparecido, mas as bochechas estavam rosadas. Ela tinha voltado para a cadeira e puxado os joelhos para perto do peito.

— Você deixou seu telefone no sofá. — Ele o jogou para mim e quase não consegui pegar. Deve ter caído do meu bolso.

— É melhor que você não tenha zoado com ele.

— E eu faria isso? — perguntou ele, indignado. Fiz uma nota mental de conferir minhas fotos e mensagens depois.

— Minha mãe me pediu pra te dar uma carona pra casa. Ela disse que está muito tarde pra deixar você ir a pé sozinha. Respondi que você provavelmente preferiria enfrentar um assassino saído dos arbustos do que passar dez minutos num carro comigo, mas, por algum motivo, ela achou que eu estava brincando.

Hesitei.

— Eu não bebi — acrescentou ele. — Interfere na integridade do meu instrumento. — Ele acariciou a própria garganta.

Eu podia pedir ao meu pai para vir me buscar, mas pelo menos assim não haveria o risco de eu interrompê-lo no meio de alguma coisa. E se a carona atrapalhasse a vida de Oliver, melhor ainda. Olhei para trás, e o rosto de Ruby tinha voltado a uma cor normal. Era decepção o que eu via?

— Me dá cinco minutinhos?

— Até eu duro mais que cinco minutos, Saoirse. Existem pílulas pra isso.

Vasculhei o quarto por qualquer coisa que eu pudesse jogar nele, mas Oliver se esquivou rápido demais, e o porta-canetas atingiu a porta em vez da cabeça dele.

— Vocês dois são engraçados — disse Ruby.

— Ele é como o irmão irritante que eu nunca quis e que terei que envenenar com cianeto algum dia.

Eu queria voltar ao beijo, mas não sabia como recuperar o momento.

— E agora? — perguntou Ruby.

O que eu deveria dizer? Era eu quem tinha voltado aqui. Era eu quem tinha dito que queria beijá-la de novo, mas quando o assunto era falar "Vamos fazer isso de novo" ou "Eu te ligo", parecia que existia uma pedra no meu estômago, pesada e gelada. Havia sido tão fácil seguir a minha regra até agora e, claro, ela poderia ir direto para o lixo, mas eu a tinha criado por um motivo. Eu havia passado a maior parte de minha vida com Hannah, como melhores amigas e então como namoradas. Quando ela me disse que não queria mais aquilo, eu não soube como existir sem sua companhia. Segui com a vida com o refrão constante de "Ela não te ama mais" na cabeça, e isso me fez sentir como se eu não contasse como uma pessoa completa estando sozinha. Eu mal havia saído desta fase e não podia voltar. Nem podia dizer isso a Ruby. Era patético. Mas eu podia explicar de um jeito diferente.

— Então, sabe como nas comédias românticas sempre tem uma pessoa que não quer entrar num relacionamento sério? — falei.

Ruby ergueu uma sobrancelha e isso me fez querer ser capaz de fazer o mesmo. Não que isso fosse o importante de se concentrar aqui, mas seria tão legal.

— Essa pessoa é você, se entendi bem — comentou ela, com a mesma expressão que minha professora de francês fazia quando eu dizia que realmente tinha esquecido o dever de casa na mesa da cozinha. Eu era uma boa aluna e, por algum motivo, sempre inspirava ceticismo. Não faço ideia do porquê.

— Quero ser sincera — falei, desonestamente mantendo em segredo a real razão para não querer namorar.

— O que há de errado com relacionamentos? Você quer as coisas que vêm com eles.

— Algumas — admiti. Os beijos e a pegação. Com ela. Queria fazer mais dessas coisas com ela do que já quis com qualquer pessoa. Desde Hannah. — Mas a questão é: relacionamentos estão fadados a dar errado. Ninguém continua junto. Términos nunca são mútuos. Uma pessoa é pega de surpresa e se machuca e o negócio é feio, uma zona, e... além disso, eu vou pra faculdade em alguns meses e você só vai ficar aqui durante o verão. Então não tem nenhum sentido mesmo.

Me neguei a mencionar a parte em que estou seriamente duvidando da minha decisão de me mudar. Não havia nada a ganhar se eu entrasse em todo esse drama também.

— É isso? — disse Ruby, incrédula. — Relacionamentos acabam?

— Basicamente.

Me preparei para uma palestra sobre como eu precisava dar uma chance ao amor, sobre como o amor está lá fora e ninguém é capaz de encontrá-lo sem arriscar o coração, e para uma história sobre como os avós dela se conheceram quando criança e ainda estavam juntos apesar de terem 168 anos.

— E daí? — foi o que ela disse em vez disso.

— É... Quê?

— Não tô tentando te forçar a nada que você não queira fazer. Pode acreditar: não tenho o hábito de implorar a garotas para saírem comigo. Mas eu gosto de você e há outra maneira de pensar nesse assunto.

Eu estava interessada, mas pouco convencida. Fiquei também um pouco incomodada com essa história de "pode acreditar". Aposto que as garotas caem em cima de Ruby. Aposto que tem um monte de garota gata na Inglaterra fazendo fila na porta da casa dela. Me obriguei a interromper este pensamento intrusivo e prestar atenção. Ela ainda estava falando.

— Como você disse, vou voltar pra casa em setembro. Já sabemos exatamente quando isso vai acabar.

— Ok... — respondi, meu tom de voz deixando claro que eu não entendia aonde ela queria chegar com isso. Ela estava provando o meu ponto. Nossa relação estava fadada ao fim desde o primeiro dia.

— Entãããão — disse Ruby, explicando impacientemente o que achava ser óbvio —, sem surpresas, sem expectativas de amor eterno. Nosso próprio experimento com um tipo diferente de história sáfica. As coisas divertidas. Os beijos, as conversas, os encontros e ninguém morre no final.

— Só o clipe romântico — falei, finalmente entendendo.

— Exato. Não precisa levar tudo tão a sério.

Ela tinha um bom argumento.

— Você tem um bom argumento — falei. Seria possível ganhar um bolo e depois não ficar triste quando esse bolo te deixasse e esmagasse o seu coração até virar purê? — Mas como isso funcionaria?

Ruby pensou por um segundo.

— Podíamos fazer um teste. Um encontro, algo clássico dos filmes. Se for divertido, a gente planeja pra valer. Se não, ou se eu me apaixonar perdidamente por você, juro que podemos só cancelar tudo.

Ela estava me sacaneando, mas soava mesmo como uma boa ideia. Será que isso contava como uma quebra da regra de ouro antinamoro? *Tecnicamente.* Mas era uma brecha. Brechas eram aceitáveis. Eu não tinha levado brechas em conta antes.

Beleza, olha, vou falar sério agora: a gente sabe muito bem que meu negócio é pura conversa fiada, mas me deixa em paz, valeu?

— Em que tipo de clássico você tá pensando? — perguntei. — Tenho a impressão de que os personagens estão sempre indo patinar no gelo nesses filmes, mas nós não temos um rinque aqui. E estamos no verão.

— Isso aí seria um clássico "filme de Natal em Nova York". O que a gente tem é um verão na praia. E sabe o que eles pedem? Um parque de diversões itinerante.

— Que conveniente — falei. — Temos um parque de diversões todo verão.

Já tinha um tempo que eu não ia. Pra ser sincera, a gente fica de saco cheio de ter torcicolos e náuseas depois de alguns anos. Mas podia ser divertido com Ruby. Seria legal dar uns pegas na casa dos espelhos.

— É claro que vocês têm... — Ruby se levantou da cadeira, parou na minha frente e puxou o tecido da minha blusa para me trazer para perto dela. Ela me beijou suavemente. Repousei minhas mãos em seus quadris e, assim que comecei a sentir o desejo urgente de segurá-la mais forte, mais perto, ela se afastou. — É uma comédia romântica — falou, terminando a frase e me deixando querendo mais. — Nesses filmes, as pessoas espontaneamente começam danças coreografadas, correm em aeroportos sem os seguranças impedi-las e inventam o discurso perfeito no calor do momento. Acha mesmo que teríamos que nos *esforçar* para encontrar algo básico como um parque de diversões itinerante?

8.

No sábado de manhã, após o aniversário de Ruby, antes mesmo de eu ter a chance de ir ver mamãe, meu pai me implorou para que eu fosse a uma visita de apartamento com ele. Com o término das provas, eu havia decidido inverter o cronograma e começar o dia com uma visita à minha mãe. Eu sempre ia depois da escola durante a semana, mas manhãs eram melhores para pessoas com demência. Os médicos não sabem por que, mas elas ficam mais agitadas à noite. Parte de mim se sentia culpada por eu estar evitando esse lado de mamãe, mas não me alonguei na linha de raciocínio. Era melhor para ela também, menos perturbador. Eu também não gostava de quando as minhas visitas e as do meu pai aconteciam ao mesmo tempo. E ele sempre visitava à noite, depois do trabalho. Havia algo em estarmos juntos como uma família que me provocava uma sensação de mentira. Em especial quando eu sabia a respeito de Beth, e minha mãe não apenas não sabia dela, como não conseguiria entender. Agora, com o noivado, isso era dez vezes pior. A cada instante que eu deixava meu pai fingir que era normal essa história de "Papai e Beth" e todas as mudanças que estavam fazendo, me sentia cúmplice. Eu deveria me engajar em um protesto permanente, mas não era o caso. Claro, resmungava e fazia comentários sarcásticos, mas minha mãe merecia mais.

O apartamento era menor que a nossa casa, óbvio, embora essa parte não tenha me incomodado. Ficava fora dos subúrbios, mais perto do calçadão, próximo às praias turísticas. Do meu novo quarto, eu podia ouvir o barulho dos visitantes, rindo, dando gritinhos, berrando, e havia um cheiro de algodão doce no ar. Meu pai me perguntou se eu tinha gostado e soltei um resmungo. Havia outros lugares, ele me assegurou, mas eu podia perceber que esse era o apartamento que ele queria. Era lustroso e moderno por dentro, todo de vidro preto e cromo. Tão diferente de nossa casinha bagunçada e reconfortante, constituída de tapetes grossos e bugigangas que adornavam toda superfície. Eu me perguntava se linhas proeminentes e monocromia eram preferência de meu pai ou de Beth. Talvez fosse isso o que ambos gostavam. Talvez tudo o que tornasse nossa casa um lar fosse mamãe. Falei para ele que tinha achado o apartamento ok e seu rosto se iluminou todo com a minha tolerância morna. Me senti enjoada de culpa.

Saindo direto da visita de apartamentos para ver minha mãe, eu me sentia como o marido que compra flores para a esposa porque fez algo errado. Mas tirei o pensamento da cabeça; estava ficando boa nisso. Inspirei fundo antes de bater à porta. Faço isso sempre. É uma inspiração que diz: "Não espere nada, não deixa isso te afetar, não se frustre, não se irrite." É a inspiração de erguer defesas.

Quando ela não atendeu, eu mesma abri a porta. Minha mãe estava assistindo à TV e um feixe de luz do sol iluminava o seu rosto, fazendo a pele reluzir. Ela tinha apenas 55 anos. Enquanto eu caminhava pelos corredores da Casa de Repouso Seaview, via idosos com pele enrugada se acumulando em seus pescoços e cotovelos. Alguns quase não conseguiam se mexer; precisavam sempre ser trocados de posição pela equipe após algumas horas, para não ficarem doloridos em locais onde a pele, fina como papel, rasgava. Todos tinham algum tipo de demência — era uma instituição especializada nisso —, mas ninguém se parecia com a minha mãe. Ela sempre foi bonita e isso não tinha mudado. Eu pintava as raízes de seus cabelos todo mês para que seu tom castanho-avermelhado permanecesse brilhoso e sem fios grisalhos. Sei que ela teria gostado disso. Parecia deixá-la feliz.

Ela ergueu o olhar para mim e sorriu. Consegui respirar de novo. Nos dias bons, ela olhava assim para mim. Dias em que dava para notar que ela estava contente de me ver entrar ali, mesmo que não soubesse por quê.

— Oi, mãe — falei.

— Olá, olá. — Ela me chamou para dentro com um gesto. — Gostaria de uma xícara de chá?

Ela perguntava isso a todo mundo que aparecia. Seu cômodo era como uma pequena quitinete. Havia um quarto tipo sala de estar, um banheiro e uma "cozinha" com pia. Todos os utensílios eram pensados para pessoas com demência, como um chuveiro que desligava sozinho, ou uma pia com um sensor de pressão que se esvaziava caso ficasse cheia demais. Um dos problemas de desenvolver essa condição jovem é que você ainda está em forma e é capaz de se meter em um monte de encrenca que pessoas de mobilidade reduzida não conseguiriam.

— Que tal se eu fizer o chá? Pode continuar onde está — falei.

Precisei pedir a uma pessoa da equipe para nos trazer o chá. Minha mãe não possui permissão de ter uma chaleira no quarto, mas não quero constrangê-la dizendo isso.

— Por que você não pega uns biscoitos pra gente, mãe? — falei quando a moça apareceu com uma bandeja.

Mamãe vagou para a "cozinha" e pegou um prato de plástico resistente da prateleira. Às vezes sou atingida pela estranheza da situação. Minha mãe, tão incrível e inteligente, sequer podia ter uma chaleira. Eu a segui até a cozinha, passei meus braços ao redor dela e a abracei forte. Ela me abraçou de volta. Às vezes não abraçava. Quando me afastei, ela estava olhando para mim com aquele olhar distraído. Mamãe sempre foi muito astuta, muito perspicaz. Era seu trabalho como psicoterapeuta. Quando aquele quê aguçado estava ausente de seu olhar, ela parecia outra pessoa.

Minha mãe ficou parada na cozinha, indecisa, e percebi que eu a tinha distraído e que ela havia esquecido o que tinha ido fazer ali. É curioso; todos nós já vivemos um momento em que entramos num cômodo e repentinamente o motivo para estar lá é apagado de nosso cérebro. A gente sabe que vai lembrar de novo depois de alguns segundos. Às vezes eu me perguntava se mamãe se sentia assim; se, qualquer que fosse a memória, a tarefa ou o rosto que ela tivesse esquecido, seria lembrado novamente em um segundo. Ou talvez ela estivesse tão perdida que sequer sabia que havia esquecido algo.

— Biscoitos, mãe — sugeri.
— Gostaria de uma xícara de chá? — perguntou ela.
— Já temos chá. Precisamos de uns biscoitinhos. Quer que eu pegue?

Ela me espantou da cozinha com um gesto e posicionou alguns biscoitos de chocolate em um prato. Vinha ficando mais desajeitada a cada dia, como se sua memória muscular também estivesse se dissipando, então a observei com atenção.

Estava passando uma novela australiana na TV, então zapeei pelos canais até encontrar um jornal. Minha mãe odiava novelas. Era intelectual ao ponto de ser esnobe, e eu e meu pai sempre implicávamos com ela por conta disso. Ela e Hannah costumavam conversar sobre coisas metidas à besta o tempo todo. Liam os mesmos livros chatos cheios de metáforas verborrágicas nos quais nada acontecia. Assistiam aos mesmos filmes chatos cheios de metáforas visuais nos quais nada acontecia. Teve uma vez em que até foram a um concerto juntas. Vivaldi interpretado por Vilde Frang. Eu só me lembrava do nome porque achei que soava engraçado e ainda não sei se Vilde Frang é uma pessoa ou uma banda. Na mesma noite, papai e eu fomos a uma versão musical não autorizada de *Garota infernal*. Para ser sincera, foi incrível pra cacete, mas às vezes sentia um pouco de remorso por não fazer as coisas que minha mãe queria, mesmo que eu as odiasse. Havia momentos em que eu me perguntava se ela teria preferido ter Hannah como filha. Depois do término, fiquei aliviada por minha mãe não conseguir entender a situação, mas tive raiva de Hannah, pois era como se ela a tivesse abandonado também.

 Senti que eu estava sendo sugada para um buraco negro onde eu não pararia de ruminar a respeito de tudo o que eu tinha feito de errado e, sinceramente, podia ficar nessa o dia inteiro se fosse possível. Como disse a grande filósofa: sacode a poeira e dá a volta por cima.

 — Como você tá, mãe? — perguntei, tentando injetar um pouco de leveza em minha voz.

 — Tô ótima. Meu pai vem me buscar daqui a pouco.

 Ela costuma pensar ser mais jovem do que é de fato. Às vezes parece acreditar que está no trabalho. Com frequência, acha que os pais dela ainda estão vivos — seus pais adotivos, no caso. Ela não se lembra de descobrir que era adotada. Isso não ocorreu até mamãe estar no fim da casa dos vinte anos.

Suas memórias pareciam se desdobrar até certo ponto. Ela era capaz de contar histórias da infância em detalhes vívidos, mas não se lembrava de que teve uma filha. A maior parte do tempo, pensava ter uns vinte e poucos, pelo menos até onde eu notava. Essa pessoa era Elizabeth O'Kane. Ela não iria conhecer Rob Clarke por outros treze anos, quem dirá se tornar a minha mãe. Era como se essa parte dela tivesse se dissipado. Tentei lembrar qual teria sido a última vez em que ela soube que eu era sua filha, mas na época não percebi que aquela vez seria a última, então o momento não se conservou. Mais uma memória perdida, para nós duas.

— Que bacana — respondi. — Que horas ele vem?

— Daqui a pouco, acho. Como você está? Sobre o que gostaria de conversar?

Como você está? Sobre o que gostaria de conversar? Bordões de minha mãe. Frases prontas em seus lábios, palavras que ela havia dito um milhão de vezes. Eu a imagino dizendo-as a seus pacientes. Às vezes, ela parece pensar que sou um deles. Às vezes, eu entro na brincadeira.

Desembucho. Tantos pensamentos giravam em minha cabeça, e não é como se eu tivesse com quem conversar. Havia considerado ligar para Izzy. Nada sério, só um pensamento irritado sobre como eu não podia contar a ela toda a minha história com Ruby nem saber suas opiniões sobre isso. Se Izzy não tivesse estragado nossa amizade com mentira e traição, eu poderia estar dissecando toda a situação com ela agora mesmo. Não escolhi essa vida de eremita dramática, ela é que havia me escolhido.

Mas ainda tinha minha mãe, e era mais fácil contar a ela coisas que eu jamais teria dito antes. Toda a merda. É claro que eu preferiria mil vezes que ela estivesse bem e tentando extrair informações da minha vida como toda mãe. Semanas haviam se passado antes que eu conseguisse admitir que estava saindo com Hannah. Eu me lembro de minha mãe me mandar sentar e, com toda a seriedade, perguntar o que estava rolando entre nós. Quando contei que estávamos namorando, ela chorou. Lágrimas de alegria. Falou que sempre torceu para que nós finalmente percebêssemos como éramos perfeitas uma para outra e fez um comentário bobo sobre nosso futuro casamento. Revirei os olhos e disse que a gente não ia se casar nada, pelo amor de Deus. Na verdade, adorei o comentário, mas tinha catorze anos e não podia admitir isso em voz alta.

— Conheci uma menina. — Assoprei o meu chá para esfriá-lo e mamãe me imitou. — Acho que ela gosta de mim.

Ela colocou a mão sobre a minha e a apertou.

— Isso é ótimo — disse.

— O problema é que eu gosto dela.

Minha mãe olhou para mim como se não conseguisse acompanhar minha linha de raciocínio. Mas quem conseguiria? Era uma frase objetivamente sem pé nem cabeça. Ainda assim, prefiro não permitir que a consciência de que estou sendo absurda me impeça de me expressar. Mamãe franziu a testa, como se tentasse se concentrar. A demência não tira a inteligência das pessoas, mas dificulta que elas a expressem da maneira como estão acostumadas. Pelo menos é isso o que o médico disse. Prossegui.

— Ela acha que se nós duas soubermos quando esse lance vai acabar, ninguém sai machucado. — Deslizei um dedo pela borda de minha xícara, sem realmente esperar uma resposta. — Essa foi a pior parte de quando a Hannah me largou, mãe. Eu fui pega de surpresa. Você acha que isso poderia funcionar ou que é uma ideia péssima?

Eu não esperava uma resposta, mas mamãe fez carinho em minha bochecha.

— Você precisa fazer o que te deixa feliz, Claire — disse ela. — Você parece sempre tão triste.

Lágrimas surgiram nos meus olhos e comecei a piscar rápido. Minha tia Claire não é irmã biológica dela. Não existe preocupação de ter herdado demência. Ela não a visita muito e eu a odeio por isso, mas de certa forma fico contente por mamãe pensar que sou ela. Pelo menos não tem como saber quantas pessoas a deixaram para trás. Ela não pode sentir saudades de *mim*; ela não sabe quem eu sou. Mas poderia sentir saudades de Claire se a irmã não aparecesse. Desta maneira pelo menos consigo fazê-la feliz.

9.

Então, o término. Você obviamente quer saber. Assim como alguém que encara de boca aberta um acidente terrível só para ver sangue e tripas de verdade. Depois da visita, não consegui parar de pensar nisso. Pensei durante toda a caminhada de volta para casa, de tal maneira que quando ergui o olhar e me peguei no meu quarto, não consegui me lembrar de como cheguei lá. Faço o possível para não remoer o assunto. Por meses depois do ocorrido, fiquei reproduzindo o momento na minha cabeça o tempo todo, como se eu fosse uma cinegrafista observando todo aquele clichê lamentável, morrendo de vergonha alheia da garota no café que não tinha ideia do que estava para acontecer. Vamos dar uma olhadinha de novo, que tal?

Lá estou eu, sentada de frente para Hannah. É um café fofo com toalhas de mesa listradas e quadros bregas nas paredes que dizem coisas tipo "O melhor tempero é o amor". Só consigo pensar em quão linda ela é. Não noto que está prestes a acabar com a minha vida. O que percebo é a forma adorável como os óculos dela se assentam em suas bochechas redondas, de maneira que, quando ela fala, eles meio que dão uns pulinhos. O tom da conversa passa cem por cento despercebido por mim. Além disso, estou super a fim do bolo de caramelo em que acabei de dar uma garfada.

— Você é a pessoa que eu mais gosto no mundo, Saoirse. Você é generosa, engraçada, gentil e eu amo tudo isso em você, mas... — diz Hannah, e eu sorrio.

Como posso ter deixado passar batido? É o começo de toda cena de rompimento na história.

— Eu também te amo. — Me levanto por cima da mesa para beijá-la. No meio de um café. Algo que eu jamais teria feito dois anos antes, quando era uma jovem sapatinha que pensava que todo mundo estava sempre olhando.

Hannah vira o rosto, então meus lábios raspam sua bochecha, deixando em sua pele um borrão de hidratante labial sabor menta. É só aí que a palavra "mas" de dez segundos atrás me alcança e é registrada pelo meu cérebro.

Volto a me sentar. Pelo menos isso: o restante da cena de término não acontece comigo meio suspensa sobre a mesa, de bunda pro ar. Meu rosto congela, inexpressivo, vazio. Mas quando a câmera dá um zoom, é possível perceber uma sugestão de medo.

Nossos olhares se encontram. Quando se está com uma pessoa, existe uma espécie de troca de olhares que a gente nem valoriza, acha estar garantida. Algo nos olhos da outra pessoa que diz que ela é o seu lar.

Isso não estava mais lá.

Mais tarde, eu me perguntaria se esse olhar esteve ausente por semanas ou meses, e se eu só não havia percebido.

— Qual é o problema? — digo.

Ninguém nunca tinha terminado comigo antes, mas a cena era tão familiar que eu já sabia as minhas falas. Será que cenas assim acontecem tão frequentemente na vida real que acabam indo parar nos filmes ou será que os filmes é que nos dão um roteiro conveniente para conversas inconvenientes?

— Me desculpa. — O queixo dela treme. — Não quero mais namorar com você.

O fato de que ela está prestes a chorar é o que mais me assusta. Seria de se pensar que esse é um comportamento totalmente normal, mas Hannah é equilibrada e lógica a ponto de parecer um pouco fria para quem não a conhece. Ela não costuma ser tomada pela emoção. Ou, pelo menos, não a expressa da mesma maneira que a maioria das pessoas.

Se você olhar com atenção agora, verá a repentina transformação de meu rosto de inexpressivo para completamente devastado. Está tudo no olhar. Esse é o momento em que todas as coisas que eu tinha planejado viram fumaça. Na época, realmente acreditava no sonho de sermos o um em um milhão de primeiros amores que duram para sempre.

— Mas por quê?

É uma pergunta que me envergonha, mas precisava fazer. Eu a amava tanto e estava tão feliz que não conseguia compreender o que ela queria dizer. Mesmo agora, quando penso sobre isso, preciso me resguardar da resposta.

— Eu te amo. Mas não estou apaixonada por você — disse ela.

É tão clichê que eu nem conseguia de fato entender o que significava. Qual é a diferença entre amar e estar apaixonada?

— Quero que a gente continue amigas, mas entendo que possa demorar um tempo.

Era a minha grande chance de lidar com a situação tranquilamente e preservar um pouco de dignidade.

— Mas eu te amo — em vez disso, choraminguei. — Acho que você é literalmente a melhor pessoa que já conheci, vou morrer se me deixar.

Não diga nada. Eu já sei.

— Saoirse — falou ela, e apertou a minha mão sobre a mesa. A sensação foi familiar e estranha ao mesmo tempo. — Você vai ficar bem. Prometo.

— Por que agora? O que mudou?

Foi um erro perguntar isso. Hannah não é de fazer rodeios. Foi nesse momento que aprendi que não se deve fazer perguntas cujas respostas você talvez não queira ouvir.

— Não sei o que mudou. Venho pensando nisso há um tempo. Eu esperava que pudesse arranjar um momento quando as coisas tivessem acalmado na sua vida. Não queria te magoar quando já está tudo tão ruim, mas comecei a sentir como se estivesse mentindo para você, e isso eu não quero.

Por "coisas" ela se refere à minha mãe precisar se mudar para uma casa de repouso, meu pai ter uma amante e a cereja nesse bolo de merda: surpresa! É possível que eu desenvolva demência também. Um pensamento se infiltra em minha mente e lá se aloja. É exatamente por isso que ela está terminando comigo. Não existe futuro juntas. Se meu pai soubesse que minha mãe acabaria desse jeito, tenho certeza de que teria se safado antes. Deve significar que ela nunca me amou de verdade, assim como meu pai talvez nunca tenha realmente amado a minha mãe. É o fim do mundo. Uma dor que chega a ser física.

Senhorinhas na mesa ao lado se inclinam visivelmente em nossa direção. Hannah se levanta, pega uma nota de dez em sua bolsa e a coloca na mesa. Fico confusa por um momento, até perceber que ela está pagando pelo bolo.

— Você é minha melhor amiga — diz, olhando para os pés. — Acho que isso não precisa mudar. Se você quiser.

Olho para ela. Hannah está mordendo os lábios. Não sei o que dizer. Embora diga que quer manter nossa amizade, está disposta a arriscar sacrificá-la para pular fora de nosso relacionamento.

Hannah sai do café. Meus olhos a seguem involuntariamente. Deixo a cabeça pender para as mãos, mas meu cotovelo escorrega e sem querer viro o prato com o bolo. Ele cai no chão, rodando com um barulho que lembra o de uma moeda lentamente parando de girar. O bolo desliza pelo piso do café, deixando nos azulejos uma longa marca de cobertura de caramelo que lembra uma freada.

Uma das senhorinhas estica o braço para dar batidinhas no meu joelho.

— Vai passar, querida.

Mais tarde, descubro que Izzy sabia há um tempão. Naturalmente, como a vida não passa de uma sequência de humilhações, ela não me contou até eu ficar um mês tagarelando sobre isso sem parar. Dissecando cada momento minúsculo. Me perguntando em voz alta se havia um jeito de Hannah mudar de ideia. O amor não simplesmente desaparecia, certo? O meu não tinha desaparecido. Não era uma lâmpada que eu pudesse apagar e acender. Era algo que havia crescido dentro de mim, suas raízes se entrelaçando a todos os órgãos de meu corpo. Eu precisava deste amor para viver. Por muito tempo, mantive esperanças. No fim das contas, parei. De ter esperanças, quero dizer. Não gostava de pensar na possibilidade de ser capaz ou não de parar de amar Hannah algum dia. Aprendi a não examinar esses sentimentos. E é por isso que não queria nunca mais vê-la. Precisava fingir que ela não existia. Izzy também. As duas estavam inseparavelmente conectadas.

As pessoas dizem que não se pode mudar o passado, mas isso não é verdade.

Meu pai colocou a minha mãe em uma casa de repouso. Ele prometeu que jamais faria uma coisa dessas. Prometeu que sempre cuidaria dela. Mas não foi o caso, e isso alterou tudo o que havia acontecido antes, transformando antigas memórias, até então doces, em amargas. Isso valia para mim e Hannah. Tudo o que já tivemos ficou contaminado. Apodreceu.

Deitada na cama, encarando o teto e incapaz de parar de me culpar por ter sido tão ingênua e burra, percebi que o que eu precisava mesmo era de novas regras. Podia até estar gentilmente abusando daquela brecha na minha regra sobre não entrar em relacionamentos — ah, e aquela parte sobre não beijar lésbicas ou meninas bissexuais porque dá margem para brechas, óbvio —, mas é por isso que eu precisava de uma garantia de segurança. Uma maneira de me proteger e evitar ter o coração esmagado de novo. Se quaisquer destas coisas acontecessem, seria a hora de dar um fim ao pequeno experimento com Ruby. Peguei meu celular e tomei nota dos cinco cavaleiros do apocalipse: os entraves, os arautos da danação.

1. Nada de ser manteiga derretida. Se eu me pegar olhando longamente para Ruby e pensando coisas tipo "ela é a garota mais linda do mundo", é porque estou enrascada.
2. Nada de usar o pronome "nós". Tipo em "nós amamos isso", "nós gostamos de gatos", "nós vamos viver felizes para sempre".

3. Nada de sonhar acordada. Fantasias sobre um futuro que não teremos é um sinal de alerta dos grandes.
4. Nada de papo sério, mesmo. Ou seja, nada de conversar sobre a minha mãe ou sobre não querer ir para Oxford ou sobre meus pobres sentimentozinhos complicados a respeito de meu pai e seu casamento.
5. Nada de brigas e, especialmente, nada de fazer as pazes. Brigar sugere que você está investida de algum modo. Fazer as pazes é proteger este investimento.

Jurei a mim mesma não quebrar nenhum destes mandamentos sagrados. Sem desculpas, sem exceções.

Eu sei, eu sei. É como se eu estivesse num filme de terror, dizendo "Eu já volto".

10.

A roda-gigante pairava adiante no calçadão, e o som vibrante de sininhos se mesclava com as músicas pop que tocavam nos brinquedos. Alternei o peso do corpo de um pé para o outro, esperando por Ruby e me perguntando se eu deveria comprar nossos ingressos ou se cada uma compraria o próprio. Hannah e eu costumávamos nos decidir baseadas em quem tinha mais grana no momento. Como funcionava um encontro quando você não conhecia a outra pessoa por praticamente toda a sua vida? Ninguém me preparou para isso. Comprei ambos os ingressos só para poder parar de ficar encucada sobre quem deveria comprar os ingressos.

Encontrei Ruby antes de ela me ver. Vestia calças harém coloridas e regata cropped azul com um bordado ao redor da gola. A combinação fazia conjunto com botas de cano curto marrom-claras. Dois centímetros de barriga macia escapavam de sua roupa. Ruby tinha uma aparência fofa e boêmia, e eu queria correr em sua direção para beijá-la. Não fiz isso. Fugi de sua linha de visão antes que ela pudesse me notar, para evitarmos aquela caminhada sem graça quando uma pessoa vê a outra, mas está longe demais para acenar ou dar um oi. Esperei que se aproximasse do quiosque, então me esgueirei e dei um tapinha em seu ombro. Ela se sobressaltou, mas sorriu ao me ver.

— Oi. — Ela acenou embora estivesse a trinta centímetros de mim.

— Oi. — Acenei de volta. — Isso é esquisito?

— Um pouquinho. — Assentiu. — Mas a gente supera.

Dou algumas olhadas na direção de Ruby enquanto caminhamos em meio à multidão até a entrada, o que fez com que eu esbarrasse no mesmo homem de meia-idade duas vezes. Pela primeira vez na vida, eu não fazia ideia do que dizer. Entrei na fila de bebidas e revirei o cérebro em busca de quebra-gelos, mas saí de mãos vazias. Comprei meio litro de Coca-Cola porque estava quente à beça e bebi tudo em praticamente um gole. A onda de calor não tinha dado trégua, apesar de historicamente costumar acabar assim que a temporada de provas chegava ao fim.

Beberiquei o resto da Coca-Cola como uma espécie de escudo para não ter que falar. Nunca precisei inventar assunto de primeiro encontro. Hannah e eu tínhamos sido amigas por dez anos antes de irmos a um "encontro". Nossa amizade e nosso namoro se embaçavam e se misturavam em uma coisa só. Mais um motivo pelo qual nós nunca poderíamos continuar sendo amigas depois. Como é que irmos ao cinema sendo apenas amigas seria diferente de irmos como namoradas?

Então, como se ela fosse um espírito maligno em um filme de terror, pensar em Hannah a invoca para este plano de existência. Seu cabelo lustroso preto, ao lado dos cachos loiros de Izzy, balançava em nossa direção em meio ao mar de gente, como se a minha ex fosse o próprio Tubarão.

Senti meu coração bater forte, tentando fugir. Olhei, frenética, ao redor, em busca de algum lugar onde ela não fosse me ver. À esquerda, uma fila para comprar algodão-doce.

Atrás de nós estava a saída e, à frente, o trem-fantasma — à direita, a roda-gigante.

Hannah estava se aproximando e, apesar de haver um milhão de pessoas entre nós, ela com certeza ia me ver ali. Juro que alguma coisa simplesmente muda no corpo da gente depois que se conhece alguém muito bem. Não tem como a pessoa passar despercebida. Calha de você perceber um gesto familiar com o canto do olho ou ouvir uma palavra que se destaca acima do ruído, e logo você sabe que a pessoa está lá, antes mesmo de vê-la.

Bati no ombro de Ruby.

— Roda-gigante?

— Com certeza — disse ela, e esfregou as mãos. — Nunca andei em uma, na verdade.

Rodas-gigantes eram interminavelmente entediantes. Hannah jamais entraria em uma. Ela ficava apavorada com a ideia de ficar solta lá dentro. Sempre falava que não havia nada que impedisse a pessoa de simplesmente abrir a portinhola e sair. Nunca me dei ao trabalho de mencionar que, salvo em casos de possessão por espíritos malignos, o corpo dela não ia ser traíra e fazer o que desse na telha. Na real, eu teria preferido o trem-fantasma, mas era mais arriscado. Hannah e Izzy poderiam acabar entrando também, e ficar presa com elas a um carrinho atrás de nós teria sido horripilante. Na verdade, um trem-fantasma com tema de ex-namorada parecia um lance genuinamente aterrorizante. Você entra no brinquedo e, em vez de saltar um manequim de múmia coberto de papel higiênico, é ela — e, quando você olha para si mesma, percebe que está de suéter folgado com uma mancha na frente. Quando vira a curva, te obrigam a rolar pelo Instagram dela e há um monte de comentários de uma garota tatuada que é a cara da celebridade que a sua ex mais gosta.

No final, há um vídeo em *loop* com capturas de tela de todas as mensagens patéticas que você enviou a ela quando seu coração estava destruído demais para manter a dignidade.

É claro, a questão era que ninguém pagaria para ter esse tipo de trauma quando a vida o serve gratuitamente.

— Você nunca andou de roda-gigante? — perguntei, distraída e olhando de relance para trás.

A menos de dois metros, Izzy e Hannah estavam na fila do algodão-doce. Ideia de Izzy, com certeza; era ela quem tinha um bico doce. Se eu virasse agora, elas sem dúvida nenhuma me veriam. Girei a cabeça para frente rápido, fingindo ter ouvido tudo o que Ruby disse.

— ... não tinha o hábito de ir a lugares tipo parques de diversões itinerantes e praias quando era criança.

Eu achava mesmo que a família dela saía em viagens mais emocionantes a Mônaco, Aspen ou seja lá para onde gente rica leva os filhos nas férias.

— Bem, acho que hoje vai ser dia de xepa pra você — fiz piada.

— Não foi isso que eu quis...

— Tô só brincando — falei, com um empurrãozinho.

Senti o leve chamado do meio litro de refrigerante que meti para dentro me dizendo que precisaria encontrar um banheiro assim que saísse da roda-gigante. Franzi o nariz só de pensar no estado do banheiro do parque no meio daquela tarde quente de rachar. Eu podia esperar até as coisas acalmarem um pouco.

Nos espremos lado a lado em um dos banquinhos e, de algum modo, apesar de já termos chegado no nível dois de pegação anteriormente, tive um arrepio eufórico bobo quando nossas pernas se encostarem. Nossas mãos repousaram nas respectivas coxas, mas ficaram se esbarrando de um jeito que me deixou superconsciente de ter braços. O que eu costumava fazer com eles por toda a minha vida até agora? Meus braços ficavam esquisitos assim quando eu estava com Hannah também? Não conseguia lembrar.

A roda-gigante girou, deixando outros casais embarcarem. Ruby inspirou o ar com cheiro de pipoca e deu um sorriso.

— Foi uma boa ideia. É com certeza o tipo de coisa que a gente vê num filme. A gente vai ter que ir na montanha-russa também e tirar umas fotos lá. E quem sabe ganhar umas pelúcias uma pra outra.

— A montanha-russa daqui emana uma nítida aura de que a gente vai precisar se agarrar nela com tudo para não morrer, mas ouvi dizer que situações de vida ou morte aproximam as pessoas, então, claro, por que não?

No topo, a roda-gigante fez uma pausa e nós observamos a vista. O mar se estendia por quilômetro de um lado a outro, e dava para ver a cidade se transformando em interior. Ruby esticou o braço e pegou a minha mão. Me senti relaxar um pouco.

— Me conta algo sobre você — falei. — Por que você tem os reflexos de um gato?

Ela riu e senti um calorzinho no peito. Eu adorava fazê-la rir. Ruby tinha uma risada bonita que, de algum modo, também tinha sotaque inglês.

— Fiz ginástica por anos.

— Mas não faz mais?

— As coisas ficaram muito atarefadas lá em casa. Pra ser sincera, a minha mãe começou a esquecer das minhas aulas porque estava muito ocupada, e eu não queria incomodá-la. Acho que demorou uns seis meses pra ela perceber que eu tinha parado de ir. Falei que eu preferia não voltar mesmo. Não queria que se sentisse mal.

Meu coração se partiu pela pequena Ruby. Ela deve ter sido uma daquelas crianças cujos pais são tão poderosos e ambiciosos que até se esquecem que têm um filho. Agora o fato de terem saído de férias sem ela começava a fazer sentido. Abri a boca para dizer que eu sabia como era ter uma mãe que nem sempre podia estar comigo — apesar de que, no caso da minha mãe, ela iria querer estar se pudesse. Então, com um estalo, me impedi. Como é que eu tinha abaixado a guarda tão fácil? Precisava ser muito mais cuidadosa que isso. Quase podia ver Ruby se derretendo toda caso eu dissesse o que estava pensando. Ela teria tanta pena de mim. Eu sentia pena dela, e olha que nem sou o tipo de pessoa que se afeta por essas coisas.

— Mas o que importa é: você ainda consegue fazer uma estrelinha? — perguntei.

Ruby piscou, provavelmente esperando uma reação diferente. Enterrei minha culpa enquanto ela enterrava sua surpresa.

— Na verdade, consigo sim — disse, se recuperando rápido e sorrindo para mim. — E sei dar cambalhotas também. E, se você tiver sorte, vou te mostrar como consigo colocar as pernas...

A roda-gigante voltou a se mover com um tranco, girando em direção ao solo e para mais perto de um banheiro. Então, houve um gemido, um rangido e um guincho de metal contra metal. A roda estremeceu até parar e uma garota no banco próximo gritou.

Digo, é claro que a roda-gigante ia quebrar. Quando se brinca com a sorte em uma comédia romântica, às vezes você consegue beijar a garota bonita e às vezes você tem que encarar uma humilhação vergonhosa para efeito cômico.

Uma sensação horrível tomou conta do meu corpo, cada músculo travando.

— A gente... tá presa? — Ruby se inclinou para a beira do banco, sua cabeça praticamente se pendurando para o lado. Ela divagou quando a gritaria de pânico alcançou nossos ouvidos. Um homem berrou "Eu vou processar vocês!" e uma criança que já estava velha demais para isso abriu o maior berreiro. A situação era ruim. Muito, muito ruim. Olhei ao redor como se uma solução para o meu problema mais urgente fosse se materializar do nada.

Quando a cabeça de Ruby voltou para dentro do banquinho, percebi que estava com um sorriso imenso.

— Que perfeito — disse ela, rindo, empolgada de entusiasmo. Então percebeu minha expressão. — Saoirse, qual é o problema? A gente está completamente segura.

Eu balançava o pé furiosamente e não parava de esfregar o polegar na cicatriz na palma da mão.

— Quanto tempo você acha que vai demorar até isso se resolver? — empurrei as palavras pela boca.

— Não sei, mas vai ficar tudo bem. Você tem medo de altura ou algo assim? — A testa de Ruby se franziu de preocupação.

Hesitei. Então assenti.

— Aham. Apavorada com alturas. Eu mesma. Não posso subir nem meio metro sem ficar toda "Essa não, eu vou morrer".

Espiei pela beirada do banco para ver se alguém estava fazendo algo a respeito desse desastre.

— Não olha pra baixo — disse Ruby, massageando a minha nuca de um jeito que era para ser reconfortante, mas que provocou arrepios no meu corpo inteiro. Era uma mistura confusa de sensações. — Vai dar tudo certo — ela disse numa voz tranquilizadora —, eu prometo.

Assenti, incapaz de responder. A sensação horrível ficou mais forte.

A massagem parou de repente.

— Por que você sugeriu a roda-gigante se tem medo de altura?

— Hum...

— E na noite em que a gente se conheceu você escalou um muro de uns dois metros e meio.

— Porque eu estava tentando te impressionar, talvez? — falei, esperançosa.

Ela levantou uma sobrancelha e esperou. Droga, esse negócio de levantar uma sobrancelha era tão maneiro.

— Tá bom, beleza! — exclamei. — Eu não tenho medo de altura.

— Bem, então qual é o problema? — Ruby se inclinou de volta em seu assento. Eu preferia quando ela estava sendo compreensiva.

Fechei os olhos dramaticamente e fiz uma pausa antes de respirar fundo.

— Eu tô com medo de molhar as calças. Bebi meio litro de Coca-Cola e tô com uma vontade do cacete de fazer xixi, beleza? — falei tão apressadamente quanto conseguia, como se de algum modo isso fosse fazer o constrangimento passar mais rápido.

Ruby caiu na gargalhada.

— Por que você tá rindo? — indaguei. — Estamos correndo um perigo real aqui! — Minha voz estava ficando mais apavorada e descontrolada agora que o segredo tinha sido revelado. — Tipo, se a gente estivesse numa montanha-russa e ela pifasse do nada, a gente seria atirada para a morte ou mutilada ou algo assim, claro, mas isso seria um acidente trágico. O que vai acontecer comigo? Eu vou mijar nas calças com a garota de quem eu gosto bem do meu lado. Nem no mesmo cômodo, mas nos mesmos vinte centímetros quadrados. Meu Deus do céu, e se o xixi encostar em você? E se quando a gente finalmente descer, uma onda de xixi vazar de mim assim que a gente abrir a porta?

A essa altura, Ruby estava curvada de tanto rir, mas se esforçou para se sentar reto e então enxugar os olhos.

Com ambas as mãos, ela pegou a minha.

— A gente vai superar essa, prometo. Você não vai molhar as calças. Você é uma pessoa crescida com total controle sobre a própria bexiga. Só parece ruim assim porque você está se concentrando nisso.

— E como vou parar de me concentrar nisso? Pode acreditar, meu corpo está exigindo que eu me concentre nisso.

Ela mordeu o lábio. Uma risadinha escapou.

— Desculpa. Eu não devia rir. A culpa é minha, na verdade.

— Como isso é sua culpa?

— Eu devia ter te avisado.

— E como você ia saber que eu ia tentar beber o meu próprio peso em refrigerante e ficar presa em um espaço confinado?

— Ah, dá um tempo — disse Ruby, como se fosse óbvio. — Nas comédias românticas, os casais estão sempre ficando presos em espaços confinados. Se eles entram num armário de suprimentos, a porta *vai* trancar do lado de fora. Se eles entram num elevador, ele *vai* parar de funcionar. E se eles entram em uma roda-gigante, ela *vai* quebrar. Não posso te culpar, você não sabe muito sobre esses filmes.

— Bem, nesse caso: pois é, você devia ter me avisado. Eu teria preparado uma mochila de emergência com lanches ou algo assim. Um mapa, um kit de primeiros socorros e um daqueles telefones via satélite imensos pra quando nossos celulares inevitavelmente ficassem sem sinal.

Havia uma similaridade impressionante entre as cenas de desastres de uma comédia romântica fofa e o filme médio de terror de desastre. Mas é claro que nas comédias românticas só existe tensão sexual, enquanto no terror existe um assassino em série com uma faca, então o tom é levemente diferente, sabe?

— Ah, agora eu entendi — disse Ruby sabiamente. — Você é a certinha da relação e eu sou o espírito livre que tem que te ensinar a se soltar, relaxar e quebrar as regras.

— Como é? Fui eu que escalei um muro e comprei uma estrela pra você. É óbvio que o espírito livre aqui sou eu — falei, apesar da parte sobre quebrar regras ser um pouco familiar demais pro meu gosto. Eu não tinha regras por ser certinha. Eu as tinha porque temia o que pudesse acabar fazendo sem elas. Isso não é ser controladora.

Não é mesmo.

— Como o verdadeiro espírito livre aqui, vou te deixar ganhar essa — disse Ruby, com uma piscadela desconcertante. Eu não sei como alguém conseguia dar uma piscadela sem isso parecer brega, mas Ruby era essa pessoa. Me perguntei se eu seria capaz de fazer o mesmo. Ia ter que praticar em frente ao espelho depois.

— Mas vou logo dizer — comentou Ruby enquanto eu contemplava se o próprio ato de praticar piscadelas me tornaria a certinha da relação —, a gente concordou em fazer um encontro de teste e acho que está sendo um estrondoso sucesso.

Eu deliberadamente espiei para fora do banco, para a terra muito, muito distante lá embaixo, então de volta a Ruby.

— O que foi? — disse ela. — Você acha que só porque ficamos presas aqui não foi um sucesso? Eu já te disse, se você visse mais comédias românticas, saberia o que esperar.

— É brincadeira — falei. — Na verdade, eu tô me divertindo. Digo, exceto pela vontade desesperadora de fazer xixi enquanto continuo presa nas alturas.

É estranhamente verdade. De algum modo, eu preferiria ficar presa com a bexiga estourando com Ruby ao meu lado do que em praticamente qualquer outro lugar sem ela.

Ruby franziu o rosto em solidariedade.

— Então vamos distrair você. Se concordar em continuar com esse lance de comédia romântica, a gente pode pensar em mais coisas pra fazer.

— Conto com a sua experiência no assunto — respondi, abrindo um arquivo de anotações no celular. — O parque de diversões já foi. Que outra ideia você tem?

Ruby jogou o cabelo de lado, pensativa.

— Diabruras? — disse ela por fim, a língua distraidamente brincando com o piercing labial.

Limpei a garganta, pensando em como responder a uma palavra que eu nunca tinha ouvido ninguém usar na vida real.

— Diabruras — falei. — Você acabou de inventar isso.

— Não, eu não inventei. É quando os casais ficam envolvidos em cenas alegres e brincalhonas... diabruras.

Ergui ambas as sobrancelhas (porque eu não conseguia levantar só uma).

— Vou precisar de um exemplo. Não tô botando fé.

— Em *10 coisas que eu odeio em você* — respondeu imediatamente. — Aquela cena no paintball.

— Eu não assisti. — Dei de ombros.

Os olhos de Ruby se esbugalharam.

— Eu sei que você disse que não gostava de comédia romântica, mas isso aí é só esquisito. Tá bom: se eu vou ser a única a providenciar ideias, então você vai ter que ver os filmes de onde elas vieram. Vamos colocá-los na lista. Talvez você não fique tão surpresa da próxima vez que algo óbvio acontecer, tipo uma roda-gigante pifar.

Ruby pareceu empolgada com a ideia de me fazer sentar para assistir a todos os seus filmes favoritos, e eu tinha que admitir que queria ver o sorriso no rosto dela quando concordasse.

— Ah, beleza, então — concordei.

Ela abriu um sorrisão. Lá estava.

— Ah, já sei o que vem depois. Contato ocular significativo.

— Diabruras e contato ocular? — Balancei minha cabeça, mas digitei mesmo assim.

— Há sempre um contato ocular *mega* significativo nas montagens românticas. É como a gente sabe que existe tensão sexual — explicou Ruby.

— Digo, você não tá errada, mas contato ocular não é um encontro. Podemos fazer quando a gente quiser.

— Exatamente. Devíamos fazer agora. Resolver logo essa questão e pronto. — Ela tinha uma expressão que eu estava começando a classificar como a sua cara "travessa". Era a mesma de quando nós pulamos do muro. Era a mesma de quando ela me convidou para o quarto dela. Sendo justa, era uma expressão que tinha sido ótima para mim até então.

— Você quer ter contato ocular significativo comigo agora?

— Claro.

— Isso não devia ser, sei lá, mais natural?

— Você tá de boa com uma lista de encontros e término pré-programado, mas não podemos agendar contato ocular significativo?

— Não, não, você tá certíssima. — Ergui as mãos em rendição.

— Agora, lembre-se de que você precisa manter o contato ocular por pelo menos dez segundos — disse ela.

— Que bobeira. Não vou conseguir manter a cara séria pra isso.

— Você precisa conseguir. Nesse momento estamos conversando normalmente, olhando pra todo lado. — Ruby olhou de soslaio ao redor. Ela acenou casualmente para ninguém porque estávamos a sessenta metros do chão. — Olhadela casual, apenas conversando, ruibarbo, ruibarbo — disse Ruby, olhando para todo lado menos diretamente para mim.

— Pera aí. Ruibarbo? — interrompi.

— É, é isso o que os atores no fundo ficam falando quando supostamente deveriam estar conversando. Você não sabe de nada mesmo, hein?

Dei de ombros.

— Ruibarbo, ruibarbo — falei.

— Discussão casual, ruibarbo, ruibarbo. Ok, agora vem o contato ocular em... três... dois... um.

Os olhos de Ruby encontraram os meus e me esforcei para não me dissolver em risadinhas. Mordendo a parte de dentro da bochecha, me concentrei nos olhos dela e fiz a contagem regressiva.

Dez — Mas que bobeira.
Nove — Eu vou rir. Eu vou rir.
Oito — Morda os lábios se precisar.
Sete — Concentre-se nos olhos dela. Respire fundo. Essa pintinha azul é tão fofa.
Seis — Os olhos de Ruby têm manchinhas verdes. Eles estão mais para cor de mel do que para castanho.

Cinco — Como tudo ficou tão silencioso de repente?
Quatro — Isso que estou ouvindo são as batidas do meu próprio coração?
Três — Não tem mais graça.
Dois — Isso é intenso demais.
Um — Não desvie o olhar.

Os olhos de Ruby se fecharam, assim como os meus. Senti a respiração dela contra a minha boca. Nossos lábios se encostaram, mas muito de leve. Era tudo de que precisava para disparar os sinais para o resto do meu corpo. Pressionei minha boca contra a dela com firmeza e os lábios de Ruby se abriram, com sua língua macia e seu hálito doce. Uma das mãos dela foi para o meu quadril, a outra, para o meu rosto — ela a repousou em minha bochecha. Ninguém nunca tinha feito isso comigo antes. É um gesto tão delicado.

Então ela se afastou e o resto do mundo voltou a girar, como se alguém tivesse ligado o som e acendido as luzes novamente. A roda-gigante ressuscitou com um barulho triturante. Começamos a descer para a terra firme e cruzei as pernas, subitamente lembrando do quanto precisava ir ao banheiro.

11.

1. ~~Encontro num parque de diversões~~ (como em *Nunca fui beijada*; *Com amor, Simon*). Eu já tinha a ido a um encontro e estava dois filmes atrasada, então concordamos que eu deveria assistir a pelo menos um filme por encontro. Ruby estava convencida de que uma vez que eu começasse a me inteirar no gênero, ia acabar querendo ver todos por vontade própria. Eu continuava cética.
   a. ~~Contato ocular significativo.~~ Convenci Ruby a transformar isso num adendo para o número 1. Não era exatamente um encontro, então não dava para ter sua própria categoria e, por extensão, ela não poderia adicionar ainda mais filmes à lista.
2. Uma pessoa ensina a outra alguma habilidade (como em *Diga o que quiserem*; *Imagine eu & você*). Era um pouco preocupante que eu não tivesse nenhuma habilidade praticável, mas talvez Ruby estivesse escondendo um talento para tênis ou cerâmica. Uma habilidade em que ela teria que ficar bem pertinho de mim para me guiar.
3. Karaokê. No qual uma das pessoas ou ambas revelam seu talento musical ou a falta dele (como em *O casamento do meu melhor amigo*; *500 dias com ela*). Protestei vee-

mentemente contra esta adição, observando que já tínhamos participado de um karaokê. Ruby insistiu que, como eu não tinha cantado, aquilo não valia. Internamente, decidi me esforçar para convencê-la a substituir o item por algo menos aterrorizante.
4. Diabruras (como em todos esses filmes, pelo visto). Eu ainda não estava muito convencida, mas a insistência de Ruby de que poderia ser encontrada em todas as comédias românticas me ofereceu um argumento eficaz para não adicionar mais nenhum filme específico à lista dos que eu teria que ver.
5. Coreografia de dança sincronizada (como em *De repente 30; Desfile de páscoa*). Estava começando a achar que eu precisaria ser uma estrela dos musicais para sobreviver a este verão com a minha dignidade intacta.
6. Noite de filmes (como em *Para todos os garotos que já amei; Um lugar chamado Notting Hill*). Obviamente precisa ser repleta de tensão por um beijo iminente.
7. Beijo apaixonado na chuva (como em *Quatro casamentos e um funeral; Bonequinha de luxo*). Beleza, estou cem por cento de acordo com este número aqui.
8. Encontro num barco a remo (como em *A proposta; 10 coisas que eu odeio em você*). Não estava muito confortável com a ideia de precisar remar. Meus braços ficavam cansados só de usar o secador de cabelo.
9. Ter uma daquelas conversas ao telefone em que as duas ficam "Não, você desliga" (como em *Feito cães e gatos; Confidências à meia-noite*). Esse ela teve até que desenterrar.
10. A dança lenta (como em *A alegre divorciada; Harry e Sally: Feitos um para o outro*). Ruby me explicou que era diferente da dança coreografada, que tinha o intuito

de ser divertida e animada. A dança lenta era romântica e apaixonada. Na minha opinião, ambas contavam como danças e ponto, mas deixei passar. Pode me chamar de romântica incorrigível.

Depois do encontro no parque de diversões, eu me sentia empolgada e corria pelas paredes de tanta energia. Fui para casa e percebi que não havia ninguém para contar. Por um momento, considerei como seria falar com Izzy. Costumávamos conversar muito sobre meu relacionamento com Hannah, em especial quando começamos a namorar. Ela sempre aceitou com naturalidade o fato de já termos sido todas amigas antes de duas de nós virarmos um casal. Havia uma parte de mim que queria ligar para ela para contar. Eu sabia que, se fizesse isso, poderíamos retomar a nossa amizade. Se eu assim permitisse. Mas não conseguia.

Disse a mim mesma que só estava pensando nela porque não tinha mais ninguém. Com certeza não queria contar ao meu pai e, embora tivesse contado à minha mãe, o fato de ela não entender mudava as coisas. Eu me perguntava como ela reagiria se soubesse que eu estava saindo com uma pessoa que não era Hannah. Mas é aquilo: se mamãe estivesse bem, talvez eu ainda namorasse Hannah.

Permiti que eu me debatesse nestes pensamentos por aproximadamente dez minutos e então os tranquei numa caixinha e guardei. Tinha medo de que fossem me dominar se eu os deixasse soltos por tempo demais.

Em vez de me afundar em tristeza, comprei *Nunca fui beijada* em um streaming para começar a minha jornada pelas comédias românticas. Não porque eu estivesse a fim de assistir a alguma coisa fofa e bobinha, sabe. Era só para fins de pesquisa. Pesquisa necessária. E se tons pastel, cinematografia acetinada e finais felizes meio que pareciam uma mudança agradável pra variar, bem, isso poderia ser meu segredinho. Mandei uma mensagem para Ruby para dizer o que estava fazendo e ela me enviou de volta um GIF de um gato aplaudindo. Já tinha ficado claro para mim ao longo dos últimos dias que GIFS de gato eram a principal forma de comunicação via texto dela. Ruby tinha um para cada ocasião.

Estava ajeitando meus travesseiros em posição de conforto máximo quando meu pai deu batidinhas na soleira da minha porta. Ele chegou entrando sem esperar por um convite. Claro.

— O que tá rolando aqui? — Ele franziu a testa para a tela, que mostrava uma Drew Barrymore em tons pastel.

— Hum...

— Você tá vendo uma comédia romântica? — ele perguntou, incrédulo.

— Não. Talvez. E daí se eu estiver? Achei que você fosse sair.

Ele estava indo se encontrar com Beth para apanhar os brindes para o chá de panela. Eu não sabia bem por que era preciso comprar presentes para outras pessoas no dia do seu casamento só porque elas carregaram um anel ou ficaram atrás de você usando um vestido ou sei lá o quê. Se bem que, pensando melhor, por que a gente tinha que comprar um presente para a noiva e para o noivo também? Esse já não era para ser "o dia mais feliz da sua vida"? Isso não bastava?

— Eu vou, mas não mude de assunto. Tenho quase certeza de que já te ouvi descrevendo esses filmes como "engambelação misógina". Eu lembro porque nunca tinha ouvido uma pessoa usar a palavra *engambelação* na vida real.

— Tanto faz. Até parece que terror não é totalmente sexista também. Que tal se eu esfaquear um monte de mulheres com a minha arma fálica enquanto elas correm por aí em regatas que mostram seus mamilos?

— Por favor, não diga mamilos na frente do seu pai. — Ele estremeceu.

— É, me arrependi assim que falei.

— Vamos fingir que não aconteceu.

Esperei que ele falasse o que quer que tivesse a dizer. Ele ficou remexendo um colar na minha cômoda em vez de olhar para mim.

— Será que você poderia vir com a gente? — meu pai perguntou, esperançoso.

Afofei um travesseiro e o acomodei atrás da cabeça.

— Já tô meio que posicionada aqui.

— Eu gostaria muito que você conhecesse a Beth melhor. Você precisa se envolver mais de alguma forma.

— Será que preciso mesmo? — questionei.

Mas eu sabia que tentar me convencer a ir resolver assuntos do casamento não era a única razão para ele aparecer aqui. Meu pai já devia saber que eu era uma causa perdida. Havia algo mais.

— Recebi uma oferta pela casa — falou finalmente.

Perdi o fôlego. A casa tinha sido anunciada havia só dois dias. Apenas uma pessoa tinha dado uma olhada, até onde eu sabia. Nem chegamos a colocar uma daquelas placas da corretora de imóveis.

— Não estamos com pressa. Fiz uma proposta para o apartamento e aceitaram, mas ainda vai demorar um tempinho para tudo se resolver. Temos até agosto.

Meu pai, que tinha decidido noivar e se casar em um intervalo de três meses, com certeza tinha um senso distorcido do que era não ter pressa.

Ele esperou, talvez para que eu dissesse algo que o redimisse de se sentir culpado.

— Eu odeio isso — falei.

Ele realmente não me conhecia mesmo.

Por um minuto, pareceu que meu pai fosse pedir desculpas, mas, em vez disso, ele bateu os nós dos dedos na cômoda algumas vezes, suspirou e saiu. Patético.

Me sentei na cama e espumei de ódio por alguns minutos, ouvindo meu pai descer as escadas ruidosamente e sair pela porta. Não morei nesta casa a vida inteira, mas a maior parte dela, e não lembrava dos momentos antes disso. Eu já sabia que teria que deixá-la em breve; eu é quem tinha mandado aqueles formulários de inscrição para uma universidade em outro país, sem pensar duas vezes em ficar. Na época, pensava que esta casa ainda estaria aqui quando eu precisasse. Em vez de só uma mudança, a sensação era de que tudo o que havia no meu passado estava sendo apagado, como se ele existisse apenas porque eu o havia conjurado e, quando eu não estivesse olhando, tudo fosse desaparecer.

A campainha tocou e gemi por ser a única pessoa em casa para atender. Seja lá quem fosse, não tinha sido convidado. Parte de mim torcia para que fosse uma Testemunha de Jeová. Eu poderia fugir e me juntar a ela. Desistir desta vida e me concentrar em... Seja lá o que fosse.

— Ah, Deus do céu — falei quando abri a porta. — O que você quer?

Oliver revirou os olhos e atirou minha blusa para mim. Não consegui pegar direito e tive que afastá-la da minha cara.

— Estava na nossa máquina de lavagem a seco — disse ele. — Tem gente que agradeceria o favor.

— Tem gente que queimaria esse troço só porque você tocou nele — falei, mas atirei a blusa nas costas de uma cadeira em vez disso.

— Você não vai me convidar pra entrar não? — disse ele, olhando por cima do meu ombro para a casa. — Quero ver como vivem os menos privilegiados.

— Todo mundo é "menos privilegiado" pra você — respondi, mas o deixei entrar.

Ele observou a sala de estar confortável e bagunçada na qual eu havia crescido, cheia de bugigangas e cores para todos os lados.

— Então eles vivem mesmo em meio ao caos. — Oliver passou um dedo pelas costas do sofá e fingiu inspecionar a poeira nele. — Que tristeza.

— Fracote.

— Tanto faz. O que você tá fazendo, aliás? — Ele olhou pela sala como se isso fosse dar a ele uma pista.

— Eu *tava* vendo um filme, e bem que gostaria de voltar.

— Eu veria um filme — disse ele. — Se você me servir uma xícara de chá ou algo assim.

Pensei em expulsá-lo, mas havia algo no fato de ele ter vindo até a minha casa com a minha blusa no meio do dia — no meio das férias de verão — que me dava a sensação de que isso seria como chutar um cachorrinho. Um cachorrinho insuportável que faria xixi na minha cama e comeria os meus sapatos. Ou talvez que se recusasse a comer os meus sapatos até eu decidir comprar modelos mais caros sob medida.

Fiz chá para nós dois enquanto Oliver examinava cada armário da cozinha até encontrar um pacote de biscoitos. Encarei sem acreditar.

— Está se esquecendo de quanta vodca você já roubou de mim?

— Ah, é. — Pior é que eu tinha me esquecido mesmo. — Toma, segura isso aqui rapidinho — falei, entregando a ele ambas as xícaras. Ele segurou uma em cada mão e o pacote de biscoito com os dentes.

— Bom garoto. — Dei uns tapinhas em sua cabeça e gesticulei para que ele subisse as escadas. Oliver tentou reclamar quando percebeu que eu estava zoando com a cara dele, mas, com o pacote de biscoitos entre os dentes, tudo o que ele conseguiu fazer foi deixar escapar um protesto abafado e me seguir.

Depois de pousar os chás no peitoril da janela, Oliver saltou de costas para a cama e ficou todo confortável no meu ninho de travesseiros.

— Tá assistindo o quê? Já vou logo dizendo que não tô a fim de ver o seu vídeo de sexo.

Com grande esforço, puxei um travesseiro que estava nas costas de Oliver e o atingi com ele, antes de eu mesma me acomodar na cama.

— Por favor, me passa o chá, seu pervertido. — Estiquei o braço.

— Acabei de dizer que *não* tô a fim de assistir e você me chama de pervertido? Você se acha muito.

— Você não cansa disso, não? — Suspirei. — Tô vendo *Nunca fui beijada*.

— Ah, sua biografia.

— Achei que eu fosse uma piranha. Não dá pra ser as duas coisas, né?

— É claro que dá — disse ele, empolgado com os biscoitos. — Eu vejo uma oportunidade e aproveito. — Oliver enfiou um biscoito na boca e encheu a minha cama de migalhas. Será que ser hétero era assim? Ter um garoto fazendo bagunça no seu quarto? Não pela primeira vez, agradeci a Deus por ser lésbica.

Uma hora e meia depois, já tínhamos detonado completamente os biscoitos e a premissa do filme.

— Tipo, dá um tempo. Só porque ele sabe agora que ela não é uma aluna isso não melhora o fato de que ele estava a fim de uma aluna, certo? — falei, incrédula.

— Provavelmente não. Quer dizer, ele devia estar indo pra casa à noite, pra namorada adulta dele, pensando: "Eu gosto da minha aluna". Isso não é normal.

— Exato. E ele ainda teve a cara de pau de ficar com raiva dela?

— E não vamos ignorar o fato de que o irmão adulto dela está pegando uma outra aluna.

—Ah, calma aí. Olha só. Ela tá esperando por ele no campo de beisebol. Será que ele vai aparecer pra beijá-la? — falei com sarcasmo, fingindo esconder minha surpresa com as mãos.

— O suspense tá me matando.

— Eu ficaria tão impressionada com esse filme se o cara não aparecesse no final, a garota fosse pra casa e umas duas semanas depois ela começasse a sair com alguém que não ficasse com uma ereção ao ver alunas em trajes de época.

O cara correu para o campo de beisebol e nós dois vaiamos a tela ruidosamente.

Quando acabou, Oliver se esparramou na minha cama.

— Que filme horrível. Foi a Ruby quem te disse pra assistir?

— Por quê? Como assim? — perguntei. Será que ele sabia? Eu ia morrer se Oliver descobrisse sobre a lista. Seria zoada até o fim da minha vida.

— Ela curte muito essas coisas. Já vi Ruby cantarolando as músicas de *O casamento do meu melhor amigo* pelo menos duas vezes nesse verão e ela só está aqui há algumas semanas.

— Ela mencionou o filme. Pensei em dar uma conferida.

— Qual é a de vocês duas, aliás? — disse ele, de um modo tão casual que soou obviamente nada casual.

— Você tá me perguntando se as minhas intenções são honradas? — brinquei.

— Não tô esperando nenhum milagre — disse Oliver. — Só queria saber, tipo, qual é a de vocês?

— Eu gosto dela — falei com leveza. Mas senti minhas bochechas me traírem e se aquecerem. — Mas não é nada sério. Só diversão. Um caso de verão. Sabe como é.

— Sei — disse ele, alongando a palavra lentamente, como se estivesse se dando tempo para considerar o que diria a seguir. — Acho que isso é bom. Ela passou por um momento difícil. Acho que precisa de um pouco de diversão.

Pensei em como a voz de Ruby soou em pânico no dia em que recebeu uma ligação da mãe. Aquela história estranha de ter precisado parar de ir às aulas de ginástica. O fato de que a família dela a havia abandonado aqui, para começo de conversa.

— O que você quer dizer com momento difícil?

Oliver estreitou os olhos. Abriu a boca para falar, então a fechou novamente.

— Pergunte você mesma. Não é segredo.

— Se não é segredo, então me diga.

— Não. Isso é da conta dela, não da minha.

— *Agora* você tem ética?

— E qual é o problema? Quer dizer, tô até surpreso que você ainda não saiba. Você não perguntou por que ela está na nossa casa? Ou vocês duas não são de conversar muito? — Ele subiu e desceu as sobrancelhas.

— Nem um pouco — respondi. — É tesourada o tempo todo. Seria preciso muita concentração pra conversar.

Eu estava morrendo de vontade de saber, mas conversar sobre assuntos de família era um dos arautos da danação. Digo, seria tranquilo se Oliver me contasse — isso seria tipo uma brecha —, mas se eu perguntasse a Ruby, seria como quebrar um voto sagrado (não, não é um exagero), e o que aconteceria se ela começasse a perguntar sobre a *minha* família?

—Você não contaria a ela sobre os lances da minha família, contaria? — perguntei.

Eu nunca havia conversado com Oliver sobre a minha mãe, mas, de qualquer forma, todo mundo na escola sabia. É uma cidade pequena.

— Cuidado pra não tropeçar na própria hipocrisia — disse Oliver. — Mas não. Isso é só da sua conta.

Talvez a ética de Oliver não fosse assim tão péssima.

— Ela gosta de você também, aliás. Dá pra perceber — acrescentou ele.

Olhei de volta para a tela e mordi o interior da minha bochecha para ele não me ver sorrir. A lista de *Filmes que você pode curtir* exibida na tela parecia muito com a lista de filmes de Ruby.

— *A proposta?* — sugeri.

—Achei que nunca fosse perguntar.

Dei o play e decidi ignorar o pensamento aterrorizante que passou pela minha cabeça: até que era legal conversar com Oliver.

12.

Rapidamente desenvolvi uma rotina. Após visitar a minha mãe pelas manhãs, ou eu assistia aos filmes da lista ou saía com Ruby durante a tarde. Decidimos fazer pelo menos um tópico oficial da nossa lista toda semana, mas nos intervalos a gente saía para beber café, tomar sorvete no píer ou caminhava pela orla, mergulhando nossos dedos na água. Ruby parava para fazer carinho em todo cachorro que a gente via. Era até que bonitinho. Sempre que meu pai pedia para me envolver com algo relacionado ao casamento, eu dava de ombros e super me lamentava por já ter planos com Ruby. Não ia fingir estar interessada em arranjos florais, no debate "banda *versus* DJ" ou nos brindes da festa (garrafinhas personalizadas de gim artesanal — já percebeu como o meu pai é um baita de um hipster?). Embora eu tenha prestativamente sugerido que dessem "pózinho de fada" para as crianças: uma garrafa de rolha em miniatura cheia de purpurina.

Eles adoraram a ideia.

Mas não pensaram direito.

Sabe como é, existe um diabinho em mim que esfregava as mãos de satisfação só de imaginar meu pai e Beth tentando enfiar purpurina cintilante em vidrinhos minúsculos. Eles ficariam cobertos daquele troço por semanas.

São as pequenas coisas da vida, sabe?

Tentei evitar, mas não conseguia deixar de comparar estar com Ruby com estar com Hannah. Hannah sabia tudo sobre mim e, embora isso parecesse bom em teoria, na prática significava que não havia como fugir das partes ordinárias e ruins da vida. A gente falava muito sobre a minha mãe, o diagnóstico dela e como eu me sentia com a possibilidade de terminar da mesma forma. Não é à toa que nunca transamos. Era melhor assim. Mesmo que de vez em quando eu quisesse dizer a Ruby algo verdadeiro, eu não ia quebrar minhas novas regras; isso seria como dar um oizinho para o apocalipse e dizer: "Claro, pode entrar. Gostaria de uma xícara de chá?" Nem mesmo sobre o dia em que minha mãe falou o meu nome. Foi uma coisa pequena e besta porque ela esqueceu de novo alguns minutos depois, mas eu quis desesperadamente contar para alguém o quanto aquilo era importante para mim, e não tinha restado ninguém em minha vida que entenderia. Mas era melhor assim.

Eu já disse isso, não foi?

Infelizmente, quando cheguei à terceira semana furando quaisquer tentativas de participação relacionadas ao casamento, papai começou a abrir vagas para o Expresso da Culpa do Rob Clarke e eu não tive alternativa além de pegar um assento. Então aceitei a desagradável missão de provar bolos.

Tipo, beleza, havia tarefas piores. Afinal, eu tinha conseguido evitar avaliar diferentes posicionamentos de mesa, mas me irritava meu pai tentar fazer com que eu participasse disso. Como se ele tivesse decidido "esquecer" o fato de que eu não tinha exatamente dado a minha benção para aquela união profana. Como se eu fosse acabar me esquecendo disso também depois de comer cobertura de chantilly suficiente. Ainda assim, porque eu sou basicamente uma santa, concordei em me encontrar com ele na cidade. Já estava de saco cheio de olhar para a "cara tristonha" do meu pai sempre que eu dizia que estava ocupada demais para escolher cores de capas de cetim para cadeiras.

A confeitaria era tão dolorosamente hipster que fiquei constrangida pelo meu pai. Ele forçava muito. As paredes eram cobertas de azulejo de aparência industrial com pinturas botânicas de decoração, e todo mundo que trabalhava lá usava barbicha esquisita e chapeuzinho torto.

— O que você quer experimentar? — disse meu pai, observando maravilhado o menu de giz.

— Tem aí algum bolo de flor de sabugueiro com veneno? — perguntei.

— Nós temos flor de sabugueiro com gim — disse um homem barbudo na casa dos vinte anos, limpando as mãos no seu avental imaculado. Duvidei de que ele realmente estivesse fazendo qualquer coisa na cozinha.

— Quão bêbado dá pra ficar com esse bolo de gin? — perguntei.

O homem franziu a testa.

— Saoirse — alertou meu pai. — Ignora ela. Tem dezessete anos. São os hormônios, ou sei lá o quê. — Ele sorriu para o homem, se desculpando. Os dois compartilharam uma risada tipo "essas crianças de hoje em dia".

A vergonha me atingiu primeiro. Fez a minha pele formigar, o meu estômago borbulhou. Meu pai tinha me colocado em meu lugar só para tentar virar amiguinho de um cara que ele nem conhecia.

Então veio a raiva. Eu o tinha constrangido com uma piadinha inofensiva, mas ele não ficava mortificado com essa puxação de saco pra bancar o amigo de um babaca barbado? Vai se ferrar.

— Meu pai vai se casar com uma outra mulher depois de trancar a minha mãe em uma casa de repouso para idosos quando ela ficou doente — falei alegremente. — A mamãe nova quer enfiar o pé na jaca com o bolo pra não precisar ficar se perguntando se ele faria a mesma coisa com ela.

Meu pai me puxou pela manga para uma mesa enquanto o atendente buscava o próprio queixo do chão.

— Qual é o seu problema, Saoirse? — sibilou ele.

— Impulsividade, talvez? — rebati, como se estivesse realmente tentando encontrar uma resposta para a pergunta.

— Não, espera, talvez seja porque estou pouco me ferrando? É, é isso: eu tô pouco me ferrando.

Meu pai balançou a cabeça e encarou o teto. Era seu olhar de "oração silenciosa por paciência". Eu não fazia ideia de para quem ele estava rezando; se quisesse ajuda mesmo, deveria olhar para a direção oposta. Só Satanás poderia socorrê-lo agora.

Apesar da vergonha, meu pai ainda foi capaz de solicitar um cardápio de prova de diversos bolos, incluindo um de uísque e gengibre, Earl Grey e lavanda, morango e tomilho. Não conversamos enquanto aguardávamos. Mandei e recebi mensagens de Ruby, que passava o dia com Jane em um spa, recebendo massagem facial. Meu pai também estava grudado no celular. Provavelmente no Google, pesquisando se conseguiria crescer uma barba maiorzinha até o casamento. Quando os bolos chegaram, foi um atendente diferente quem nos serviu. Eu tinha quase certeza de que o primeiro cara estava com medo da gente agora.

Os pedacinhos de bolo ficaram entre nós por um segundo. Papai guardou o celular. Com relutância, o imitei.

— Você enxerga as coisas desse jeito mesmo? — perguntou ele. Não olhou diretamente para mim.

Dei de ombros. Esperei que ele dissesse que não era bem assim. Que dissesse alguma coisa que melhorasse a situação. Ele não disse nada.

Escolhi o bolo que parecia quase normal, pão de ló com uma cobertura cremosa e grossa. Meu pai pegou o que lembrava mais um pedaço de pão grudento com uns negócios salpicados por cima. Cada um de nós deu uma mordida.

Observei o rosto de meu pai se contorcer como se estivesse me olhando no espelho. Agarrei um guardanapo e cuspi o pedaço semimastigado de bolo nele. Papai fez o mesmo, mas antes deu uma espiada ao redor por cima dos ombros com nervosismo, para o caso de seus heróis, os barbudos, estarem olhando.

— Jesus, Maria, José — falei. — O seu tem gosto de quê?

— De grama, acho? — disse ele, confuso. — E o seu?

— Remédio. — Olhei para a listinha do que tínhamos pedido. — Acho que era de erva-doce com açafrão.

— Você acha que todos são nojentos assim? — perguntou, inspecionando o prato com uma expressão preocupada.

— Sim.

Trocamos um olhar. Um entendimento silencioso passou entre nós. A boca de meu pai disse:

— Eu não consigo comer mais nada.

Mas seus olhos disseram:

Seu desafio, caso o aceite, será experimentar todos esses bolos sem arregar.

— Aquele ali — falei, empurrando para ele um pedaço cinzento com flores roxas por cima.

Em resposta, ele empurrou para mim um pedaço com manchas verdes.

Desafio aceito.

13.

SAOIRSE
Por que seu nome tá no meu telefone como "Deus do Sexo"?

DEUS DO SEXO
Ah, é. Tinha esquecido disso.

SAOIRSE
Vou mudar pra algo mais apropriado.

Acrescentei um GIF de uma garota revirando os olhos profundamente.

OVO ESQUERDO MURCHO DE SATANÁS
Imagens reais da cara de êxtase de minhas inúmeras amantes.

Mandei um GIF de uma garota olhando por uma lupa.

SAOIRSE
Imagens reais da sua namorada quando você tira as roupas.

OVO ESQUERDO MURCHO DE SATANÁS
Ambos podem ser verdade, minha doce Saoirse.
Diminua as expectativas delas então leve-as à loucura.

SAOIRSE
Tá funcionando! Já tô ficando louca com essa conversa.

OVO ESQUERDO MURCHO DE SATANÁS
Por que tava procurando o meu nome, aliás?
Queria mais do meu incrível bate-papo?

SAOIRSE
Tô assistindo *Simplesmente amor*
agora em julho. Precisava confessar os meus
pecados pra alguém. Você já viu?

OVO ESQUERDO MURCHO DE SATANÁS
É claro que sim. Todo mundo já viu.

SAOIRSE
Desculpa, mas a gente pode falar sobre
como eles não param de mencionar que a
garota do chá tem uns coxões? Tipo,
1. Coxões são tudo; 2. Ela nem tem, na real;
3. Pra que comentar isso? É pra gente achar
que o Hugh Grant é o cara só porque
ele não se importa com isso?

OVO ESQUERDO MURCHO DE SATANÁS
Isso era considerado lacração em 2003. A gente
chegou tão longe e, no entanto,
nos rebaixamos tanto desde então.

SAOIRSE
Deprimente.

OVO ESQUERDO MURCHO DE SATANÁS
E você ainda nem viu o pior.

SAOIRSE
Ah, você tá falando do cara com as plaquinhas? Qual é a dele, hein? Imagina só visitar a casa do seu melhor amigo e ficar dizendo para a esposa dele como ele a ama com um monte de cartões escritos à mão. É tão inapropriado.

OVO ESQUERDO MURCHO DE SATANÁS
Aham, ele podia ter caprichado mais na caligrafia.

SAOIRSE
E a mulher beija ele! Pois ele não é um esquisitão, é só um cara gente boa e triste. Puta merda.

OVO ESQUERDO MURCHO DE SATANÁS
Você já chegou na parte em que a Emma Thompson chora?

SAOIRSE
Acho que não?

SAOIRSE
Cheguei agora.

OVO ESQUERDO MURCHO DE SATANÁS
Você chorou, não foi?

SAOIRSE
Não.

OVO ESQUERDO MURCHO DE SATANÁS
Qual é.

SAOIRSE
Beleza, talvez os meus olhos tenham se enchido com um pouco de lágrimas.

OVO ESQUERDO MURCHO DE SATANÁS
Você abriu o berreiro.

SAOIRSE
Cala a boca.

14.

~~6. Noite de filmes (como em *Para todos os garotos que já amei*, *Um lugar chamado Notting Hill*)~~

— Qual é, pai.
— Não sei não. Você é uma péssima motorista. — Ele agarrou as chaves junto ao peito.
— Por que você me incluiu na cobertura do seguro do seu carro se eu não teria permissão pra dirigir?
— Pro caso de uma emergência.
— Isso é uma emergência. Eu já comprei os ingressos e a Lamborghini tá na oficina.
— Acho que você não entende bem o que o termo "emergência" significa.
— Eu também não gosto dessa situação, mas é necessário. — Consegui brigar pelas chaves que ele agarrava com força e as sacudi. — Não vou bater numa árvore nem cair do píer. Ninguém vai morrer. Vai ficar tudo bem.
— O meu medo não é de você morrer. A gente mora em uma área de velocidade máxima de trinta quilômetros por hora. Tô mais preocupado é de você bater na traseira do carro de alguém e à conta do meu seguro premium explodir.
— Sua preocupação é tocante — murmurei, mas ele não me parou.
— Não se esqueça de ligar o farol, está escuro — papai gritou às minhas costas. Ele achava mesmo que eu era idiota.

Deixei o carro morrer seis vezes a caminho da casa de Oliver, mas, quando cheguei lá, já estava meio que conseguindo me virar. Ruby me esperava nos portões, com um par de meias listradas e um macacão bordado com blusa cropped por baixo. Dava para ver uns bons quinze centímetros de pele na brecha. Não sabia que era possível ficar atraída pela lateral da cintura de alguém até conhecer Ruby. Eu vestia regata preta e calças jeans pretas — de um modelo que eu nunca usava porque era simplesmente perfeito e já tinha saído de estoque, então ficava com medo de vestir. A gente parecia a Wandinha Addams e a Píppi Meialonga saindo num encontro.

Me sentia meio boba por pensar isso, mas eu estava um pouco constrangida por buscá-la no carro do meu pai. Eu não conhecia ninguém da minha idade, tirando Oliver, que tivesse o próprio carro, até porque não vivíamos em uma série americana. Mesmo assim me sentia idiota. E não ajudava que o carro fosse velho, bege e tivesse uma marca de batida de quando dei ré numa quina de casa, porque na época eu ainda não sabia bem como usar os retrovisores laterais. Não é que eu achasse que precisava ser rica ou que Ruby fosse se importar, mas de alguma forma é um pouco esquisito saber que a pessoa com quem você está ficando tem muito mais grana.

Ruby beijou a minha bochecha ao entrar no carro e então pareceu um pouco constrangida. Estávamos numa fase desconfortável. A gente tinha começado logo de cara com a pegação pesada, mas por algum motivo as coisas deram uma recuada depois que decidimos ir a encontros de verdade. Eu cem por cento queria me jogar nela (com consentimento) e grudar os nossos corpos inteirinhos um no outro, mas era mais fácil me sentir sexy quando a gente nem se conhecia direito. Agora que havíamos tido conversas de verdade, incluindo uma sobre eu molhar as calças, era como se ela soubesse que eu não era uma estranha misteriosa e sensual — era, na verdade, uma esquisitona sem jeito com problemas de compromisso.

— Preparada para o número seis: noite de filmes? — falei o título como se fosse um narrador fazendo uma recapitulação.

— Aham. Nem um pouquinho apavorada — acrescentou Ruby.

Decidimos pular para o número seis quando vi que *Pânico* estava sendo exibido em um drive-in a céu aberto daqui. A lista não precisava ser completada em nenhuma ordem em particular, e isso era perfeito demais para que eu ignorasse. Além disso, decidimos que eu poderia escolher um filme de terror para o nosso encontro no cinema. Vinha assistindo a todas as comédias românticas que Ruby amava e queria compartilhar com ela um dos meus filmes favoritos.

Posso ter me recusado a mencionar que na semana seguinte estaria passando *Casablanca*. Tive que assistir com Hannah e foi o filme mais chato que já vi na vida.

No carro, Ruby parecia um pouco distraída. Ela não parava de receber mensagens e, mesmo que eu soubesse que deviam ser da mãe, senti minha curiosidade crescendo. Eu não sabia nada sobre a vida de Ruby em casa e tinha um pouco de medo de perguntar. Uma indagação inocente sobre seus amigos levaria naturalmente a questionamentos sobre os meus. O que levaria a Izzy e Hannah. O que levaria a dor e sentimentos e ruína. Como o ser humano maduro que sou, tentei clandestinamente ver quem estava enviando mensagens para ela. Não encontrei um bom ângulo.

— Desculpa — disse ela, percebendo meu olhar de esguelha. — Já vou guardar o celular, prometo.

— De boa — respondi como se nem estivesse prestando atenção.

Ding. Mais uma mensagem. Estiquei o pescoço para tentar ver o nome do remetente.

— PARA! — gritou ela.
Pisei no freio com força.
Um guincho.
Uma buzina.
Um "VAI SE FERRAR" bem alto.
Parei a praticamente um centímetro do carro à nossa frente. Não tinha percebido quando ele freou ou quando o sinal ficou vermelho. Meu coração batia tão forte que eu praticamente podia ouvi-lo.

— Você tá legal? — perguntei sem fôlego.

Ruby riu com alívio.

— Tô bem. A gente tava só a uns vinte e cinco quilômetros por hora. Mas quem sabe seja uma boa ideia manter os olhos na pista, né. É só a minha mãe.

Corei, completamente mortificada.

— Eu não tava...

— Nem tenta fingir.

— Desculpa — falei, voltando a andar quando o sinal abriu.

Eu queria perguntar por que a mãe dela era simultaneamente tão carente e ainda assim não havia ligado para Ruby no aniversário dela. As duas pareciam conversar *muito*, mas ela tinha saído de férias sem a filha. Era bizarro.

Ruby apertou a minha coxa, e a minha alma quase saiu pela boca.

— Como a gente não morreu, vou te perdoar. Mas bisbilhotar o que eu tô fazendo não é nada fofo.

Ela não parecia irritada, o que era mais do que eu merecia. Eu estava mesmo agindo como uma fofoqueira esquisita, afinal.

— Ah, claro, a menos que eu seja o Hugh Grant. — Joguei o nome na roda para mostrar que vinha fazendo o meu dever de casa.

Ela sorriu.

— O Hugh Grant de *Quatro casamentos* ou o Hugh Grant de *Notting Hill*?

— *Notting Hill* — falei. — Assisti ontem à noite. Juro que na parte em que ele aparece no set de filmagem achei que fosse entrar no modo *Atração fatal*. Ele tem todo o jeito de um perseguidor.

— Ah, não! Para. Os dois foram feitos um para o outro.

— Dos treze aos dezesseis anos, eu achava que tinha sido feita pra Chloë Grace Moretz e nem por isso saí por aí seguindo ela no trabalho.

Ruby riu, e uma pequena chama brilhou dentro de mim.

— Mas gostei do monólogo — falei.

— "Sou só uma garota"? Por quê?

— Porque é sempre o Hugh ou o Protagonista Branco da vez quem faz o monólogo nesses filmes, mas em *Notting Hill* é a garota quem consegue fazer o grande discurso.

— O Hugh tem um monólogo também. Mais ou menos. Ele tem o momento dele. Na conferência de imprensa, não?

— É, mas ninguém lembra dessa parte.

Chegamos mais ou menos intactas e paramos de debater os méritos de um Hugh contra o outro a tempo de encontrar uma vaga e descobrir como a gente sintonizava o rádio com o som.

O estacionamento logo ficou cheio e havia um monte de barracas de comida ao redor, então fizemos nosso estoque como se o mundo fosse acabar e esperamos pelo início do filme.

— Isso é tão maneiro — disse Ruby enquanto tentávamos equilibrar bebidas, um balde de pipoca e uma variedade de doces (que você normalmente só encontraria na fábrica do Willy Wonka) dentro de uma Fiat de três portas.

— É?

— Siiim — ela enfatizou. — Não daria para fazer isso onde eu moro. O bairro tem prédios demais. Ninguém usaria um estacionamento pra fazer algo divertido. E olha só que aconchegante.

Ela pegou a minha mão e a apertou. A maneira como ela vibrava de entusiasmo pelas pequenas coisas era contagiante.

— É aconchegante mesmo — concordei. — Mas você não tá com frio, né?

Tinha feito um calor de lascar o dia todo e nenhuma de nós havia trazido algo quente para vestir. Um friozinho começou a se insinuar depois que o sol se pôs.

— Só um pouquinho — disse ela, então liguei o motor e o aquecedor do carro.

— Tá começando — falei, e aumentei o volume do rádio. De alguma forma, consegui sintonizar direitinho. Fiquei orgulhosa de mim mesma por ser capaz de me virar com essa tecnologia primitiva. — E você nunca viu *Pânico* mesmo? — perguntei, enrolando um tubinho de morango no dedo antes de enfiar na boca uma mola perfeita.

— Ele é de antes de eu nascer.

— Que nem quase todos os filmes na sua lista de comédias românticas.

— É, mas histórias de amor são eternas. Olha lá — ela apontou para a tela —, aquela pessoa está usando um telefone fixo. Se eles tivessem celulares, esse filme nem ia fazer sentido.

— Não é verdade. — Balancei a cabeça. — A tecnologia em ascensão dos telefones celulares tem um papel crucial nesse filme, o que o torna, portanto, quase que um artefato histórico. Você precisa tratá-lo com a reverência que ele merece.

Ruby riu.

— Peço perdão.
— Sem contar que, se não me engano, foi você quem colocou na nossa lista que a gente vai ter que fazer uma ligação em telefones de verdade, ou tô errada? — observei.
— Como uma homenagem a clássicos como *Confidências à meia-noite* e *Sintonia de amor*.
— *Pânico* é um clássico também. Você vai amar. É basicamente a versão terror do clichê romântico. Usa todos as narrativas dos filmes de terror.
— Eu não conheço as narrativas dos filmes de terror.
— Conhece sim. Eles se infiltram no inconsciente coletivo, de alguma forma. Assim como eu sabia que o gesto grandioso vem depois da grande briga, lembra?
Ruby ergueu uma sobrancelha.
— Você devia virar advogada ou algo assim. Você não para de falar até vencer.
Botei a mão sobre o coração e ofeguei.
— Nossa, estou sendo atacada.
— Você acha que eu devia virar advogada? — perguntou.
Olhei para ela por um longo tempo.
— De jeito nenhum. Você é boa demais. Você guarda petisco pra gato nos bolsos só pro caso de encontrar algum na rua. Nenhum advogado é assim.
Ruby corou e um fluxo de calor passou por mim ao perceber que eu talvez tenha sido capaz de fazê-la se sentir do mesmo jeito que ela fazia comigo.

Durante o filme, não parei de olhar de esguelha para Ruby. Os olhos dela estavam fixados na tela. Conversamos um pouco no começo — Ruby não curtiu muito ver tanto esfaqueamento —, mas depois de um tempo a conversa foi parando, exceto por uns comentários aqui e ali. *Eu não sou de falar essas coisas, mas o cabelo da Monica é horroroso. Espera só pra você ver essa parte, é doideira! Ah, poxa, eu gostava da amiga abusadinha.* Havia um elefante branco na sala. Ou no carro. Quer dizer, o motivo da gente vir aqui foi se pegar até a língua cair. Não era pra gente estar realmente vendo o filme, né? Mas eu não tinha certeza de como atravessar para a terra da pegação com naturalidade. Espiei o espaço entre nós, avaliando suas possíveis armadilhas. Eu estava perto demais do volante para ser capaz de fazer uma manobra para tentar beijá-la.

Talvez se eu empurrasse o banco um pouquinho para trás...

— Eita. — Não tinha percebido que havia estacionado numa leve ladeira, então quando liberei o banco, ele deslizou para trás com um estardalhaço. Sutil. — É que eu tava perto demais do... — divaguei, gesticulando para o volante.

Ruby deu um sorrisinho desconfortável, você sabe qual é. Aquele em que os lábios se apertam um contra o outro e a pessoa meio que acena com a cabeça só pra concordar.

Eu tinha parado de prestar atenção ao filme e Ruby também, pelo visto. A tensão crepitante fazia barulho demais. Cada parte do meu corpo estava em estado de alerta; cada leve roçar de seu braço contra o meu dava a impressão de energizar o ar ao nosso redor. Será que ela estava fazendo de propósito? Ou isso era coisa minha?

Como se fazia a transição entre conversar e dar uns beijos? Tentei pensar em outras vezes que beijei alguém, mas minha mente estava vazia. Não é possível que sempre tenha sido difícil assim. Eu lembraria.

— Gostei da sua camiseta — disse Ruby com leveza. Ela esticou o braço e passou os dedos pela bainha da minha regata preta extremamente básica. Sua mão raspou em um centímetro de pele nua que estava escapando por baixo dela e isso disparou eletricidade por todo o meu sistema nervoso.

— Ah, que se dane — declarei, e me joguei em cima dela como se estivesse mergulhando em uma piscina pela primeira vez. O negócio era pagar pra ver, e se afogar se fosse o caso. Não me afoguei. Eu a beijei e ela me beijou de volta e logo me perdi nesse gesto. Após alguns instantes esbaforidos, me afastei um pouco.

— Graças a Deus — ofegou Ruby. — Eu não sabia como começar.

Ri e a beijei de novo, e sua risadinha escapou pelo espaço entre nossos lábios, como se beijos viessem com bolhas de champanhe.

— Sabe o que ia ser demais agora? — ela sussurrou.

Com um floreio, Ruby puxou a manivela que controlava o banco e voou para trás com um barulhão. Não consegui evitar a risada enquanto tentava me desemaranhar do meu assento e passar por cima do freio de mão. Logo eu estava em cima dela, cabeça com cabeça, pé com pé, e a situação perdeu a graça. Dessa vez eu a beijei com delicadeza, gentil como uma pergunta, e sua resposta foi me puxar para perto. Eu me inclinei sobre Ruby, apertando meu corpo contra o dela, querendo sentir mais do que apenas os seus lábios contra os meus. Minhas mãos encontraram as curvas de seu quadril e dos seus seios.

Quando meu coração estava batendo tão rápido que achei que pudesse sair voando do meu peito, quando nossas pernas estavam entrelaçadas em uma fricção deliciosa que gerava energia no meu corpo inteiro, quando tudo o que eu conseguia pensar era em tirar a blusa dela e encontrar mais pele para tocar e beijar, Ruby se afastou, suas mãos empurrando meu tórax para obrigar o ar a circular entre nós.

— Você acha que as pessoas do lado conseguem nos ver? — perguntou.

Olhei de relance pela janela. Como nos filmes, estava toda embaçada, mas ainda dava para ver que o filme estava quase acabando. A Neve Campbell estava jogando uma TV na cabeça do vilão.

— Não muito.

— Você acha que sabem que a gente tá...?

— Sim, com certeza.

— Talvez a gente deva voltar pra sua casa — disse ela.

Algo pareceu entalar na minha garganta. Será que ela queria...? (Caso você esteja se perguntando o que são essas reticências, estou falando de sexo, mas você já sabia disso, né?)

— Hã, claro. Sim. — Será que o meu pai tinha ido para a casa de Beth? Ele havia dito que talvez fosse, mas não estava com o carro, claro. E se ela tivesse ido para a nossa casa? Por que eu não havia me emancipado aos dezesseis anos e tinha a minha própria casa, decorada de forma toda romântica? A Saoirse do passado não possuía a menor visão.

Decidida a arriscar e ver o que rolaria, eu me desembolei de Ruby e subi de volta no banco do motorista, ajustando-o para a posição normal. Girei a chave para dar partida no motor. *Clique-clique-clique.* Girei de novo. *Clique-clique-clique.*

Olhei para Ruby. Ela franziu a testa.

Clique-clique-clique.

— O que isso significa? — perguntou Ruby.

— Eu dirigi três vezes desde que tirei a carteira. Não faço ideia. Joga no Google.

Alguns segundos mais tarde, ela me contou que a bateria tinha morrido. Do carro, não do telefone dela. Olhei para o painel e percebi que eu não tinha desligado o farol. Meu pai ia me matar. Mas isso ia acontecer só depois. No momento, eu não tinha ideia do que fazer.

— O que vamos fazer? — perguntei, entrando em pânico.

Ruby tentou o Google de novo.

— Você tem um carregador de bateria?

— Não, eu acho? Nem sabia que isso existia pra carro.

— Cabo de chupeta?

— Hã, acho que não? — Mas saí do carro e procurei por um na mala. Havia uma garrafa velha e um livro do Stephen King de aparência úmida.

As pessoas estavam começando a deixar o estacionamento. Bati na janela de um carro ao lado e uma mulher de uns trinta e tantos anos abriu o vidro.

— Você por acaso teria cabo de chupeta? — perguntei.

— Desculpa, querida. — Ela fechou a janela novamente.

Abri a porta do meu carro novamente e me inclinei para dentro.

— Algo mais? — perguntei.

— E aquele carro ali? — Ruby apontou para o que estava do nosso outro lado. Um daqueles veículos superrebaixados com aros de pneu que deviam custar mais do que todo o carro do meu pai. Tentei dar uma olhadinha de esguelha em quem estava dentro. Um monte de garotos, talvez da mesma idade que a gente, talvez um pouco mais velhos. Com certeza chapados demais para dirigir.

— Hum... Não sei se quero pedir a eles — falei, imaginando o que poderiam dizer a duas garotas presas à noite num estacionamento cada vez mais vazio.

Voltei para o carro e tranquei a porta. Essa era a parte do filme de terror em que a gente era assassinada por um pedestre "prestativo". Já era ruim o bastante que a nossa sessão de pegação tivesse sido atingida por uma pegadinha de comédia romântica. Não queria tentar o destino com terror. As consequências seriam mais macabras do que um ego machucado. Se bem que, se isso fosse mesmo um filme de terror, o assassino já estaria no banco traseiro. Dei uma olhada. Só havia uma sacolinha vazia de doces sortidos.

— Imagino que você tenha que ligar pros seus pais, então? — disse Ruby, mordendo o piercing labial. — Acha que eles vão ficar bravos?

Foi quando percebi que Ruby não fazia ideia de que meus pais não estavam em um casamento feliz e normal. Por que ela saberia disso? Eu não tinha contado nada.

— Eu não queria mesmo ligar pro meu pai. Ele nunca vai parar de reclamar.

— E a sua mãe? — disse Ruby. — Quando eu quebrei a TV da sala fazendo uma cambalhota, minha mãe me deu cobertura dizendo que tinha sido coisa do meu irmãozinho, que era pequeno demais pra que alguém ficasse irritado.

Vagamente tomei nota do fato de que Ruby tinha um irmão mais novo. Eu não tinha percebido. Será que ele estava de férias com os pais dela também? O que havia de errado com essa família? Havia algo de muito esquisito neles. Mas neste exato momento eu tinha um problema mais urgente, que era Ruby ter tocado no assunto número um que eu não queria discutir.

— Minha mãe não pode ajudar — falei com firmeza.

Tive um branco ao tentar pensar numa boa razão para isso. Não queria inventar uma mentira elaborada que ia precisar manter, então torcia para que ela só deixasse o assunto de lado.

— Por quê? — perguntou Ruby. — Você está sendo machista? Ela é uma mulher adulta. Com certeza já teve problemas com a bateria do carro.

— Confia em mim, ela não ia saber o que fazer nessa situação. — Eu sentia minha irritação crescer. Era como se Ruby soubesse o que estava fazendo. Mas não tinha como, tinha? Oliver disse que não ia contar pra ela.

— Bem, talvez ela possa dizer o que a gente...

— Caramba, Ruby, esquece isso! — estourei. — Ela não pode ajudar.

Ruby piscou. Franziu as sobrancelhas e seus lábios se abriram ligeiramente. Fui imediatamente tomada pela culpa.

— Me desculpa — falei depressa. — Eu não devia ter te dado essa patada. Só tô estressada por causa do carro. Meu pai vai me matar.

Ele não ia. Meu pai seria chato de lidar, mas a casa não ia cair por causa disso.

— Então é melhor a gente encontrar logo uma solução — disse Ruby, mas seu tom de voz era frio e ela não olhava para mim.

Merda. Merda, merda, merda.

Disquei o número de um contato no meu celular. Era a única pessoa em quem consegui pensar que poderia ajudar. O que dizia muito sobre a minha total falta de amigos, mas isso era assunto para me preocupar num outro dia.

Oliver apareceu naquele jipe chique idiota vinte minutos depois. Vinte longos minutos nos quais a atmosfera entre nós esfriou literal e figurativamente. Ruby passou a maior parte do tempo no celular. Depois de dez minutos, não consegui mais aguentar e saí do carro para me sentar no capô. O que eu podia fazer? Já havia pedido desculpas. E não tinha sido assim tão ruim, tinha? Eu fui um pouco grossa, mas não é como se eu tivesse atropelado um gato ou coisa assim. Percebi que tinha sido imbecil. Se Ruby soubesse sobre a minha mãe, ela já teria mencionado; o jeito dela era esse. Fui paranoica.

— Senhoras. — Oliver desceu de seu jipe e inclinou um chapéu imaginário. — Ouvi dizer que há donzelas em apuros por aqui?

— Ah, cai fora. — Eu sabia que teria que ouvir as besteiras dele se pedisse ajuda, mas vamos combinar que esse garoto não dá uma trégua.

— Estou aqui para resgatá-las como o homem másculo que sou. — Ele deixou a voz pelo menos uma oitava mais grave que seu tom normal e sacudiu um cabo de chupeta sedutoramente.

— Por que você tá fazendo voz de homem? Você é, de fato, um homem. — Revirei os olhos.

Oliver deu de ombros. Ruby desceu do carro e nossos olhares se encontraram. Tentei pedir desculpas de novo com um sorriso.

— Você tem alguma ideia de como dar partida no motor? — Ela direcionou a conversa apenas para Oliver.

— É óbvio que não, mas é pra isso que serve o YouTube.

O sorriso de Ruby foi cheio de gratidão e alívio. Fez com que parecesse menos assustadora. Decidi que ia conversar com ela no caminho de volta. Depois que o estresse de se ver presa aqui tivesse passado, talvez o humor de Ruby ficasse melhor.

Pensando entre nós três, conseguimos dar um jeito de resolver a situação. Quase chorei de alegria quando o motor fez barulhos normais ao ligar.

— Quer uma carona pra casa? — Oliver meneou a cabeça para Ruby.

Ela hesitou. Tentei comunicar via telepatia que sentia muito por ter sido uma babaca e que eu queria que ela viesse comigo. O lance de voltarmos juntas pra minha casa tinha ido por água abaixo. Não queria que aquilo acontecesse assim, na real. ("Aquilo" é sexo, a essa altura você sabe disso, certo? Acho que não preciso ficar me repetindo, né?) Se rolasse, deveria ser num dia perfeito.

— Saoirse vai me levar de volta — disse Ruby.

Pelo visto, eu *tinha* o poder de transmitir pensamentos. Deveria usar para o bem ou para o mal?

Foi só quando a deixei em casa com um beijo de boa noite (e uma mãozinha boba no peito de boa noite — uhul!) que um pensamento terrível me ocorreu.

Isso havia contado como uma briga? E, se contasse como uma briga, a gente tinha feito as pazes? Eu havia mesmo convidado um dos arautos da danação?

Não. Claro que não. Isso não era uma briga. Tinha sido minúscula. Mal chegava a ser uma *b*. Uma briga precisava ser sobre uma grande discordância a respeito de algo importante. Uma disputa de berros. Palavras horríveis sendo trocadas, lágrimas sendo derramadas. Era óbvio que era isso o que eu queria dizer com briga. Todo mundo tinha seus desentendimentozinhos. Era normal, até para um simples clipe romântico. Era tudo parte da natureza antagônica da química.

Isso não contava.

Me deixa.

15.

Cinco dias depois, comecei o processo de empacotar a casa inteira para preparar a mudança. Eu sabia que meu pai seria relaxado na hora de resolver tudo. Ele sempre subestimava o tempo que as coisas tomavam, o que resultava em ele se atrasar para basicamente tudo que fazia. Me irritava o fato de que, embora não quisesse me mudar, era eu quem teria que fazer todo o trabalho.

Achei que o processo me deixaria triste, o de enfiar os últimos dez anos em caixas. Tive visões de mim mesma melancolicamente examinando bugigangas e deixando rolar uma lágrima solitária de nostalgia. Na real, era tudo tão dolorosamente chato que eu nem tinha energia para enrolar. Me cortei um monte de vezes no meu excesso de entusiasmo para usar o aplicador de fita adesiva nas caixas — no ímpeto, deixei a parte cortante raspar o meu joelho. Ou seja, mais um ferimento letal ali. A pior parte era pensar que talvez fosse ter que fazer tudo isso de novo em Oxford. Não conseguia me imaginar lá nem podia me imaginar com meu pai e Beth no novo apartamento. Eu me sentia num limbo, incapaz de sossegar até dentro da minha cabeça, então trabalhava com uma música incrivelmente alta de fundo para que ela afogasse a minha voz interior.

Embalar a casa toda estava consumindo o tempo da lista dos encontros, o que era imperdoável. Ruby e eu caminhamos na praia na manhã seguinte ao encontro no drive-in e eu estava confiante de que tínhamos superado a nossa não briga, mas eu não a havia visto desde então. Ela tinha saído com a família de Oliver para visitar os avós por alguns dias; e, mesmo quando ela não estava fora, entre visitar mamãe, empacotar tudo e mandar mais uns dez currículos pra vagas de emprego, não havia tempo. Trocamos mensagens, mas não era a mesma coisa, e isso estava me deixando ansiosa.

E, no entanto, cá estava eu de novo. Justamente no quarto do meu pai, dobrando as camisas dele e as guardando em uma caixa.

— Saoirse, se você sangrar nesse tapete, eu vou precisar mandar lavar de novo antes da gente se mudar. — Meu pai se ergueu sobre mim, o que, considerando que ele tinha só 1,78 m, era um feito e tanto. Estava vestido em seus trajes de folga: uma camisa de manga comprida justa, colete tweed, calças jeans compradas na seção infantil com as barras dobradas para exibir seus sapatos com cadarços e sem meias. Sinceramente, viu.

— Sua preocupação com o meu bem-estar é tocante, Caro Pai. — Eu levantei, me inclinando contra a cama. — Em que posso ajudar? Gostaria que Dobby, o elfo doméstico, passasse as suas cuecas ou engraxasse os seus sapatos, meu senhor?

— Menos gracinha seria um bom começo e, depois, gostaria que abrisse a porta pra Beth quando a campainha tocar. Vê se consegue ouvi-la apesar desse seu death metal.

— Por death metal você se refere a música popular escandinava?

— Sim, eu vi uma reportagem sobre como meninas norueguesas com violões levam a garotada a uma vida de bruxaria e heroína.

— Não pode ser você a abrir a porta pra ela? — choraminguei.

— Preciso ir à instituição. Era para eu levar a sua mãe mais tarde para... — Ele se interrompeu. — Enfim, ela está tendo um dia ruim. Sua mãe estava bem pela manhã?

Sua mãe. Como se ela não tivesse nada a ver com ele.

— Parecia bem, sim.

Um dia ruim queria dizer que ela estava estressada, chorosa, aos gritos e possivelmente violenta.

— Tentei ligar para a Beth para cancelar, mas ela não atendeu — disse ele ao sair. — Aposto que esqueceu o telefone em casa. Peça desculpas a ela por mim e diga que vou ligar mais tarde. Ah, e se você puder realmente passar as minhas cuecas seria ótimo.

— Mas se a música me mandar sacrificar ela pro Satanás eu não prometo nada — falei, meio brincando. Estava inclinada a ser um pouco mais gentil agora que sabia que ele estava indo se certificar de que mamãe estava bem. Principalmente porque eu não tinha me oferecido para acompanhá-lo.

— Entendido, claro. Que tipo de tirano sem noção você acha que eu sou?

Estava encaixotando livros quando a campainha tocou. Tecnicamente, em uma parte madura de meu cérebro, eu sabia que não tinha o direito de ficar brava com Beth, mas não ia permitir que essa parte vencesse. Eu não desistia fácil. Me arrastei até a porta. Beth estava parada ali, com um sorrisão que, comicamente, deslizou de seu rosto assim que ela viu que era eu à porta. Ela o botou de volta no lugar tão rápido quanto foi capaz.

— Saoirse. Muito bom te ver de novo — disse.

— Imagino. Olha, meu pai teve que sair... pra um lugar.

— Não sabia se era para eu contar a ela onde ele estava ou não. É claro que ela sabia sobre mamãe, mas era meio esquisito mencionar.

— Será que eu espero? Ele disse se vai voltar logo?

— Na real, não sei.

Ele provavelmente ficaria pelo menos uma hora ou duas fora, mas quem era eu pra ficar inventando previsões?

— Vou esperar um pouquinho então — disse ela. — Se você não se importar.

— Fica à vontade — falei e dei meia-volta para sair.

Beth se sentou toda empertigada na ponta do sofá como se estivesse em um consultório médico esperando por uma má notícia.

Com um suspiro pesado, me obriguei a voltar.

— Quer uma xícara de chá ou algo assim?

O rosto dela se iluminou.

— Seria ótimo, obrigada.

Trouxe o chá para ela e me sentei na poltrona do lado do sofá para ser educada. Percebi que eu também estava empoleirada na ponta. Talvez seja a maneira como a gente se senta quando se está planejando dar no pé a qualquer segundo.

— Então... — Busquei um tópico que não fosse o casamento. — O que você vai fazer hoje?

— Comprar o vestido pro casamento. — Beth sorriu.

Esta foi a minha primeira lição de que, quando um casamento está sendo planejado, não existem conversas que não giram em torno dele.

— Peraí, você vai *com* o meu pai?

Beth assentiu. O vapor subiu da caneca diante de seu rosto, embaçando seus óculos.

— Isso não é meio que contra as regras? — perguntei.

Beth deu de ombros, parecendo desconfortável.

— Eu não tenho mais ninguém para ir comigo. Minha mãe faleceu quando eu era pequena. Não tenho irmãs. Não tenho muitas amigas de verdade aqui.

Não respondi nada. Lembrava vagamente de papai me dizer que Beth tinha se mudado para a Irlanda uns dois anos atrás para abrir uma filial em Dublin, e ainda assim ela não tinha amigos. Como alguém que estava sem amigos há um tempo, eu pensava que isso podia ser difícil para alguns. Se fosse do tipo carente, como Beth claramente era. Então eu nem sugeri que ela roubasse as amigas da minha mãe também, embora esse tenha sido o primeiro pensamento que me ocorreu. Na verdade, eu meio que estava com pena dela.

Um a zero para a maturidade.

Ela balançou a mão, insistindo que não tinha importância. Queria que papai estivesse com ela para comprar o vestido, de qualquer forma. Eu não sabia o que dava mais dó: que Beth não tivesse colegas ou que só tivesse meu pai para compensar.

Então aconteceu uma coisa que não sei bem como explicar, mesmo agora. A pena que eu sentia de algum modo se transformou nas seguintes palavras:

— E se eu for com você?

Assim que as palavras deixaram a minha boca, quis agarrá-las de volta. Rezei para que ela dissesse "Ah, não posso te pedir isso", e então eu assentiria e correria escada acima antes que pudesse me enrascar ainda mais.

— Sério mesmo? — O corpo inteiro dela se esticou e seus olhos brilharam.

— Bem, mas vou entender se você não quiser que eu...

— Não, não. Quero sim. Seria maravilhoso. E, sabe, eles até dão champanhe grátis e tudo mais — disse Beth, como se fosse suborno.

Conferi um relógio imaginário no pulso.

— Bem, está quase na hora do meu drinque das três da tarde, então acho que vai funcionar. Quando é o seu compromisso?

— Daqui a meia hora.

— Vou me trocar — falei com um sorriso amarelo e tentando muito não estremecer visivelmente de arrependimento.

Meia hora. Como é que meu pai tinha achado que conseguiria ir e voltar da instituição a tempo? Típico cabeça de vento. Eles teriam perdido o horário ou Beth acabaria indo sozinha. Essa era, tipo, a minha boa ação do ano, talvez até da década. Veremos.

Fomos cumprimentadas na porta da loja, a Pronuptuous, por uma mulher com cachos cinzentos envoltos em um lenço de cabeça colorido, de uma idade completamente indecifrável entre os sessenta e os cem anos.

— Vamos entrando, meninas, vamos entrando. — Ela gesticulou para que assim o fizéssemos, com um tom de voz deliciado.

Eu havia esperado por uma pessoa mais jovem, esnobe e cheia de desdém porque minha única experiência com compras de vestidos de casamento era com a TV e os filmes. Mas, de resto, era bem o que eu imaginava. Ela nos levou para um provador imenso, com tantas superfícies refletoras que eu me sentia numa casa dos espelhos. Por que alguém ia querer ver cada centímetro de si mesmo de uma vez só? Tem coisa que é melhor nem ver, se quer saber minha opinião. A senhorinha empurrou uma taça de algo borbulhante em minha mão e eu aceitei, dando um gole. Havia um prato com trufas de chocolate embrulhadas em papel dourado também. Oras, seria grosseria minha fazer cerimônia.

— Muito bem, querida, agora me diga: o que está procurando? Linha-A, peplum, trompete, vestido de baile, midi, princesa, sereia, justinho, de cauda vassoura, de cauda corte, de cauda desmontável, de cauda watteau, de cauda capela, de cauda catedral, sem cauda...

A mulher parou para respirar.

— Hã... — Beth piscou várias vezes.

— Véu catedral, véu capela, véu valsa, mantilha, véu drop, gola quadrada, gola redonda, gola V, decotado, grego, sabrina, transparente, tomara que caia, Rainha Ana, costas nuas, sem alça, cintura espartilho, cintura baixa...

— Para. — Beth ergueu uma mão. — As palavras já perderam todo o sentido a essa altura.

A mulher deu risada.

— Uma daquelas — disse ela, sem julgar.

— Uma das o quê? — perguntou Beth.

— Das que não sabem o que querem. Existem dois tipos de noivas, querida. As que sabem até a quantidade exata de lantejoulas que querem no corpete e as que não têm a mínima ideia. Mas não se preocupe, a Barbara sabe o que você quer antes mesmo de você.

Enfiei um dos chocolates na boca e dei de ombros para Beth. Acho que Barbara era ela mesma.

— Ok, deixa eu dar uma olhada em você. — Barbara fez o gesto universal de "dá uma voltinha" e Beth girou lentamente e sem jeito no lugar. — Bem, você tem uma silhueta deslumbrante, querida, mas nem uma peitinho sequer.

Os olhos de Beth se esbugalharam de descrença enquanto eu caía na gargalhada, deixando chocolate mastigado escorrer pelo meu queixo.

— Não é pra rir — disse Barbara, sacudindo a cabeça para mim. — É apenas a verdade. Temos que ser honestos com nós mesmos. — Ela se virou novamente para Beth. — Vai querer usar bojo ou está satisfeita com quem você é?

— Estou satisfeita — disse Beth, perplexa. — Eu acho.

— Não adianta achar. Tem que saber. Tenho uma porção de vestidos para seios pequenos, mas se você for enfiar aqueles enchimentos com tetinhas de gelatina no sutiã, preciso que me diga logo.

— Não, não. Sem... gelatina.

Tive a impressão de que Beth estava com medo de Barbara. Já eu achava Barbara incrível e queria que ela fosse a minha avó. Me sentei para assistir ao espetáculo no pequeno sofá em um dos lados do cômodo, com o prato de trufas no colo.

— Como você quer se sentir no grande dia? — Barbara passou uma fita métrica ao redor da cintura de Beth.

— Feliz, talvez?

— Bem, imagino que sim, mas não foi isso o que eu quis dizer. Você deseja se sentir como uma princesinha linda e fofa ou como uma mulher sedutora e sensual? Ou está pensando no visual de uma noiva mais velha e refinada? Virgem, piranha ou anciã? Essas são as suas únicas opções, querida.

— Barbara olhou com astúcia para mim. — E é essa a verdade — adicionou, com os lábios franzidos.

— Falou tudo, Barbara. — Ergui as mãos em respeito à sua sabedoria inviolável. Considerei brevemente pegar o meu celular para gravar isso e mandar para Ruby, mas eu tinha uma suspeita rasteira de que Barbara alegremente o tomaria das minhas mãos e jogaria na privada ou algo assim.

— Hum... sexy, acho? — Beth deu uma meia olhada para mim, constrangida.

Tentei bloquear a parte do meu cérebro que conectava Beth ficar sexy com qualquer coisa que tivesse a ver com o meu pai e enfiei mais uma trufa na boca, deixando-a derreter na língua.

— Boa escolha — disse Barbara. — Prefiro não julgar, sabe, mas na sua idade o visual de princesa fica um pouco triste. E você ainda não tem idade para um vestido terninho funcionar.

Havia algumas regras bem restritivas de gênero e idade para escolher as roupas que você usaria no seu próprio casamento.

— Espere aí, beba mais uma taça de champanhe que eu já volto em um minutinho com algumas opções.

Beth se sentou ao meu lado e engoliu seu champanhe.

— Isso foi meio intenso — sussurrou.

— Acho que se você fizer a escolha errada, Barbara vai te amarrar num poste e te apedrejar com as trufas — sussurrei de volta.

— Por que estamos sussurrando?

— Porque senão ela vai dar uma bronca na gente por conversar no meio da aula.

Barbara voltou com um único vestido, coberto por uma capa de plástico.

— Com seu tom de pele, você pode usar a cor que bem entender, meu bem, mas acho que o branco brilhante vai ficar muito bonito. — Ela abriu o zíper da capa e ergueu um pouco de tecido na altura do rosto de Beth. E, de fato, ele se destacou, fazendo Beth resplandecer. Barbara assentiu, satisfeita.

Beth pegou o vestido com incerteza e entrou na cabine, me lançando um olhar perplexo às costas de Barbara.

— Mas não funcionaria com você. — Barbara se virou para mim. — Quando for a sua vez, vou te recomendar tons

de mármore ou champanhe dourado. Essa sua pele rosada pálida só aceita isso. — Ela apontou para mim como se minha pele rosada pálida a ofendesse.
— Ótimo — falei. — Mas eu não vou casar.
— E por que não? — O rosto dela se contorceu, pessoalmente ofendida com a minha rejeição ao casamento. — Lésbicas podem se casar hoje em dia.
— Como você sabe que sou lésbica?
Eu não deveria me surpreender: é da Barb que estamos falando aqui. Ela era sábia e tinha poderes psíquicos, pelo visto.
— Ah, por favor. Acha mesmo que dá para trabalhar no negócio do amor por tanto tempo sem desenvolver nenhum tipo de radar? Pode acreditar que já passaram por aqui algumas noivas que não deveriam estar casando com noivos. De vez em quando ainda aparece uma ou outra perdida, as pobrezinhas. Sempre tento dar uma dica a elas, sabe, algo sutil. "Que tal um terninho, querida?" Esse tipo de coisa.
— Você é uma bênção pra este mundo, Barb.
Barbara assentiu com sabedoria e deu uns tapinhas no nariz.
— Mas não acho que casamentos sejam pra mim, mesmo — prossegui. — Toda essa história de "até que a morte nos separe"... É meio ridícula, não é?
— Ah, a morte que se dane — rebateu Barbara. — E quanto ao fato de a vida ser curta demais pra gente ficar duvidando de cada decisão o tempo inteiro? Só podemos lidar com o que parece certo no momento, então se você sente que algo vai te fazer feliz, mesmo que por um tempo, precisa se jogar de cabeça, menina.
Olhei para Barb com curiosidade. Será que ela era boa assim em ler as pessoas ou estava sempre tagarelando pérolas

de sabedoria que, dessa vez, calharam de ser excepcionalmente relevantes para os meus interesses?

Foi então que Beth apareceu da cabine e a conversa parou. O vestido era de um branco puro com um decote sabrina e renda que caía de seus ombros. Era justo na cintura e nos quadris e voltava a se alargar nos joelhos. Quando ela deu uma volta, vi minúsculos botões cobertos de seda que iam até o terço superior de suas costas. Era muito bonito.

Beth se olhou no espelho e encontrou o meu olhar ali.

— É esse — disse ela. — Esse é o certo.

Barbara assentiu com aprovação.

— Viu só, eu disse que sabia exatamente do que você precisava.

Deixamos a loja falando sobre como Barb era estranha e maravilhosa, então eu não a notei até ser tarde demais. Ela não me notou porque tinha parado de súbito no meio da rua para mexer dentro de sua bolsa. Foi assim que eu literalmente tropecei em Izzy na saída de uma loja de vestidos de casamento.

— Ah, Saoirse — disse ela, depois do choque e da troca de pedidos de desculpas tipo "opa, não te vi aí, desconhecido" e percebemos a quem estávamos nos desculpando.

Dei um "oi" porque até mesmo eu, Saoirse, não era fria a ponto de dar um encontrão com alguém e fingir que não vi. Se eu tivesse prestado atenção e a notado antes, eu teria subitamente me distraído com alguma coisa e fingido que não a vi, como uma pessoa normal.

Beth ficou ao nosso lado, sorrindo, talvez esperando por uma apresentação. Ela podia esperar sentada, te digo isso. Quando Beth notou que estava diante de uma situação constrangedora, ela murmurou algo sobre ter esquecido de comentar sobre os botões com Barbara e entrou de novo na loja. Pelo menos não era uma completa trouxa. Se eu estivesse com meu pai, ele provavelmente teria começado a bater papo com Izzy e diria algo imperdoável tipo "Ah, Izzy, por que nunca mais te vimos?" ou "Queria que vocês fizessem as pazes, sentimos saudades suas lá em casa" ou, Deus me proteja, "Saoirse não sai mais do quarto, você bem que podia aparecer pra tirar ela de lá".

Os olhos de Izzy passaram por mim até a janela da Pronuptuous e vi quando ela entendeu.

— É *ela*? — sussurrou, embora Beth não estivesse perto o suficiente para ouvir.

Assenti.

— Nunca achei que chegaria o dia em que eu veria vocês duas saindo juntas — disse Izzy.

Ela não soou perplexa, e sim impressionada pelo meu crescimento pessoal, mas tive a sensação de ter sido pega fazendo algo vergonhoso.

— Não é nada de mais. — Dei um sorriso tenso e esfreguei meu dedão na cicatriz.

Izzy percebeu e olhou como se estivesse tentando me dizer alguma coisa. Se fôssemos amigas, eu provavelmente saberia que ela estava tentando me dizer que eu não era capaz de enganá-la e que tinha que parar de fingir. Mas não éramos amigas, então decidi que não tinha a menor noção do que ela estava tentando comunicar.

— A gente podia conversar sobre isso — ofereceu.

— Tenho que ir — falei, e me apressei para sair, deixando-a na rua me olhando. Digo, eu acho que ela ficou me olhando. Não cheguei a ver, mas tinha assistido a um monte de filmes recentemente e isso me pareceu certo, dramaticamente falando.

Alguns segundos depois, Beth me alcançou.

— Tive a impressão de que devia dar espaço a vocês duas — disse ela. — O que foi aquilo?

Dei meia-volta para olhá-la, parando na calçada

— Eu e você não somos amigas, beleza, Beth?

— Sei disso. — Seu rosto ficou triste. — Mas queria que fôssemos. Não tenho muitos amigos aqui. É difícil se familiarizar com as pessoas quando você se muda para uma cidade em que todo mundo é melhor amigo desde os quatro anos de idade. É meio solitário.

A vulnerabilidade dela era excruciante. Eu não conseguia aguentar alguém tão carente. Me dava vontade de arrancar a minha própria pele. Imagina só, sair por aí admitindo que você se sente solitária. Como isso não fazia ela querer morrer?

— Eu não tenho esse problema — falei.

— Se você diz... — respondeu Beth, e pensei ver um lampejo de algo em seus olhos. Não sabia se era tristeza por si mesma ou pena de mim. — Sabe onde me encontrar se mudar de ideia.

Considerando que um grito de frustração seria regredir demais no meu desenvolvimento, me dei por satisfeita em só sair batendo pé na direção oposta, rangendo os dentes. Onde ela tinha aprendido a ser tão compreensiva o tempo todo?

16.

Quando eu era pequena, mamãe costumava me levar ao museu. Eu odiava. Ela ficava por séculos encarando os quadros e isso me deixava entediada. Não conseguia entender por que ela demorava tanto tempo para seguir em frente. Então eu puxava a mão dela e a arrastava comigo. A única parte que eu gostava era a lojinha de presentes, com seus brinquedos e livros coloridos.

Agora eu a levava lá pelo menos uma vez por mês e permanecia ao seu lado pelo tempo que ela quisesse. O museu ficava praticamente vazio a essa hora da manhã, então era um dos poucos lugares em que a gente podia ir que não parecia que todo mundo estava olhando e se perguntando o que havia de errado com mamãe.

Quando fui buscá-la essa manhã, a cuidadora principal da minha mãe, Nora, mencionou que ela tinha feito amizade com uma garota jovem que trabalhava no turno da noite e que as duas ficaram assistindo a um show na internet. Lancei a Nora um olhar de gelar o sangue e ela deu no pé. Uma garota aleatória obrigando minha mãe a ver um vídeo de celular em baixa resolução da banda de sucesso do momento não era nada fofo para mim. Mamãe era uma esnobe maravilhosa e magnífica que sorria com indulgência para o meu pai quando ele queria tagarelar sobre uma banda esquisita, mas que sempre dava um jeito de estar em outro lugar quando ele botava a música no aparelho de som.

Ele também não conseguia acompanhá-la. Mamãe era muito sagaz, muito culta; tinha fatos e números na ponta da língua, e quando os dois se desentendiam na mesa de jantar, isso sempre acabava com meu pai rindo e concordando que ela estava cem por cento certa e que ele nem sabia por que tentava discutir. Ela responderia que também não sabia por que ele discutia já que ela sempre acabava com ele. Ao ficar mais velha, me juntei a essas disputas; era a única situação em que mamãe e eu formávamos um time, em vez de papai e eu. Quando ela começou a perder o fio da meada e se confundir, parei de querer argumentar. Principalmente depois que ela se mudou. Quando meu pai tenta me empurrar para uma discussão com um comentário idiota que ele sabe que vai me irritar, faço o que posso para não morder a isca. Isso me entristece. Acho que ele não entende.

As pessoas na casa de repouso não sabiam desses fatos a respeito dela. Pensei em contar. Elaborei monólogos enormes nos quais eu dizia quem minha mãe era de verdade e me imaginava fazendo um barraco. Mas nunca fui adiante. Essas pessoas estavam só fazendo o trabalho delas. E havia uma parte de mim que pensava que, se eu compartilhasse essas coisas com mais gente, elas se tornariam mais fracas. Eu perderia essa pequena parte de mamãe que eu possuía por saber quem ela era antes.

Quando papai me disse que minha mãe teria que ir para uma instituição especializada, que nossa casa não era mais segura, que não conseguíamos providenciar supervisão suficiente, não aceitei. Claro, a saúde dela estava se deteriorando, isso eu via. Nós vivíamos em estado de alerta constante. Quase mais nada existia em nossas vidas. Mas eu aceitava isso. Ela era a minha mãe. A gente daria um jeito. A gente precisava se esforçar mais, falei.

Chorei e gritei que só a tirariam dali por cima do meu cadáver. Ou do dele, de preferência. Mas não muito tempo depois de ele mencionar isso, as coisas mudaram. Eu estava na escola, meu pai estava no trabalho, e os cuidadores que vinham seis vezes ao dia ainda estavam a caminho. Mamãe saiu de casa e se perdeu. Ela vivia tentando sair e era difícil de lidar com isso porque não dava para manter um olho nela o dia inteiro e não dava para só trancá-la num quarto. Isso não seria justo nem seguro. Mas também era perigoso deixá-la andar por aí. Ela estava muito confusa.

Naquele dia, a cuidadora chegou em casa e encontrou a porta da frente aberta. Não achou mamãe em lugar nenhum. Ela ligou para o meu pai e ele não atendeu. Então chamou a polícia e ligou para mim na escola. Tentei entrar em contato com papai sem parar, inclusive pelo número do seu escritório, mas disseram que ele estava numa reunião com um cliente e que tinha deixado o telefone na mesa.

Foi Hannah quem me ajudou no fim das contas. Ela ligou para o pai para que nos buscasse na escola e então saíram dirigindo pela cidade à procura de mamãe. Hannah segurou minha mão enquanto perambulávamos sem rumo pelo calçadão, pelas praias, pelo bairro todo. Ainda estávamos procurando quando meu pai finalmente deu as caras. Quis gritar com ele e fazê-lo se sentir culpado por não estar presente, mas a sua expressão derrotada me fez desistir disso.

Até esse dia, sempre achei que morássemos num lugar pequeno. Uma cidadezinha litorânea. Quando percebi que minha mãe podia estar em qualquer lugar, a cidade me pareceu infinita. Não chorei o dia inteiro, mas provavelmente machuquei a mão de Hannah com a intensidade com que eu a apertava. No fim das contas, alguém a achou e ligou para a polícia. Foram buscar minha mãe no meio-fio de uma estrada de pista dupla. O rosto dela estava arranhado, um fio de sangue escorria de seu couro cabeludo e suas calças estavam ensopadas de urina. Nunca descobrimos o que aconteceu com ela, como arranjou aqueles arranhões. Se havia caído ou se alguém a tinha machucado. Havia uma parte de mim que queria trancá-la num quarto de nossa casa só para me certificar de que ela continuaria ali, em um lugar onde eu poderia vê-la sempre.

Eu ainda me ressentia do alívio que vi no rosto de meu pai quando falei que não discutiria mais a necessidade de levá-la para uma casa de repouso.

Mais do que tudo, tentei fingir que não senti alívio também.

— Como você está? —perguntou mamãe mais tarde, no café do museu.

Não havia qualquer sinal da crise do dia anterior. Ela estava de bom humor e tinha gostado de perambular pelas exibições. Era legal vê-la em sua zona de conforto. Ela colocou a mão sobre a minha. Fechei os olhos por um momento, apreciando o peso. Mamãe sempre me abraçaria de volta se eu a abraçasse, mas era raro que tomasse a iniciativa de estabelecer contato físico agora. A garçonete colocou dois pãezinhos diante de nós e deu um sorrisão para mamãe. Ela estava sempre por aqui e a essa altura com certeza já nos reconhecia.

Cortei o pãozinho de mamãe ao meio, então passei manteiga e o recheei de geleia. Ela começou a me contar uma história de quando era pequena, sobre seu pai.

— Então sempre que as estações mudavam eu escrevia uma carta para uma nova fada. A fada da primavera ou a fada do verão. E pela manhã eu iria ao jardim e levantaria a pedra onde tinha deixado a anotação, mas ela não estaria mais lá. No lugar dela, haveria uma outra carta escrita na língua das fadas. Papai me contaria o que estava escrito porque ele falava a língua das fadas.

Ela parecia tão feliz com a lembrança quanto provavelmente se sentia nas manhãs em que encontrava as cartinhas.

Mamãe falava muito sobre o pai dela. Não o pai biológico, mas o seu pai "de verdade", como ela o chamava. Ele morreu antes de eu nascer, mas mesmo quando era pequena ela falava tanto dele que eu sentia como se o conhecesse. Parecia ser alguém que fazia a magia acontecer. Eu estava muito grata que as memórias que ela não parava de revisitar fossem aquelas que a faziam feliz. Nem sempre era assim. Havia uma mulher na casa de repouso que revivia a morte dos pais como se tivesse acabado de acontecer. Todo aquele pesar e trauma, de novo e de novo.

Se eu ficasse presa em um momento, me perguntava o que teria a dizer sobre o meu pai.

Um monte de palavrão, imagino.

Mamãe se levantou e olhou ao redor, mordendo os lábios.

— Onde é o banheiro? — perguntou.

Falei que ia levá-la e peguei a minha bolsa, mas deixei nosso chá pela metade e o cardigã dela para deixar claro que íamos voltar, de modo que a garçonete não pensasse que saímos sem pagar. Eu a guiei para além do caixa até o banheiro para deficientes e fiz hora do lado de fora. Mamãe não costumava precisar de ajuda para usar o banheiro, mas era necessário esperar por ela, principalmente se fosse um lugar onde ela pudesse se perder ou ficar desorientada com facilidade.

Não conseguia deixar de pensar no dia em que ela precisaria de ajuda lá dentro. Não que eu fosse me importar, mas eu sabia que ela se importaria.

Mamãe abriu a porta e procurou por mim.

— Eu... acho que a pia não está funcionando — disse ela.

Dei uma olhada e vi que era uma daquelas pias chiques em que você precisa deixar sua mão parada num ponto específico para que o sabão e a água caiam, então me aproximei e a ajudei a lavar as mãos. No momento em que estávamos saindo da cabine, um homem passou por mim no corredor estreito até o banheiro masculino. Ele parou ao nos ver.

— Vocês não deviam usar o banheiro de deficientes se não são deficientes — disse no tom mais pedante do mundo.

Lancei a ele o olhar mais gelado que fui capaz, esperando que isso fosse suficiente para ele se adiantar e nos deixar em paz. Em vez disso, ele pareceu esperar por uma resposta. O rosto de mamãe se contorceu e ela recuou um passo atrás de mim.

— Desculpa. Eu sinto muito — disse.

Não acho que ela tenha entendido o motivo da bronca, mas conseguia perceber o tom.

— Vai se ferrar — falei, segurando a língua porque mamãe odiava palavrão. — Cuida da sua própria vida.

O homem estalou a língua com raiva e, quando ele virou as costas, mostrei o dedo para ele. Com ambas as mãos. E talvez tenha feito uma dancinha.

Voltamos para a mesa para tomar nossos chás e terminar os pãezinhos. Minutos mais tarde, vi o homem conversando com a garçonete e apontando na direção dos banheiros. Ele estava mesmo brigando pelo pódio na competição de pessoa mais intrometida do mundo. Dei as costas para ele e silenciosamente rezei para que minha mãe acabasse logo o chá para que pudéssemos ir embora.

— Oi. Desculpa por ter sido grosseiro com vocês agora há pouco. Eu não sabia.

O homem pairou sobre nós e, embora suas palavras fossem tecnicamente de arrependimento, ele parecia tão desacostumado a pedir desculpas que elas saíam com esforço, duras, pequenas e constipadas daquela bunda enrugada que ele chamava de boca.

— Não sabia o quê? — falei num tom pausado e desdenhoso.

—A garçonete me disse que tem algo de errado com a sua mãe. Eu não percebi. Ela não parece... — O homem não completou a frase, mas não tinha acabado ainda. — Enfim, ela disse que você cuida dela, e acho que isso é realmente admirável.

Mas ele me encarava mais com pena do que com admiração, e não havia se dignado a olhar para mamãe, embora ela é quem merecesse o pedido de desculpas.

Eu queria brigar com ele. Fazer um discurso tocante em defesa de tomar conta da própria vida e não julgar os outros. Mais tarde, na cama, eu pensaria nas palavras, mas não as tinha à mão no momento. O homem não esperou por uma resposta, de todo modo; ele saiu flanando cheio de si enquanto pensava em como tinha sido humilde e bacana. Me concentrei com força no meu pãozinho.

— Preciso ir agora — mamãe falou repentinamente, interrompendo a minha concentração. Reconheci a nota de urgência em sua voz. Ela estava ficando aborrecida.

— Está tudo certo — falei de forma tranquilizadora. Não queria que aquele cara estragasse o dia dela. — A gente tá se divertindo

A testa dela se franziu em uma careta e ela fez cara de quem sente um cheiro desagradável.

— Preciso mesmo ir embora. Tenho trabalho. — Ela olhou ao redor pelo café. — Me leva pra casa?
— Mãe, por favor. — Massageei a minha nuca. — A gente tá se divertindo. Está tudo certo. Você não precisa ir ainda.
— Eu tenho que ir. — Ela bateu o pé sob a mesa. Me odiei por conferir se a garçonete estava nos observando.
Por um segundo, fiquei com tanta raiva que quis bater o pé também. O que eu mais quis foi gritar. Quis dizer a ela: "Seu pai morreu e você teve que parar de trabalhar porque não lembrava nem o próprio sobrenome. Você literalmente não tem lugar melhor para ir." Apertei a cicatriz na minha palma com força. Precisava respirar fundo e me acalmar.
Mamãe parecia tão perdida. A expressão enevoada em seu rosto partiu meu coração. Encarei o teto para segurar as lágrimas. Gritar só pioraria as coisas.
— Eu te levo pra casa — falei, e peguei as nossas coisas. — Vem, me dá a mão.
Sua expressão desanuviou e ela se levantou, feliz novamente, como se nada tivesse acontecido. Ela pegou a minha mão e eu a apertei.
— Eu te amo, mãe.
— Também te amo — disse ela. E, embora eu soubesse que ela só tinha dito aquilo porque falei antes, saboreei o som dessas palavras ditas na voz de minha mãe.

17.

~~4. Diabruras (como em todos esses filmes, pelo visto)~~
~~8. Encontro num barco a remo (como em *A proposta*, *10 coisas que eu odeio em você*)~~

SAOIRSE
Ruby, me encontra na praia uma da manhã

RUBY
Que misteriosa

SAOIRSE
É hora do número 8

RUBY
Achei que seria no sábado

SAOIRSE
Uma da manhã já vai ser sábado

Vi Ruby antes de ela me perceber. Não conseguia distinguir seu rosto na escuridão, mas dava para saber que era ela pela forma como se movia. Eu gostava dos momentos em que podia observá-la sem que ela soubesse. Era como ver um segredo. Quando ela chegou perto, notei que estava vestindo tênis velhos e um short com uma trilha de pompons multicoloridos. Suas pernas eram longas, e as coxas eram grossas e musculosas.

— Está tão quieto — sussurrou Ruby, embora não houvesse ninguém ao redor para ouvir. Estava escuro, mas ainda dava para ver nuvens pretas espiralando no céu pontilhado de estrelas. — É sinistro.

— Eu gosto.

— Eu também. — Ruby estremeceu.

Peguei sua mão e a guiei pela orla.

— Que lindo. — Ela inalou o ar marinho e ergueu a cabeça para observar as estrelas. — Acho que consigo ver a minha estrela daqui. — Ela apontou para o céu. — Mas como vamos fazer o número oito?

— Quatro e oito, vê se não esquece.

— O quatro era o quê?

— Diabruras — lembrei. — Eu não sabia como a gente ia fazer esse troço, mas aí saquei. Dois coelhos com uma cajadada só.

— E como é isso?

— Bem, Ruby, a gente vai roubar um barco.

Ela parou de andar.

— O quê?

— Mais lá pra baixo ficam os pedalinhos. A gente vai roubar um.

— Você não tá falando sério.

— Quando a gente se conheceu, roubamos o amado animal de estimação de alguém. Agora você tá amarelando com a ideia de pegar um pássaro de plástico emprestado?

— Como assim, "pássaro"?

— Para de mudar de assunto. Topa ou não topa?

Ela pareceu estar pensando no assunto. Jogou o cabelo de um lado para o outro e, com um olhar determinado, assentiu.

— Topo — disse.

Quando Ruby viu os pedalinhos, ela riu. Tinham formato de cisnes, cerca de três metros de altura e eram completamente decrépitos. Com certeza não eram trocados desde que eu era criança, e estavam cobertos de pixações de canetinha.

— Beleza, beleza, isso não é um barco a remo...

— Com certeza não tem uma gota da dignidade de um.

— ... mas navega bem, eu juro.

Observamos o bando de cisnes de plástico.

— Qual deles você quer libertar? — perguntou ela, fingindo considerar com cuidado.

— Não consigo me decidir entre o de cavanhaque rebuscado ou o que tem quatro estrelas e "montaria nesse pássaro de novo" escrito no rabo.

— Tem que ser o das quatro estrelas, não dá pra discutir com esse tipo de avaliação — refletiu Ruby.

O poderoso pássaro estava cativo em uma parte rasa do mar, fechado por uma barreira de boias. Isso servia para evitar que as crianças pedalassem até a linha do horizonte e afundassem em alto-mar, mas era extremamente inconveniente.

— A gente vai ter que entrar na água e puxar ele pra areia — decidi.

Ruby assentiu.

— Beleza, vai lá enquanto eu te espero aqui.

— Ah, para com isso, sua fracote. São uns dez centímetros de água. Pode ir se mexendo, Quinn.

Ruby suspirou e arrancou os sapatos.

***

Levar o cisne até a praia foi até que fácil, apesar da água gelada em nossos tornozelos. Carregá-lo pela areia, para além do cercado, e então de volta para o mar é que foi difícil. Teve grunhido, suor e muita baixaria.

— Olha que legal — ofeguei quando finalmente zarpamos. Estávamos espremidas lado a lado no cisne e pedalávamos mar adentro. Nenhuma de nós ainda sentia frio.

— Acho que estive ignorando "ladra profissional" como opção de carreira. O que você acha?

Eu ri. Então Ruby riu. E aí não conseguimos parar mais.

— A gente roubou um cisne de três metros — disse ela, entre gargalhadas.

— A gente roubou um cisne de três metros e quatro estrelas — corrigi. Então ri de novo. Nem era assim tão engraçado. É que a situação ridícula e a euforia estavam nos deixando bobas.

—Acho que isso não rola em nenhum dos filmes — Ruby disse finalmente quando ambas nos acalmamos. Ela deixou a mão boiar na superfície da água.

Assim como na noite do drive-in, quando pensei que estávamos presas à mercê de um serial killer no banco de trás do carro, considerei mencionar que, se estivéssemos em um filme de terror, ela poderia perder a mão para um demônio aquático ou ser puxada para fora do barco por um assassino, e aí eu teria que deixá-la para trás e pedalar até a praia. Mas imaginei que isso pudesse estragar o momento.

— Vou incluir no meu livro de memórias — falei em vez disso. — Quando fizerem um filme da minha vida, isso vai estar numa das primeiras cenas.

— Ah, então você se acha interessante o bastante pra fazerem um filme seu? — provocou.

— Talvez não agora, mas quando eu tiver curado o câncer

ou instaurado a paz mundial, vão ter que dar ao povo o que ele quer.

— E o que *você* quer ser, sabe, "quando crescer"? — perguntou Ruby.

O que eu podia responder? Não possuía grandes planos ou paixões que desejasse seguir. Não me permitiria isso. E não podia dizer a Ruby o motivo por que fazer planos meio que não tinha muito sentido nas minhas circunstâncias.

— Não tantas coisas quanto você — falei brincando.

Ruby sorriu, mas não disse nada. Ela esperou que eu falasse mais. Era algo normal. Uma conversa completamente normal. Na escola, não se falou de outra coisa o ano inteiro. Em que curso você vai tentar entrar, o que você quer fazer, etc.? Ninguém cansa desse assunto porque, embora todo mundo pergunte a todo mundo, o objetivo não é saber o que os outros vão fazer, mas sim discutir o que você mesmo deseja da vida.

Não achava que essa tinha sido a intenção de Ruby ao fazer a pergunta. Eu ia ter que oferecer algo diferente. Mas isso era permitido. Não estava quebrando nenhuma regra. No máximo dando umas cutucadinhas para ver se estavam firmes.

— Pra ser sincera, eu não sei — falei.

— Também me sinto assim.

— Você se sente assim porque tudo parece uma boa ideia pra você. — Ruby considerava toda carreira que surgia, mesmo numa conversa casual, como uma possibilidade; ela via potencial em tudo. Eu não era assim. — Nada parece uma boa ideia pra mim.

Percebi, enquanto as palavras tropeçavam para fora de minha boca, que elas soavam terrivelmente próximas de uma admissão piegas dos meus verdadeiros sentimentos, e *isso* era perigosamente próximo de ter uma conversa profunda e significativa que eu não deveria ter. Não se eu quisesse seguir minhas regras. E eu queria, é claro. Porque elas estavam funcionando.

Ruby pegou a minha mão e esfregou o polegar pela minha palma.

— Não, eu me sinto assim porque... — Então se interrompeu e virou a minha mão para olhá-la. — Você tem uma cicatriz aqui — disse ela, surpresa. — Como não percebi antes?

Era bem escondida pois seguia uma linha da mão. Já tinha até testado se dava para sentir quando se apalpava a área, e não dava.

— Bem. Ela *tem* uma história — falei, me agarrando à oportunidade de mudar de assunto. — Eu entrei num prédio em chamas, sabe.

— Aham. — Ruby revirou os olhos.

— Não, é sério. Pra salvar uns gatinhos.

— Gatinhos, sei.

— Isso aí. Seus favoritos. E órfãos. Você gosta de órfãos? Eu sou uma baita de uma heroína.

— E você saiu desse valente resgate com nada além de uma cicatriz comprida na mão?

— Isso. Sou uma heroína imune a chamas. O que mais posso dizer?

— Que tal se você me disser algo real para variar?

Os olhos de Ruby cravaram nos meus. Sua pintinha azul era como se uma gota da noite tivesse caído do céu direto para a sua bochecha. O rosto dela era cheio de curvas suaves e a pele era luminosa. Ela talvez fosse a garota mais linda que eu já vi na vida.

— Que tal isso? — Peguei seu queixo entre meu indicador e polegar, aproximando o rosto dela para que eu pudesse sussurrar contra seus lábios.

Queria dizer o quanto gostava dela, queria contar sobre o puxão no estômago que parecia me atrair em sua direção. Mas não podia deixar as palavras saírem de minha boca porque seria como libertar algo que eu não era capaz de controlar.

Em vez disso, falei:

— Quero te levar pra um lugar especial.

Era a minha parte favorita da praia, distante das áreas turísticas, uma pequena enseada com cascalho áspero em vez de areia. Ao subir pela angra rochosa, dávamos de cara com uma piscina natural completamente cercada com menos de dois metros de profundidade e cerca de 1,50 m de largura. Por algum motivo, a água ali era mais quente do que no resto do mar. *Mais* quente não significava quente. Isso era importante. Deixamos o cisne em uma fenda na rocha e o grande pássaro branco fugitivo cambaleou para todo o lado conforme escalamos a pedra.

Ruby soltou um suspiro baixinho.

— É especial mesmo.

Nossa própria piscina particular iluminada pelas estrelas.

Sentei na beira da água e deixei meus pés balançarem ali. Ruby esticou as pernas e as sacudiu. Talvez eu não tivesse lá me esforçado muito na hora de pedalar, pra ser sincera, mas Ruby tinha aqueles pernões musculosos de ginasta, então no fim das contas eu só a atrasaria. Ela esticou os braços por cima da cabeça, e tentei não encarar os lugares que ficaram expostos quando a bainha de sua blusa subiu. Em vez disso, dei um tapinha no chão ao meu lado, onde Ruby se sentou e mergulhou os dedos na água.

— Que gostoso — disse ela, e apoiou a cabeça no meu ombro, um pouco de seu cabelo bagunçado fazendo cócegas no meu queixo.

— Bom saber — falei lentamente. — Porque eu acho que a gente devia dar um mergulho sem as roupas.

A cabeça de Ruby se levantou na hora.
— Você tá zoando.
Fiz que não.
— Combina muito com uma comédia romântica, não acha?
— Não tá na lista.
— Você já fez isso antes? — perguntei, tentando não demonstrar ciúmes pela pessoa que talvez tivesse nadado pelada com a minha... com Ruby.
— Não.
Se ferrou, pessoa imaginária.
— Com certeza tá congelando. — Ela olhou com pesar para a água. Embora a piscina fosse pequena demais para ter ondas, era escura e sinistra e fazia sons gorgolejantes quando o mar fluía pelas pedras.
— Um minuto atrás você disse que estava gostoso — zombei.
Os olhos dela buscaram os meus, tentando verificar se eu estava falando sério. Sustentei seu olhar.
— Vamos. — Ela saltou e rugiu como se estivesse se preparando para uma batalha contra os elementos.
— Tem certeza disso? Não tá friozinho demais pra você? — zoei, me levantando e jogando meu suéter em uma saliência alta da rocha.
— Se eu perder um mamilo por causa do frio, vou te responsabilizar pessoalmente — disse Ruby, tirando os tênis.
— Pois eu aceito total responsabilidade pelos seus mamilos.
Me contorci para fora dos shorts e senti uma fisgada de dúvida quando uma onda de água gelada espirrou contra as pedras e os borrifos atingiram minhas pernas. Ruby pegou as pontas de sua camisa com ambas as mãos e puxou sobre a cabeça. Eu não sabia se tinha permissão de olhar ou não. A

constelação de sardas salpicando seu torso dava a impressão de que alguém as tinha soprado das mãos para a sua pele como se fosse granulado. Sua cintura fazia um arco e seus quadris eram cheios e largos. Uma protuberância de abdômen macio pendia do cós de sua calcinha rosa de bolinhas um número menor. Estava justa, quadris e barriga fofos esticando o tecido. Se isso não soa lindo pra você, é só porque não a viu.

Ela estava vestindo um sutiã azul listrado e eu não queria ser tipo um garoto perdido no vestiário, com os olhos fixos no seu peito, mas o volume de seus seios desaparecendo sob o tecido me fez desejar algo com tanta força que era como se houvesse uma criatura indomável dentro de mim, tentando escapar de meu estômago com suas garras, explorando com mãos gananciosas. Pensei em me aproximar, mas havia uma reciprocidade implícita quando o assunto era ter permissão para ver alguém só com roupas de baixo. Puxei a minha camisa por cima da cabeça e a mantive em mãos, cobrindo a maior parte do meu corpo por um instante antes de deixá-la cair. Estava com medo de que Ruby não fosse gostar do que veria. Minhas bochechas esquentaram quando os olhos dela vasculharam o meu corpo. Acho que vi a mesma expressão que irradiava de mim refletida em seus olhos, e isso fez eu me sentir bonita. Eu me soltei, deixando os ombros caírem e os braços relaxarem ao lado do corpo.

— Não olha — ela disse quando levou as mãos às costas para abrir o sutiã. Fechei os olhos.

Momentos depois, ouvi o som de mergulho, combinado com um grito e seguido por uma sequência de respirações aceleradas e esbaforidas. Abri os olhos. Ruby estava nadando furiosamente, o rosto duro com a dor de ser submersa em água gelada.

— É... Pensando bem, acho que não vou entrar não. — Fingi recolocar a camisa.

— Ai. Meu. Deus. Pode. Entrar aqui. Agora. Ou. Juro. Que eu. Te Mato — disse Ruby, as palavras saindo com dificuldade entre ofegos.

Ela nadou em outra direção para se aquecer, discretamente me dando privacidade para remover a pouca roupa que eu ainda usava. Era esquisito não vestir nada em um lugar público. Tentei me lembrar de alguma outra vez na vida em que estive completamente pelada ao ar livre e, a menos que tivesse feito isso quando bebê, essa era a primeira vez. O ar frio era gostoso e fazia cócegas em lugares que não eram expostos com frequência. Imaginei que a água seria menos agradável. Hesitei por um segundo na beira da piscina natural, contemplando o pulo. Então decidi deixar as minhas roupas na beirada e tentar mergulhar aos poucos, centímetro por centímetro.

— Ahhhhh! — gritei.

— Tá dentro? — perguntou Ruby. Ela estava virada para o lado oposto a mim, usando a beira da piscina como descanso para os braços.

— Ainda não.

— Só pula.

Eu não conseguia. Entrei mais um pouquinho.

— Ai, Deus.

A água encostou em partes que não estavam acostumadas a ver o mundo lá fora e eu respondi com um gritinho agudo.

— Chegou na pepeca, né? — perguntou Ruby, cheia de sabedoria.

— Não me faz rir. É uma operação delicada — falei, mas não consegui segurar as risadinhas e perdi o apoio, escorregando para dentro d'água e arranhando minha perna em um trecho de rocha saliente. Terceiro nocaute pro meu pobre joelho.

— Aiii. Ah, tá gelada e dói.

Ruby se virou, boiando na água. Conseguia vê-la dos ombros para cima. Ela bateu os braços na minha direção, tentando não rir.

— Melhora depois de um minuto. Já não tô mais com tanto frio.

Bati as pernas e nadei em pequenos círculos ao redor da piscina rochosa, até meus batimentos desacelerarem um pouco e eu parar de sentir como se o frio estivesse se enterrando em meu corpo.

— Essa ideia foi sua — disse Ruby, rindo, quando viu a minha cara.

— Eu tenho ideias ruins.

Não falei sério, pois eu estava numa piscina natural, pelada com uma garota também nua, e isso era basicamente a melhor coisa que já tinha me acontecido na vida. Nadei para perto dela e flutuamos preguiçosamente na água. Sua perna deslizou contra a minha e, com a morte iminente por congelamento fora da jogada, a criatura do desejo retornou. Era a vontade mais intensa que eu já tive. Me aproximei o bastante para Ruby colocar as minhas mãos em sua cintura e eu a puxei para mais perto. A pele dela era sedosa sob a água. Embora nossas pernas batendo para nos manter flutuando não permitissem que nos aproximássemos ainda mais, cada ponto de contato de pele com pele queimava, tanto que a água escura deveria até estar brilhando. Minhas mãos em sua cintura, as mãos dela em meus quadris, nossas pernas roçando umas nas outras.

Ela me puxou para mais perto para me beijar e eu perdi o fôlego. Não era apenas os lábios dela nos meus, mas todo o seu corpo deslizando e escorregando no meu, de uma maneira que era delicada, mas que parecia me incendiar. O gorgolejar da água presa sob a rocha e o sussurrar das ondas desapareceram. Ela enlaçou as pernas ao redor da minha cintura. Eu a beijei de volta até não aguentar mais. Queria deslizar minha mão por ela inteira, queria encontrar lugares secretos em seu corpo e queria que ela fizesse o mesmo comigo, mas, em vez disso, nos separamos.

O desejo por mais também era uma sensação boa. Como uma dor gostosa.

Saímos da água sem nos olharmos. Por algum motivo, mesmo que eu tivesse sentido o seu corpo enroscado no meu, a ideia de ser vista era diferente. Juntei o cabelo como se fosse uma corda e o torci, a água espirrando nos meus pés. Os dentes de Ruby batiam conforme ela se vestia.

Em roupas úmidas, ela beijou o meu nariz.

— Você tem boas ideias — disse.

Era um tipo de beijo diferente dos que trocamos na água, mas provocou uma sensação muito boa também.

18.

UM AGENTE NADA DISCRETO
Tá fazendo o quê?

                                              SAOIRSE
                      Quando você pegou o meu celular??

UM AGENTE NADA DISCRETO
Não posso te contar. Sou sorrateiro.
Tipo o James Bond. Com certeza
não foi quando você entrou no banheiro,
de jeito nenhum.

                                              SAOIRSE
                Tá bom, até que tô curtindo esse filme.
                          A trilha sonora é irada.

00PANACÃO
Vou precisar de mais informação que isso.

                                              SAOIRSE
                Tô vendo *10 coisas que eu odeio em você*.

OOPANACÃO
Acho que não vi esse.

SAOIRSE
Coloca aí. Acabei de começar.
Vou dar uma pausa. Me avisa quando
chegar na parte em que ela
tá lendo A *redoma de vidro*.

OOPANACÃO
Ok, cheguei.

SAOIRSE
Tô apaixonada pela amiga gótica intensa.

OOPANACÃO
Idem, cem por cento.

SAOIRSE
Por que tem tanta aposta nas comédias românticas?

OOPANACÃO
Mais importante: com tanta aposta
e aventuras românticas, como
esse povo arranja tempo pra fazer o
dever de casa? Eles não estão prestes
a terminar a escola? Ainda tenho
pesadelos com o exame do certificado
de conclusão e ele já acabou faz semanas.

SAOIRSE
O lance é: ou você tá a fim de alguém ou não tá. Se você precisa criar uma serenata elaborada de "Can't Take My Eyes Off You" pra pessoa aceitar sair contigo, então ela provavelmente não tá muito interessada.

OOPANACÃO
Nem todos foram abençoados com esse seu magnetismo selvagem natural. Você parece até uma propaganda ambulante de desodorante Axe.

SAOIRSE
Que nojo. Só é fofo porque o Heath Ledger é fofo. Se ele parecesse um monstro do pântano, já teriam chamado a polícia faz tempo.

OOPANACÃO
Ela realmente mostrou os peitos pro professor pra sair da detenção?

SAOIRSE
Pois é. Você se imagina mostrando seus peitos pro sr. Connolly?

OOPANACÃO
Bem, até que consigo. Mas sou muito orgulhoso dos meus mamilos, então...

SAOIRSE
Vou ignorar o fato de que você mencionou os seus mamilos. Peraí, por que ela tá declamando um poema de desculpas se foi ele quem fez a aposta?

OOPANACÃO
Porque ela parou de ser feminista graças ao amor. Quase certeza de que é essa a moral da história.

SAOIRSE
Não faz o menor sentido.

OOPANACÃO
Mas é todo mundo tão bonito que isso mal importa.

SAOIRSE
Own, ele comprou uma guitarra pra ela porque apoia seus sonhos musicais de garota raivosa. Quer dizer, eu pessoalmente não ia perdoar, mas é até que fofo.

OOPANACÃO
Você tá virando a maior maria-mole. Vou contar pra Ruby.

SAOIRSE
Ah, não. Por favor não diz pra garota de quem eu gosto que tô secretamente curtindo os filmes que ela ama. Seria um desastre.

OOPANACÃO
Você me enganou. Não passo de um peão nos seus jogos mentais, não é mesmo?

SAOIRSE
Você precisaria ter cérebro pra eu te manipular com meus jogos mentais.

OOPANACÃO
Acerto Crítico. -2.000 pontos de Ego.

19.

~~9. Ter uma daquelas conversas ao telefone em que as duas ficam "Não, você desliga" (como em *Feito cães e gatos, Confidências à meia-noite*)~~

Na quinta-feira, nós marcamos uma ligação em que nenhuma de nós podia desligar. Era o item da lista que eu mais queria evitar porque ninguém gosta de falar no telefone. É tortura. E todas essas comédias românticas em que as pessoas enrolam para desligar são de antes da tecnologia nos presentear com as mensagens de texto.

Mas estava na lista, então precisava ser feito. Para fins de autenticidade, concordei em ligar do telefone fixo do escritório do meu pai em casa para a casa de Oliver. Eu rezei para que fosse Ruby a atender. Até mandei uma mensagem avisando. Se as pessoas de antigamente precisava aguentar isso quando eram mais jovens, então a sobrevivência de nossa espécie é um milagre.

— Alô? — uma voz masculina confusa atendeu o telefone. Era Oliver, é claro.

— A Ruby se encontra? — perguntei, deixando a voz mais aguda e tentando soar supereducada e profissional para ele não me reconhecer.

— Saoirse?

Mas é claro.

— É, que foi? — Minha voz engrossou de volta à sua frequência normal, nadando em desdém.
— Que esquisito. Eu ouvi um barulho e me perguntei da onde vinha. Acabei encontrando esta máquina estranha coberta de teias de aranha.
Quase ri, mas isso só iria encorajá-lo.
— Pode passar pra Ruby?
— Seu celular tá quebrado? — perguntou ele, me ignorando. Soava genuinamente curioso a respeito do porquê de alguém fazer uso de um modo de comunicação tão antiquado.
— Não. Sim. Olha, isso não é da sua conta.
— Tem a ver com aquele joguinho romântico de vocês?
Todas as minhas extremidades ficaram geladas. Este era o momento mais constrangedor da minha vida.
— O quê? — Apertei os olhos e esperei que de algum modo ele fosse dizer alguma coisa, qualquer coisa, que não fosse...
— Ruby me contou sobre a listinha. É uma fofura — falou ele, de forma arrastada. — Quem imaginaria que você é uma romântica das antigas. Por acaso está fazendo um livro de contos com a experiência? Você escreve sobre isso no seu diário à noite? Quer que eu corte uma mecha do cabelo da Ruby pra você?
— Vai embora — gemi, e teria desligado se não tivesse ouvido Ruby do outro lado.
— Para com isso, Oliver — disse ela. — Oi — falou para mim.
— Então... Sei que a ideia dessa ligação era que a gente fosse enrolar pra desligar, mas, na verdade, eu tô muito a fim de desligar.
Ruby riu.
— Por quê, o que houve?

— Você contou pro Oliver?

— Aham, e daí?

— Ele é meu inimigo mortal. E você mostrou a ele minha fraqueza. Meu ponto nevrálgico.

Ruby riu de novo.

— O Oliver não é seu inimigo mortal. E vamos combinar que sua fraqueza é sua lamentável ausência de força nas pernas e sua incapacidade de fingir que tá pedalando.

— Você percebeu que eu estava fingindo? — Eu realmente achei que tivesse feito parecer que dei o meu melhor naquele pedalinho também.

— Eu fiz todo o trabalho, é claro que percebi! Meus glúteos ficaram em chamas no dia seguinte.

— Saquei... — divaguei. — Constrangedor.

— Você acha que eu deveria ser maruja profissional? Eu poderia entrar pra Marinha.

— Considerando a sua experiência com o pedalinho? Provavelmente não.

— Eu poderia ser a primeira mulher a dar a volta ao mundo num cisne.

— Saoirse, o que você tá fazendo aqui? — Meu pai entrou no escritório com um café em uma das mãos e um tablet na outra. — Você tá no telefone? Perdeu seu celular? Não vou comprar outro não.

— Tô numa ligação. Por favor, saia.

— É o seu pai? Manda um oi pra ele — disse Ruby, soando muito mais empolgada do que uma adolescente deveria ficar ao saber que um pai está bisbilhotando.

— Ah, Saoirse, soube que um daqueles cisnezões fugiu? — disse meu pai, virando o tablet para mim. Estava na página de entrada de um jornal local. "Gatuno coloca as garras em cisne gigante", dizia a manchete, e havia a foto de nosso pássaro recuperado com o seu dono.

— De jeito nenhum — falei.
— Por que não? — perguntou Ruby.
— Pois é, né? — disse papai. — Foi um escândalo. Estão achando que uns moleques roubaram pra fazer um racha. Encontraram ele atracado em uma rocha, mais para dentro da enseada.
— Um racha. Só pode ser brincadeira.
— O meu "de jeito nenhum" foi pra Ruby. Pai, me dá um segundinho, sim?
— Ah, é a Ruuuuby — disse ele, alongando o nome dela de uma maneira infantil. Ele fez sons de beijos que seriam capazes de fazer alguém aderir ao celibato pelo resto da vida.
— Por que não? Por que não posso mandar um oi pro seu pai?
— Isso foi uma péssima ideia — falei, mais para mim do que para Ruby ou meu pai.
— Que tal se você convidar a Ruby pra jantar aqui no sábado? — disse ele, sorrindo por cima de seu café.

Balancei a cabeça com força e falei pra ele "de jeito nenhum" sem emitir som com a boca.

— Ouvi o que ele disse. EU ADORARIA JANTAR AÍ — Ruby gritou em meu ouvido e instintivamente afastei o telefone para evitar danos permanentes. Meu coração estava acelerado. Ela não podia vir para cá. Ou, pelo menos, era melhor que não conhecesse meu pai. Quem sabe se ele saísse e aí a gente tivesse a casa só para nós duas...

— Ruby, a gente já tem aquele compromisso — falei, tentando lembrá-la do número três na nossa lista. Íamos pegar um trem para a cidade e ir para o karaokê de um bar que quase com certeza, não pediria nossas identidades. Era a única maneira que eu me imaginava cantando. E até cantar parecia uma ideia melhor do que esse jantar.

Meu pai gritou de volta para o telefone pairando na minha mão:

— Você tem alergia a alguma coisa?

Arregalei os olhos e lancei a ele uma cara de "não ouse". Meu pai me ignorou. Já esperava isso dele.

— NÃO, MAS EU DETESTO CHAMPIGNON.

— Ruby, a gente tem outros planos — falei. Ela não captou a minha irritação.

— SAQUEI, NADA DE CHAMPIGNON — berrou meu pai.

Olhei para ele com uma expressão que perguntava: "Já acabou?" Ele assentiu e saiu do cômodo.

— Vou te dar privacidade. — Deu uma piscadinha.

Tarde demais, cacete.

20.

Depois do telefonema, tentei não entrar em pânico, o que entendo como um sinal de evidente crescimento pessoal. Fui para o meu quarto e comecei a assistir a um dos filmes, *500 dias com ela*, e ignorei o fato de que meus pés não conseguiam ficar quietos e não paravam de bater contra o aramado da cama. Infelizmente, o cara no filme não estava prestando atenção à garota dizendo que não queria nada sério e isso não me ajudou a me distrair de Ruby. Então mudei para um filme de verdade, com uma criança demoníaca e uma mansão amaldiçoada. Meu pai enfiou a cabeça no quarto para me dizer que estava de saída. Estava com uma sacola de presente na mão. Respondi com um resmungo em vez de um tchau e não perguntei o que havia na sacola. Em parte porque estava furiosa com ele, em parte porque estava com medo de que fosse alguma coisa nojenta, tipo uma lingerie para Beth.

Quando o filme acabou, eu ainda estava agitada e decidi que tinha que sair de casa. Precisava ver mamãe. Eu a havia visto pela manhã, como de costume, mas a vontade agora era arrasadora. Queria abraçá-la, sentir seu cheirinho de mãe, me encolher feito uma bola ao seu lado e ser confortada, mesmo que ela não fosse saber o que dizer. Pensar em Ruby na nossa casa, conversando com meu pai, estava me provocando palpitações, e não havia criança demoníaca capaz de me distrair disso.

Se ela viesse para cá, as regras seriam inevitavelmente violadas de alguma maneira. Jantar com meu pai podia não estar na lista de fato, mas era uma coisa bastante oficial de casal. Estaríamos usando o pronome "nós" em um nível metafórico, ainda que não em sentido literal. E não tinha como passarmos a noite sem mamãe ou o maldito casamento serem mencionados. Ela ia querer saber mais, e eu não ia querer conversar, e aí rolaria uma briga de verdade. Então estaríamos no território dos relacionamentos sérios. Talvez toda essa história de lista de encontros tenha sido uma má ideia. Ruby obviamente não sabia respeitar meus limites. Digo, beleza, não é como se esses limites tivessem sido definidos para ela, mas Ruby devia ter esperado que eu a convidasse em vez de aproveitar o meu pai gritando no telefone.

E, no entanto, eu não queria terminar tudo só por causa de um jantar, queria? Talvez pudesse me safar dele de algum jeito. Precisava falar com a minha mãe. Podia não ser como antigamente, mas conversar com ela sempre me ajudou a colocar as coisas em perspectiva.

Nora acenou para mim do outro lado do saguão. Devia estar se perguntando o porquê da minha segunda visita do dia. Ou talvez simplesmente nem estivesse pensando em mim, já que era uma mulher ocupada e eu sou egocêntrica.

Quando cheguei à porta de mamãe, ela estava levemente aberta e ouvi uma voz grave. A voz de meu pai. Olhei meu relógio. Não era a hora normal dele de visita. Considerei dar meia-volta, mas algo me fez ficar para ouvir do outro lado da porta. Hábito, talvez. A sensação era de ser criança de novo, e senti o mesmo rebuliço no estômago, como se pudesse potencialmente ouvir mais notícias terríveis. Como se o pior já não tivesse acontecido.

A última vez que meu pai e eu a visitamos juntos foi antes de eu descobrir que ele estava saindo com Beth. Decidi não ir mais com ele depois disso. Não aguentava vê-lo ali sentado conversando com minha mãe, sabendo que estava mentindo e a traindo sem que ela sequer percebesse.

Dei uma olhadela pela porta, pensando que, se eles me pegassem espionando, eu só daria uma voltinha e fingiria que tinha acabado de chegar. Mas os dois estavam virados para a janela, meio que de costas para mim. Eu conseguia ver o perfil de seus rostos.

— O que você acha? — perguntou papai. — Lembrei de você mencionar que queria isso uns anos atrás. Acho que teria sido melhor ter te dado na época, mas não tínhamos dinheiro e me esqueci. Pelo menos até agora.

Ele ofereceu uma caixinha a ela. Minha mãe não estava prestando atenção, e então meu pai abriu a caixa e mostrou a ela o que havia dentro. Não consegui ver o que era exatamente, mas talvez fosse um bracelete. Ela o pegou e agradeceu, mas estava começando a ficar agitada, eu via pela maneira como se remexia. Papai percebeu também. A voz dele ficou com aquele tom entusiasmado de professora de escolinha que eu às vezes me pegava usando. Ele apanhou outra caixa. Era maior.

— O que temos aqui? — disse, sacudindo a caixa.

Ele puxou o laço e rasgou o papel para presente como se fosse uma criança fazendo aniversário.

Era uma moldura para fotografia quadrada e preta, mas não consegui ver o que havia nela.

— Eu adorei — disse ele, com a mesma voz que usava quando eu o presenteava no Dia dos Pais com canecas ou um cartão feito à mão, como se fosse a melhor coisa que ele já havia ganhado. Ele pegou a mão de minha mãe e a beijou.

— Você sempre sabe exatamente o que eu quero. Feliz aniversário de casamento, amor.

Eu tinha me esquecido completamente que era aniversário de casamento deles. Não é como se fosse o tipo de coisa a que eu já tivesse prestado muita atenção. Mamãe sorriu. Queria que ela dissesse alguma coisa. Que esticasse o braço e segurasse a mão dele, ou que se inclinasse e beijasse sua bochecha. Ela não fez nada disso. Ela se levantou e foi embora, tagarelando sobre algum assunto completamente nada a ver. Uma dor aguda atingiu o meu peito e tive uma vontade esmagadora de tentar escavá-la para fora de mim, porque não conseguia suportar a agonia.

Com os olhos cheios de lágrimas, andei o mais rápido que consegui de volta ao saguão. Quando vi Nora novamente, eu a interceptei e engoli em seco.

— Alguém levou a minha mãe pra comprar um presente pro meu pai? — perguntei.

Ela balançou a cabeça.

— Não, querida, isso não faz parte das nossas atribuições — respondeu com gentileza.

— Ela deu um presente de aniversário de casamento pro meu pai. Como foi que ela conseguiu?

Nora sorriu.

— Bem, se me lembro direito, seu pai recebeu um presente no aniversário dele uns meses atrás também.

Quando pareci confusa, ela sussurrou por trás da mão, como se estivesse me revelando um segredinho fofo:

— Acho que ele mesmo compra os presentes e então dá a ela para que o presenteie. É muito bonito.

Meu pai sempre assinava meus cartões de aniversário com "Com amor, Papai e Mamãe". Achei que fosse algo que ele fizesse por mim, por hábito ou pena. Eu o imaginei vagando pelas lojas, escolhendo presentes para si mesmo vindos de mamãe, fazendo questão de embrulhá-los e então escrevendo cartões porque ela jamais iria querer perder uma data especial. Ele fazia isso por ela. Uma espécie de vazio dentro de mim foi preenchido, e doeu. Não conseguia falar, então apenas assenti para Nora, que me deixou parada na recepção, secando as lágrimas nas mangas.

21.

(Infelizmente não rolou) 3. Karaokê, no qual uma das pessoas ou ambas revelam seu talento musical ou a falta dele (como em *O casamento do meu melhor amigo; 500 dias com ela*)

Perambulei pela sala, me alternando entre coçar a cicatriz na palma da mão e esfregar o suor frio que escorria da minha nuca.

Meu pai cantarolava enquanto posicionava um par de velas na mesa de jantar. Meio que não combinavam com a toalha de mesa de papel cheia de grinaldas de azevinho nas bordas. Faltava meia hora para o desastre de jantar. Isso é, papai e Ruby no mesmo cômodo. Eu havia passado os últimos dias tentando de maneiras mais ou menos desesperadas me livrar disso. Falei para o meu pai que Ruby havia cancelado, mas ele não acreditou em mim e ameaçou ligar para a casa dos Quinn para convidar a família inteira. Ele sabia que eu não queria que esta noite rolasse, mas achava que era apenas constrangimento. Falei para Ruby que meu pai tinha que trabalhar, mas ela sugeriu aparecer de qualquer forma, já que teríamos uma casa vazia, e não consegui ver uma razão para negar isso, então no dia seguinte falei que ele não ia mais precisar ir para o trabalho. Ela pareceu desconfiada depois disso. Eu tinha até ficado um tempo parada na parte alta da escadaria, contemplando me atirar dali e me perguntando se uma perna quebrada seria capaz de me salvar, mas sabendo o quão determinados ambos eram, eu tinha certeza de que não aceitariam nada além de um acidente fatal como desculpa. A única coisa que não cheguei a considerar de verdade foi contar a verdade a qualquer um dos dois.

— Nada de conversar sobre coisas... controversas — falei. Vinha dando ordens a ele o dia todo. — Não tenta começar um debate, ter uma "conversa séria" ou nada do tipo.

Procurava me convencer de que era totalmente possível que a noite passasse sem ele mencionar a minha mãe. Por que a mencionaria, afinal? Ele a havia trancado numa casa de repouso para que pudesse esquecê-la.

— Este vai ser um jantar *casual* — me exaltei. — Vê se não sai perguntando um monte de coisa. Você não precisa conhecer a vida dela toda, beleza? Tô te fazendo um favor ao deixar que ela venha aqui te conhecer. Não me faça me arrepender disso.

Papai revirou os olhos dramaticamente, e tive a impressão de que estava me imitando.

— Estou muito grato, Vossa Majestade, pela graciosa oferta que fizestes a mim. Após preparar toda a refeição para vossa convidada, sentar-me-ei com a face voltada para a parede.

Meu pai fez uma reverência silenciosa e então mancou até a cozinha, com as costas encurvadas como se fosse o Corcunda de Notre Dame. Mamãe costumava dizer que eu e ele tínhamos o mesmo senso de humor. Ela não podia estar mais errada.

Comecei a mexer na configuração da mesa, ajeitando garfos e movendo o saleiro de lugar. Meu estômago revirava. Sem parar. Parecia haver algo errado.

— Por que estamos preparando quatro lugares? — perguntei, minha voz ficando aguda. — Você não convidou a Beth, convidou?

— É claro que convidei — disse meu pai, balançando a cabeça como se eu estivesse sendo boba.

Ele realmente não entendia nada. Sequer tinha passado pela mente dele que eu talvez não quisesse Beth aqui. Eu saí com ela uma vez para escolher aquele vestido idiota e ele agora achava que estava tudo supimpa. Ou talvez ele *quisesse* pensar assim e tenha decidido alegremente ignorar quaisquer evidências do contrário. Isso era culpa de Beth, por não ter dedurado a minha pequena patada. Ela se esforçava demais.

— Ela tá muito empolgada pra conhecer a Ruby.

Beth e Ruby. Ai, Deus. Eu nem tinha pensado nisso. Ruby não sabia quem era Beth. Eu nunca havia sequer mencionado seu nome. Ela ia ficar se perguntando quem era essa mulher. Será que eu já tinha dito que meus pais eram separados? Ela ia pensar que Beth era a minha mãe. Ela talvez a chamasse de sra. Clarke, e então haveria uma pausa constrangedora e horrorosa e alguém teria que explicar a situação. Não tinha como eles não conversarem sobre o casamento. Então Ruby cem por cento perguntaria onde a minha mãe estava, no fim das contas.

Nem pensar. Isso não podia acontecer. Eu precisava fazer algo. Qualquer coisa. Mesmo se parecesse suspeito para Ruby. Eu estava me enganando se havia pensado que tinha como passar a noite sem que algum dos meus segredos imbecis escapassem.

Certo, eu podia fingir que teríamos que remarcar e aí daria um jeito de furar o programa mais tarde. Não era uma solução perfeita nem permanente, mas me daria algum tempo. Arranquei os castiçais da mesa e os escondi debaixo de um travesseiro.

— Hum, cadê os castiçais? — perguntei ao meu pai, como se estivesse muito preocupada que a mesa perdesse uma decoração de ambiente tão essencial. — Você não tava com eles na mão agora há pouco?

Papai franziu a testa para a mesa.

— Achei que tivesse botado aí. — Ele saiu da sala para procurar pelos itens desaparecidos e peguei meu telefone e apertei o botão de chamar no número de Ruby. Ela atendeu no primeiro toque.

— Saoirse? — Ruby soou confusa.

Tossi dramaticamente no telefone.

— Você tá legal? — perguntou. Sua voz era preocupada. Quase me senti culpada, como se estivesse roubando sua consideração.

— Talvez seja melhor você não vir hoje. Tô me sentindo mal. Pode ser contagioso. Eu estou com, hum... — Hesitei de vergonha. Não podia dizer isso. Precisava dizer isso. Era pelo bem maior. Beth e Ruby não podiam se conhecer. Meu sistema cuidadosamente balanceado de regras e limites iria todo por água abaixo se eu não fizesse algo drástico. Mesmo que isso significasse mortificar a mim mesma. — Eu estou com diarreia — guinchei pelo telefone.

— E ela tá te fazendo tossir? — A consideração evaporou, substituída por uma boa dose de ceticismo.

A campainha tocou. Prendi o fôlego, torcendo para que Ruby não ouvisse.

— Atenda a porta, por favor? — papai gritou como o grandissíssimo panaca que era. — Vivo pensando em dar a chave pra Beth, mas a gente já tá pra se mudar mesmo.

— Ah... é, mais ou menos. A minha garganta tá doendo também. Eu tô na cama. Me sinto péssima — sussurrei no telefone.

Distraída, abri a porta com o celular preso entre o ombro e a mandíbula. E, de fato, lá estava Beth, com uma garrafa de vinho na mão.

E, ao seu lado, estava Ruby.

Usava um vestido florido que ia até a altura dos joelhos, dezenas de colares de miçanga ao redor do pescoço e uma expressão que eu ainda não tinha visto, mas que era a versão muito mais zangada da que eu havia vislumbrado naquele dia no drive-in, quando falei atravessado com ela.

Meu pai apareceu, abrindo os braços e um grande sorriso.

— Ruby! Estava louco pra te conhecer.

A expressão dela mudou para um sorriso. Ela entregou ao meu pai um punhado de flores rosadas e felpudas que vinha segurando. O olhar de Beth se alternava com nervosismo entre mim e Ruby. Papai não tinha ideia do que estava rolando. Meu coração batia tão forte que achei que fosse escapar. Havia uma possibilidade real de eu vomitar. Isso até que não seria ruim, na verdade. Aí, talvez, eu até conseguisse convencê-los da minha mentira de estar doente.

— São do jardim da minha tia. Eu ia surrupiar uma das garrafas de vinho, mas não sabia se o senhor ficaria bravo com isso, sabendo que a Saoirse só tem dezessete anos. Não queria que pensasse que sou uma má influência — Ruby disse com a maior simpatia, tanta que considerei que talvez não estivesse tão brava assim.

— Ah, eu conheço a Saoirse muito bem. Obrigado, Ruby — disse meu pai.

— Vamos botar num vaso — disse Beth, olhando de soslaio para mim antes de pegar o cotovelo do meu pai e o arrastar para a cozinha. Beth sem sombra de dúvidas havia ouvido a minha ligação. Por quanto tempo ela esteve lá fora com Ruby? O que será que ela contou?

— Você chegou cedo — falei, oferecendo um meio-sorriso hesitante como se tudo fosse apenas um mal-entendido.

— Que grosseria a minha — respondeu ela, sem sorrir de volta. Aham, cem por cento brava.

O silêncio caiu como uma cortina entre nós.
— É melhor eu ir — disse Ruby quando não falei nada. Sua expressão parecia irritada, mas sua voz era de mágoa. E embora tivesse sido eu a entrar em pânico e tentar impedi-la de vir, nunca quis ferir seus sentimentos. Não gostava de vê-la se sentindo assim, e definitivamente não gostava de saber que eu é quem tinha causado isso.
— Por favor, não vai — falei, e fiquei surpresa e envergonhada quando minha voz falhou. Eu não ia chorar. Isso seria idiota.
— Você obviamente não me quer aqui.
— Não. Não é isso. Quer dizer, tá bom. Tentei te impedir de vir. Mas eu estava nervosa. Meu pai. Ele é esquisito e irritante, e eu estava com medo de que, se vocês se conhecessem, você não fosse mais querer terminar a nossa lista.
Isso era meia-verdade. Ele definitivamente poderia dizer ou fazer algo que daria fim ao nosso lance. E percebi o quanto queria continuar com isso, agora que parecia que ela estava prestes a desistir.
— Só porque o seu pai é esquisito?
— Bem, soa idiota quando você fala desse jeito.
— Não, pode acreditar que soa idiota quando você fala também — disse ela com um sorrisinho.
Eu ri e peguei a mão de Ruby.
— Por favor. Sou uma babaca, sei disso, mas juro que não tinha nada a ver com você.
Ruby me olhou, avaliando minha desculpa. Era fraca.
— Beleza. Mas é bom você me compensar por isso.
— Ah, é? — Sacudi as sobrancelhas sugestivamente.
— Até parece. Que tal se da próxima vez em que você estiver nervosa com alguma coisa, decidir me contar a verdade pra gente poder conversar, em vez de ficar inventando historinhas bestas?

— Ora, ora, mas isso não seria muito comédia romântica da minha parte, seria? O cara sempre se mete em situações imbecis porque contou alguma mentira ridícula. Eu só estou comprometida com os nossos papéis aqui.

— Você não é o cara — assinalou Ruby. — Esse é todo o ponto. Nenhuma de nós é o cara. Numa comédia romântica sáfica, a gente discutiria nossos sentimentos até nossas gargantas secarem e nossos corpos virarem pó.

— Eu prometo. Chega de mentiras — menti.

— Achei os castiçais! — disse meu pai, aparecendo com dois apoios para velas completamente diferentes. Por que é que tínhamos dois conjuntos de castiçais, mas apenas uma toalha de mesa com tema de Natal?

— O que você vai estudar na faculdade, Ruby? — perguntou meu pai, com a boca cheia de comida insossa.

— Pai, fala sério. Para de interrogar ela. — Fiz uma careta. — Você não é um orientador vocacional. — Sacudia o pé com nervosismo, me perguntando quando é que isso ia acabar e se eu seria capaz de sobreviver com meu relacionamento intacto. É claro que eu tinha pedido a Ruby para ficar, mas isso significava ser mais vigilante do que nunca. Meus segredos eram bombas que podiam detonar a qualquer segundo, e aí a única coisa a me fazer feliz nos últimos tempos explodiria.

— Ah, pelo amor de Deus. Eu ainda nem perguntei nada.

— Não tem problema. — Ruby colocou a mão sobre o meu braço antes de responder ao meu pai. — Não vou pra faculdade ano que vem. Vou tirar um ano sabático — disse Ruby, me lançando um olhar tranquilizador. Ela achou que eu estava tentando protegê-la do interrogatório de papai.

— Que legal. Vai viajar ou algo assim?

— Bem, não. Não exatamente. Vou ficar em casa.
Eu não sabia disso. Havia pensado que Ruby ia viajar por aí e meio que decidi que isso era verdade e ponto final. Não perguntei por razões óbvias. Você sabe: porque gosto de viver o momento. Brincadeira. Era porque eu egoistamente evitava qualquer conversa que pudesse ser virar contra mim.

— Você vive perto de Oxford? — ele perguntou, apontando na minha direção. Minha garganta fechou. Era agora. Danação. Vasculhei a mesa como se uma mudança de assunto impecável pudesse saltar dela a qualquer instante, e notei Beth me observando.

— Não muito — respondeu Ruby, de um modo que me pareceu triste. — Mas é impressionante que a Saoirse esteja indo para lá.

Enterrei o rosto nas mãos. Eu não conseguia fazer isso. Não conseguia manter essa farsa. Mentir para o meu pai e Ruby (ok, e Beth), agir como se estivesse empolgada, porque, quem não ficaria empolgado com Oxford? A sensação era de que o mundo estava desmoronando ao meu redor e que era meu dever forçar um sorriso. Papai finalmente veria a verdade. Ele ia empalidecer e exigiria saber o motivo para eu não querer ir. Eu não seria capaz de falar. Ia ser colocada contra a parede pelos dois ao mesmo tempo. Ele perguntaria: "Isso tem a ver com a sua mãe?" E Ruby perguntaria: "O que há com a sua mãe?" E aí papai contaria tudo e então Ruby olharia para mim cheia de dó e diria como tudo era horrível. Nesse meio-tempo, meu pai agarraria o próprio peito e pararia de respirar, um ataque cardíaco causado pela minha mera audácia em recusar um lugar como Oxford. Ele cairia sobre a mesa e morreria com a cara num prato de yakisoba. Então eu ficaria praticamente órfã e Ruby, furiosa por eu ter mentido, e aí nunca mais falaria comigo.

Não, eu não estou sendo dramática.
Me deixa.
Foi então que Beth saltou de sua cadeira com um grito.
— Essa não! — se esgoelou. — Rob, pega o extintor!
Do outro lado da mesa, as velas haviam tombado de lado e uma pequena chama vinha lentamente (e comicamente) consumindo o papel vagabundo da toalha de mesa.
Papai olhou para Beth, que parecia muito aflita, e riu.
— Não acho que a gente precise de um extintor pra isso, amor. — Ele abafou a chama dando uns tapinhas nela com o pano de pratos que ainda estava pendurado em seu ombro após fazer o jantar.
Beth colocou a mão no peito e respirou fundo algumas vezes.
— Caramba — disse, se abanando —, que susto. Ah, Rob, você não tinha mencionado que talvez conhecesse o pai da Ruby?
— Sim, meu irmão Vincey foi amigo do seu pai. Mike, não é?
Olhei para Beth, que agora alegremente mastigava uma vagem malcozida como se nada tivesse acontecido. Olhei para os castiçais. Olhei para Beth de novo. Ela me lançou um sorrisinho.
— É o meu pai mesmo! Eu não sabia que o senhor conhecia ele. — Ruby parecia encantada. Se eu encontrasse alguém que dissesse conhecer meu pai, provavelmente pediria desculpas ou fugiria.
— Gente boa, o Mike. O que ele tem feito?
— Bem, ele é funcionário público, mas acho que preferiria ser comentarista de futebol profissional. Tem praticado bastante.
Papai riu.

— E quem não sonha com isso, né? — disse ele.

Com muitíssima maturidade, decidi não mencionar que meu pai com frequência chamava o futebol tradicional de "futebol gaélico para fracotes".

— E a sua mãe? — Beth se intrometeu.

— Ah, ela não trabalha. — Ruby limpou a garganta. Pareceu querer acrescentar algo, mas não o fez.

— Que bacana — disse meu pai, com aprovação. — Sempre ter sua mãe em casa quando você volta da escola.

Ruby assentiu, mas percebi que seu sorriso era tenso. Ela encheu a boca com caules de brócolis murchos.

— A mãe da Saoirse começou a trabalhar de casa quando ela era pequenininha, para que pudesse estar por perto sempre. É bom pras crianças, acho, ter a mãe em casa.

Ai, Deus, era agora. Minha cara ficou quente e interrompi papai.

— Lembra do que combinamos, pai — avisei, mas procurei deixar a voz leve.

— E o que tem de controverso nisso? — disse meu pai, perplexo.

Hesitei por um breve instante antes de perceber.

— Você tá sendo machista! — anunciei. Ele estava *mesmo* sendo machista, mas eu não teria me dado ao trabalho de mencionar isso se não quisesse guiar a conversa para longe de mamãe.

— Tô? — perguntou ele, olhando para Beth em busca de encorajamento.

Para minha surpresa, ela assentiu e ficou do meu lado.

— Digo, por que você falou que era bom para as crianças terem a mãe em casa e não, por exemplo, "um dos pais"? Se nós tivermos um filho, você acha que eu deveria ficar em casa enquanto você pavoneia por aí pro trabalho?

— Eu... — ele se apressou a responder. — Não, não foi isso que falei. Não é como se eu pensasse que mulheres deveriam parar de trabalhar e ser acorrentadas a uma máquina de lavar pratos. Não sou um dinossauro.

— Que bom, porque ganho mais que você.

Soltei uma gargalhada antes que pudesse me impedir. Me senti estranhamente orgulhosa de Beth por um segundo.

— E por mim tudo bem. Vou ficar em casa comendo docinhos e cuidando de nosso bebê imaginário — brincou papai.

Ele recebeu olhares frios em resposta.

— Você acha que é isso o que mães fazem? — Beth ergueu uma sobrancelha. Por que eu era a única que não conseguia erguer só uma sobrancelha?

O fantasma de mil outras conversas de jantares antigos pairava entre nós. Papai dizendo algo idiota em que não acreditava de fato, mamãe retorquindo e o corrigindo. Um espectro de minha mãe poderia estar exatamente onde Beth se sentava agora.

— Foi uma piada — disse meu pai.

— As piadas também podem ser machistas — falou ela, como se o comentário dele fosse idiota demais para merecer uma resposta mais elaborada. O que era verdade.

Papai sacudiu um guardanapo como se fosse uma bandeira branca.

— Ok, ok. Eu só falei que era bacana. Não quis dizer que era obrigatório. Sei que sou minoria aqui. Não me joguem na fogueira por causa disso, beleza?

— Isso é machista também — disse Beth com leveza, como se estivesse apontando que ele tinha um pedaço de espinafre no dente. — Sugerir que você corre algum tipo de risco físico só porque mulheres discordam de você. Sem contar o fato de ter mencionado uma punição de morte historicamente usada contra mulheres que não se conformavam com padrões patriarcais.

Ruby falou, sem emitir som, para mim: "Ela é ótima."

Um pensamento me ocorreu, contra a minha vontade, mas que eu sabia ser verdade: em um universo paralelo, mamãe e Beth teriam sido melhores amigas. Senti como se algo estivesse entalado em minha garganta.

— Vocês estão certas, eu sou um otário — disse papai, mas percebi um brilhinho em seus olhos que dizia que tinha curtido a coisa toda. — Vou preparar uma oferta de paz. Ela vem com sorvetes. — Ele beijou a testa de Beth antes de sair e piscar para mim.

Ela balançou a cabeça quando ele se virou.

— Homens! — disse, exasperada. — Tudo é uma piada para eles porque não sofrem as consequências.

Eu tinha a impressão de que as consequências aqui seriam um papo sério com Beth mais tarde, e isso fez eu me sentir melhor.

— Aham. Ele é bobo. Mas é você quem tá escolhendo continuar na onda dele. Já eu tô presa pelo fato de "ser o meu pai", como ele não cansa de me lembrar.

Ela riu e, por um momento, foi como se Beth estivesse do meu lado. Ou eu do dela.

— Seu pai não é perfeito — disse ela, arrazoada. — Mas ele se importa e está aberto a mudar de opinião, e essa é uma qualidade maravilhosa.

Eu ia argumentar que melhor seria não ser babaca para começo de conversa, mas Ruby falou antes.

— E com o que você trabalha? — perguntou.

— Faço consultoria ética para propagandas — disse ela. — A empresa me contrata para colaborar na criação de campanhas éticas e remover possíveis estereótipos de seu trabalho. Temos um time completo. Observamos questões diferentes de acordo com nossas especialidades.

— Parece tão interessante! Como você começou a trabalhar com isso?

Ruby olhava para Beth como se fosse uma espécie de estrela do rock. Soava interessante mesmo. Eu não sabia que era isso o que Beth fazia. Até agora, eu só tinha captado que tinha a ver com propaganda e blá-blá-blá.

— Bem, eu me graduei em Estudos sobre as Mulheres na universidade. Um milhão de anos atrás. Foi nos Estados Unidos, numa faculdade só pra mulheres. Estava particularmente interessada em como a propaganda pode tanto criar quanto direcionar as narrativas patriarcais. Eu me perguntava se havia um jeito de contra-atacar isso ou quem sabe usar este poder para algo positivo.

— Você acha que eu conseguiria trabalhar com algo assim? — perguntou Ruby, com os olhos arregalados.

Beth riu.

— Não vejo por que não. Mas tenho que te alertar: não sei dizer o quão bem-sucedida será essa tentativa. Às vezes eu me sinto trocando partes de uma máquina que eu deveria estar desmontando, mas há dias em que conseguimos colocar no mundo algo incrível e em que sinto como se realmente estivesse fazendo algum bem.

Ruby assentiu com seriedade.

— Toda ajuda conta, não é? Tipo aqueles comerciais de absorvente em que garotos cis menstruam e não param de falar disso como se fosse uma espécie de medalha de mérito. E aí a propaganda mostra os dados reais a respeito de vergonha e pobreza menstrual pelo mundo todo...

— Essa aí é nossa! — exclamou Beth, empolgada.

— É sério? Todo mundo que eu conheço falou muito

dela. Na semana em que saiu, tivemos que decidir qual seria o nosso projeto para a aula de saúde daquele período. Comecei uma campanha de conscientização a respeito da pobreza menstrual e recolhi dinheiro para uma instituição de caridade que distribui produtos de higiene íntima para pessoas que menstruam de baixa renda.

Observei o rosto de Ruby enquanto ela falava, animada e radiante. Como alguém tão adorável e atenciosa queria estar comigo, com o meu sarcasmo e egoísmo? Ela era incrível. Beth estava tão feliz que parecia prestes a chorar. Papai entrou na sala, ouviu as palavras "higiene íntima" e deu meia-volta, murmurando algo sobre ter esquecido de pegar a calda de chocolate.

22.

Ruby e eu fugimos para o meu quarto depois da sobremesa para assistir a *Confidências à meia-noite*, embora fosse um filme quase pré-histórico e meio que homofóbico. Lá de baixo, meu pai gritou em tom de piada para que deixássemos a porta aberta. "Eu não quero ser avô tão jovem", gemeu ele.

— O que você fez na escola foi incrível — falei, fechando a porta do quarto. — Aquela sua campanha.

Achei que se iniciasse a conversa, direcionando-a para onde eu queria, seria capaz de distraí-la da esquisitice que havia rolado lá embaixo. Mentalmente, agradeci a Beth por ter um trabalho interessante.

Ruby corou.

— Foi importante pra mim — disse.

Essa garota era boa demais para estar comigo. Essa garota que no momento estava bisbilhotando todas as caixas abertas com as minhas coisas.

— É... o que você tá fazendo? — perguntei, me sentando de pernas cruzadas na cama.

— Sendo enxerida.

— Ah, beleza, que bom que você sabe.

— Gostei do seu quarto — disse Ruby, inspecionando uma girafa de cerâmica que eu tinha desde sempre.

— É um cemitério de caixas de mudança agora, e está longe de ser tipo o seu — falei, pensando no pé-direito alto e na mobília cara do quarto de Ruby.

— Aquele não é o meu quarto — disse ela. — O meu mesmo não tem nada a ver com a casa do Oliver.

— E como é?

Ela pensou a respeito.

— Claustrofóbico. Mas não porque é pequeno. Embora *seja* pequeno.

Isso não fez sentido. Eu tinha uma imagem mental do quarto de Ruby que, embora provavelmente tivesse a sensibilidade decorativa da caverna de tesouros do Aladdin, eu também pensava que tivesse uma boa quantidade de metros quadrados.

Precisava parar de inventar coisas na minha cabeça e então começar a acreditar que eram verdade.

— Por que, então?

— Você quer saber mesmo? — Ruby parou de fuxicar e se virou para mim, com as mãos nos quadris.

— É claro que quero — falei. Podia sentir o calor em meu peito. Eu vinha obviamente evitando perguntar a Ruby qualquer coisa a respeito de sua vida na Inglaterra e é claro que ela percebeu, pois não era idiota. Mas se eu evitasse agora seria muito esquisito.

— Não é *divertido* — disse ela, e percebi uma nota de amargura.

— Não tem problema — falei. Talvez eu precisasse ser mais flexível, ou meu excesso de cautela ficaria exposto. Não tinha pensado nisso antes.

— Não tem mesmo? Tipo, você não me contou que seu pai vai se casar de novo em algumas semanas, o que é muito estranho. Você nunca mencionou a Beth.

Não gostava de para onde a conversa estava indo. Era para falarmos da família *dela*. Me senti ludibriada.

— A notícia é nova pra mim também. Eu ia te contar.

— Tentei forçar meu tom de voz para algo que lembrasse paciência. — Pensei de irmos pro casamento juntas antes de você voltar — ofereci. — Fazer a dança lenta lá.

É claro que nunca tive a intenção de contar a ela sobre o casamento, mas agora que Ruby sabia, fazia sentido aproveitar.

Ela não respondeu ao meu convite. Que grosseria.

— O que mais não está me contando? Você já me disse alguma coisa verdadeira? Você fica muito esquisita sempre que alguém menciona Oxford.

Acho que seria esperar demais que ela não tivesse percebido isso, apesar das táticas de distração de Beth.

Ruby não olhava para mim. Em vez disso, seus olhos miravam suas mãos, os dedos se torcendo em vários nós, como se não estivesse acostumada a confrontar alguém e não gostasse nadinha da experiência. Senti meu coração se abrindo e deixando entrar algo que eu vinha me esforçando para manter do lado de fora. Eu podia contar isso para ela. Ruby merecia saber alguma coisa, e talvez pudéssemos conversar a respeito. Talvez me entendesse. Não significava que precisávamos conversar sobre a minha mãe. Mas isso eu podia revelar, e talvez até parasse de sentir como se estivesse aprisionado dentro de mim.

Respirei fundo.

— Me inscrevi em Oxford no ano passado. Passei na entrevista. Provavelmente vou conseguir as notas de que preciso, mas não sei ainda se quero ir pra lá e não contei isso pro meu pai. Ele vai enlouquecer.

Era idiota, mas eu estava nervosa, minha voz vacilando entre as palavras. Quando é que eu tinha me tornado tão incapaz de ser honesta?

— Ok, e...? — Ela esticou as palavras como uma pergunta. — Por que você não podia me dizer isso? Por que é um segredo tão grande?

Eu ri, já me sentindo mais leve.

— Acho que não é — falei.

Nunca me ocorreu que eu podia dizer a Ruby que não queria ir para Oxford e que ela não ia me encher de perguntas por achar suspeito.

Mais tarde, eu me perguntaria se havia uma parte de mim que queria que ela perguntasse, que queria que Ruby forçasse a verdade para fora de mim quando eu não era capaz de fazer isso sozinha.

Ela se sentou ao meu lado na cama e brincou com os cabelinhos soltos ao redor do meu pescoço.

— Você pode me contar qualquer coisa — disse ela. — E o seu pai vai superar isso. É óbvio que ele te ama muito. Se você quiser, posso te ajudar a pensar numa forma de dizer pra ele. Posso até estar do seu lado na hora, se precisar.

Ela beijou o meu nariz.

Senti parte da pressão em meu peito se dissolver. A sensação era de que eu tinha me livrado de algo imenso e havia até conseguido liberar parte das preocupações que vinha carregando.

— Me conta o seu lance — falei com sinceridade. Não só porque estive morrendo de curiosidade por semanas, mas porque eu finalmente pensava que talvez pudéssemos compartilhar *algumas* coisas sem o mundo abrir um buraco sob os meus pés. Flexibilizar as regras para que eu não as quebrasse. Pelo bem da lista de encontros.

— É sério? — ela perguntou baixinho, finalmente me olhando.

— Sim. Por favor, me conta. — Estiquei o braço para pegar a sua mão. — Se você quiser, é claro.

— Não é segredo, apesar de recentemente eu sentir como se fosse — começou ela. — Só não te contei porque achei que você talvez não quisesse ouvir. Você nunca me perguntou a razão de eu estar aqui ou por que minha mãe está nos Estados Unidos, apesar de eu já ter mencionado isso, então achei que não estivesse interessada em saber da minha vida em casa.

Vinha ignorando isso por minhas próprias razões egoístas. Mais culpa para enterrar fundo e nunca examinar.

— Me desculpa mesmo. Eu não queria me meter — falei, torcendo para que fosse uma explicação boa o bastante para minha total grosseria.

— O motivo para eu estar aqui com a família do Oliver, pra começo de conversa, é que meus pais estão nos Estados Unidos. Meu irmãozinho precisava de uma cirurgia. Do tipo que não dava para fazer pelo Sistema Nacional de Saúde. A gente não tem grana, então o tio Harry pagou tudo e eles foram pros Estados Unidos porque o melhor cirurgião é de lá. O tio Harry insistiu que fosse o melhor. Concordei em ficar por aqui até eles voltarem pra que não precisassem ficar se preocupando comigo e para que meu tio não gastasse ainda mais dinheiro com uma passagem para mim.

Ela falou tudo em um só fôlego, como se estivesse se segurando desde que a conheci.

Minha mente ficou soterrada de perguntas que eu não sabia se podia fazer. O que havia de errado com o irmão dela? Era algo letal? Ele sempre teve isso ou ficou doente do nada? Já tinha feito outras cirurgias? Funcionaram?

— Qual é o nome do seu irmão?

— Noah.

— Me conta sobre ele.

Ruby me contou tudo sobre Noah. Como ele tinha um tipo específico de paralisia cerebral e que a cirurgia era para ajudá-lo a andar e se equilibrar melhor e para reduzir sua espasticidade muscular (que Ruby teve que explicar o que era). Isso seria seguido de fisioterapia intensa. Ruby também me contou que Noah era o maior fã da Ariana Grande no mundo inteiro e que ele vestia um traje do Homem-Aranha seis vezes por semana. A família dela tinha decidido ir antes para aproveitar um pouquinho da viagem, e então ficariam um tempo a mais para a recuperação e os cuidados posteriores. Ela disse que as complicações eram raras, mas que ainda assim entrava em pânico sempre que a mãe ligava. Quando voltassem, Noah passaria um longo período em fisioterapia intensiva em um centro de tratamento em Londres. Felizmente, não era longe da casa deles. Ruby estava adiando a universidade no ano que vem porque queria estar por perto para ajudar e gostaria de conseguir um emprego para colaborar com o custeio de tanta viagem, além de coisinhas extras que precisavam. Fiquei surpresa ao descobrir que não tinham dinheiro. Por algum motivo, tinha concluído que só porque a família de Oliver era rica, a de Ruby também seria. Pensei em toda a sua história sobre as aulas de ginástica, a maneira como ela resgatava (roubava) gatinhos, sua campanha a respeito de menstruação e em como, embora eu tenha feito besteira e mentido para ela, Ruby ainda queria estar comigo e me ajudar com o meu pai. Ela faria qualquer coisa para cuidar daqueles que amava.

Diferente de mim.

Ruby era tão alegre e positiva, e embora estivesse obviamente triste que seu irmãozinho precisasse lidar com questões tão grandes, eu não conseguia ver nela as coisas horríveis que encontrava em mim. A frustração, o cansaço e a autopiedade. A vergonha, a raiva ou a desesperança.

— Acho que, no ano seguinte, quando as coisas estiverem um pouco mais ajustadas, eu vou tentar fazer faculdade de algo tipo o que a Beth falou. Cheguei a fazer uma matéria introdutória de psicologia... Você acha que seria relevante? Parece muito legal. Acha que a Beth me deixaria acompanhar uma reunião ou algo assim? — Ruby tagarelava, parecendo mais leve e feliz do que nunca. E essa era a primeira opção de carreira que ela considerava por mais de quinze segundos.

— Provavelmente — falei, engolindo meus pensamentos horríveis.

Agora que Ruby finalmente havia me dito algo que tinha tanta importância para ela, estava eufórica e livre como se fosse capaz de flutuar para longe caso batesse um vento forte. Mas a leveza que senti mais cedo havia evaporado. Uma tonelada de culpa me mantinha presa no chão.

— Você devia perguntar a ela — falei, engolindo a culpa. — Quem sabe você até consegue um trabalho depois da faculdade. Poderia se especializar em filmes e TV e trabalhar para melhorar a representatividade lésbica nas mídias.

— Chega de suicídios e de virar falcão no final.

— E mil por cento mais beijos.

Num movimento espontâneo, Ruby jogou os braços ao meu redor e me abraçou com força.

— Tô muito feliz de ter te contado, Saoirse. Era esquisito esconder algo tão grande de você.

— Tô feliz por você ter me contado também.

Ela pressionou os lábios contra os meus e, quando se afastou, seus olhos cor de mel cravaram os meus, fazendo a minha pele formigar sem sequer me tocar.

— Se algum dia quiser conversar comigo sobre qualquer coisa, eu também vou querer ouvir. Mesmo que não seja "divertido". — Ela fez o sinal de aspas com os dedos, como se a brincadeirinha boba que estivemos jogando até agora já tivesse acabado.

Mas uma coisa era Ruby me mostrar algo que apenas a deixava ainda mais linda, algo que dizia o quanto ela era forte quando a família dela estava sob pressão. Se contasse sobre minha mãe, Ruby veria as piores partes de mim, e isso eu não queria. Ela ia ficar em casa para ajudar a família, enquanto eu havia tentado entrar para uma universidade em outro país sem pensar em minha própria mãe. Não podia contar a Ruby mais do que já tinha contado. Não fazia sentido compartilhar as minhas falhas e fraquezas e arruinar tudo quando já estava para acabar em breve.

— Não tenho mais nada. — Sorri.

Circulando, circulando. Não há nada para ver aqui.

Ruby hesitou.

— Cadê a sua mãe? — perguntou, forçando uma leveza na voz, como se a pergunta não tivesse brotado de lugar nenhum.

Minha mandíbula travou involuntariamente e me obriguei a relaxá-la.

— Por aí. Ela e meu pai são divorciados, é só isso.

Verdade.

— Você ainda a vê? — perguntou Ruby.

— O tempo todo.

Verdade.

A testa de Ruby se enrugou.

— Ah, ok. Eu vou conseguir conhecer ela antes de ir?

— Sim, claro.

Mentira.

23.

SAOIRSE
Você acha que pessoas que foram amigas
por anos podem um dia se apaixonar do nada?

SAOIRSE
PS: é sério. Como é que você fez isso
dessa vez? Não te vejo há séculos.

MEU SENHOR E SALVADOR, OLIVER QUINN
Saoirse, me sinto lisonjeado,
mas não gosto de você desse jeito.

MEU SENHOR E SALVADOR, OLIVER QUINN
E eu tive uma ajudante.

SAOIRSE
Tô vendo *Harry e Sally*. O cara confessou
estar apaixonado listando um monte de coisas
que ela faz. Ah, e diz pra Ruby que ela é
uma traidorazinha safada.

MEU SENHOR E SALVADOR, OLIVER QUINN
Me mantenha fora das conversas sacanas
de vocês duas, por favor, obrigado.

SAOIRSE
Mas você acha ou não? Que melhores
amigos podem de repente começar a gostar um
do outro? Se você não tinha interesse na pessoa
desde o começo, então não tá apenas
aceitando o que tem?

MEU SENHOR E SALVADOR, OLIVER QUINN
Mas as pessoas mudam. Talvez não
fossem certas uma para a outra quando
se conheceram, mas, com a experiência
e o passar do tempo, elas se aproximaram.
Tipo, tem gente que se casa, se divorcia
e anos depois se casa de novo.
Tudo é possível.

SAOIRSE
Não sabia que você era tão romântico.

MEU SENHOR E SALVADOR, OLIVER QUINN
Sou um homem de profundidade oculta.

SAOIRSE
Então por que você ainda não
arranjou uma namorada?

MEU SENHOR E SALVADOR, OLIVER QUINN
Não sei. Ninguém me vê dessa forma, acho. Eu sou o festeiro, não o namoradinho.

SAOIRSE
Eu acho que você vai dar um bom namorado algum dia.

MEU SENHOR E SALVADOR, OLIVER QUINN
Por causa do meu belíssimo visual e da minha incrível técnica de fazer amor?

SAOIRSE
Não, por causa do seu carro maneiro e do seu cofre recheado de moedas de ouro.

24.

~~2. Uma pessoa ensina a outra alguma habilidade (como em *Digam o que quiserem*, *Imagine eu & você*)~~

Um dos itens não feitos de nossa lista requeria que uma de nós ensinasse alguma habilidade à outra. Sabe como é, tipo quando o personagem mais atlético (o cara, geralmente) se posiciona atrás da personagem adoravelmente desajeitada (a mulher, claro) e a ajuda a usar um taco de golfe. Ou quando a personagem rica e cheia de cultura leva um joão-ninguém mediano ao teatro e o ensina a apreciar a beleza de uma ópera. Descobrimos que nenhuma de nós fazia o tipo atleta, a menos que a gente considerasse o passado de ginasta de Ruby — e longe de mim topar plantar bananeira. E nenhuma de nós era rica e cheia de cultura. Na verdade, éramos duas pessoas distintamente sem habilidade, sem nenhum grande talento na vida. Nenhum fraco por pintura a óleo, violino, canto, nem mesmo por videogames, podcasts ou pela produção de fanzines com temas de zumbi; ou seja, basicamente qualquer coisa que tornaria uma personagem peculiar e interessante.

— Você acha que nós somos só duas pessoas muito sem graça? — me lamentei sobre o potinho de sorvete de baunilha derretendo na minha mão.

Estávamos sobre uma toalha de piquenique colocada na areia, na penumbra do fim da tarde, eu deitada de bruços e

Ruby sentada com os joelhos colados ao peito. O ruído de pessoas recolhendo suas bolsas de praia e filhos tocava ao fundo.

— É claro que não — disse Ruby, sacudindo a cabeça. — Você sempre chega à pior conclusão possível.

— Tem certeza? Porque nós duas estamos comendo sorvete de *baunilha* — ressaltei. — Eu nunca nem provei a maioria dos outros sabores.

— Bem, tecnicamente sou só eu quem está comendo sorvete.

Olhei para ela e então para as minhas mãos. Ruby tinha roubado meu sorvete sem que eu nem notasse.

— Sua ladra — falei, esticando o braço para pegar de volta.

— Nem pensar. Você tava deixando derreter.

— Tá bom. — Desisti. — Devo ter algum tipo de habilidade ou hobby. Eu... Eu posso... Hum... Não. Não tenho nada.

— Idem — concordou Ruby, alegremente lambendo a colher.

— E ainda assim a gente não é sem graça?

— Não. A gente é normal.

— Nas comédias românticas, as garotas sempre têm uma habilidade especial.

— É, bem, elas são geralmente jornalistas de revistas femininas ou assistentes pessoais. Qual é a das comédias românticas com as jornalistas?

— Verdade. Talvez eu devesse virar jornalista de revista feminina? — Agora eu é que soava como Ruby.

— E você por acaso lê revista feminina?

— Não. Já sei todas as 99 dicas para enlouquecer o meu homem. — Eu me virei e me sentei, cobrindo os ombros com o cardigã. O calor do dia ia embora com a brisa gelada que batia sobre as ondas.

— Talvez a gente devesse encontrar uma nova paixão pra você, gata.

— Gata — repeti, zombando do seu sotaque inglês. Ela me deu um peteleco com o indicador. — Então o que a gente faz? Não temos nada a ensinar uma pra outra. A menos que você queira ouvir o que aprendi sobre a Prússia pros testes finais de história. Mas, pra ser sincera, parece que as provas foram há séculos, então na real não me lembro mais de um monte de coisa.

— E se nós duas aprendêssemos alguma coisa nova? — sugeriu Ruby.

Ela esticou as pernas, enterrando os dedões na areia, e os últimos raios de sol a iluminaram como se a luz viesse de dentro.

— Ukulele? — sugeri.

— Não, algo mais prático, que possamos realmente usar na vida real.

— Contabilidade?

— Certo, algo menos prático. Tipo... cozinhar? Podíamos fazer aulas de culinária. — Ela se iluminou. — É uma ótima ideia. É algo que nós duas podemos usar, vai ser divertido e, toda vez que você fizer um fettuccine fresco, vai pensar em mim.

Imaginei meu eu do futuro na cozinha de um apartamento aconchegante. Haveria música e velas, e Ruby estaria brincando com o nosso cachorro enquanto eu flambava a comida.

Nosso cachorro? Que ideia ridícula.

Ruby era claramente muito mais uma fã de gatos.

Mas a ideia de cozinhar era boa. Não tinha considerado como eu iria me alimentar caso fosse para a faculdade ou me mudasse. Ainda não tinha recebido resposta de nenhum dos trabalhos para onde mandei currículo, mas com certeza não ia demorar para precisarem de mão de obra adolescente totalmente desqualificada, certo? Mesmo se eu decidisse ficar em casa, saber preparar algo que não fosse uma pizza congelada provavelmente seria útil. Devia ter feito isso anos atrás, para me poupar da tortura de tentar engolir seja lá o que meu pai tivesse fervido até a morte para o almoço.

— Você é genial — falei, beijando o nariz cheio de sardas de Ruby, com ainda mais sardas agora do que quando nos conhecemos.

— Eu sei. — Ela retribuiu mordiscando o meu lábio inferior. — Você deveria celebrar o dia em que me conheceu.

— E celebro — falei com seriedade. — Peguei uma garrafa de vodca grátis naquela noite.

— Você é tão romântica. — Ruby bateu os cílios para mim. — É por isso que eu te a...

Nós duas paralisamos, quase que de forma cômica.

— É por isso que *nós* — ela recomeçou, o momento de paralisia sumindo sem ser reconhecido, uma falha na Matrix — somos tão boas nesse negócio de comédia romântica.

Alguns dias depois, nos vimos de pé na cozinha das aulas de economia doméstica da minha antiga escola. Em nossa companhia estavam quatro casais héteros na casa dos trinta anos que se olhavam de maneira apaixonada — anéis brilhantes nos cegando na mão esquerda de cada mulher — e um homem muito velho sozinho. Ruby me cutucou quando o viu e fez uma carinha triste, então escolhemos o banco atrás dele. Éramos nós e ele de um lado da sala, e os casais apaixonados do outro.

Era estranho estar na escola. Tinha aquela sensação sinistra de prédio abandonado nas férias, mas percebi que essa provavelmente seria a última vez em que eu usaria este edifício de fato, a menos que eu contasse o dia que viesse pegar meus resultados. Não tinha pensado a respeito disso no último dia de aula, talvez por saber que eu voltaria lá para fazer os testes em poucas semanas ou talvez porque estivesse me concentrando muito no quanto queria que o sinal tocasse logo para eu meter o pé.

Estava todo mundo nos corredores disparando spray de espuma uns nos outros ou pedindo para que assinassem suas camisas com canetinha. Tudo o que eu queria era dar o fora, terminar meus estudos e evitar as amigas que já havia deixado para trás. Enquanto descia a escadaria que dava para o portão da frente, espiei Izzy de canto de olho. Ela segurava um marcador permanente, e tive a impressão de que ia me pedir para assinar sua camisa, embora não nos falássemos havia meses. Izzy era assim. A emoção do dia a levaria a pensar que, de algum modo, poderíamos fazer as pazes. Mas achei o carro do meu pai no estacionamento e praticamente voei para a porta. Não estava mais brava com ela. Estive brava com a amiga que sabia que meu coração seria partido e não me contou. Mas Izzy não era mais essa amiga e eu só não me importava. Não queria ser grosseira e me recusar a assinar, mas também não queria assinar e fingir que olharia com carinho para as memórias de nós duas, como se os últimos oito meses não tivessem acontecido.

Relacionamentos mudavam, e o passado não era algo estático que se pode manter para sempre, como uma fotografia. Mais ninguém parecia entender isso. Só porque algo aconteceu, não quer dizer que vai significar a mesma coisa para você para sempre. O passado muda com você. A amizade pela qual você tinha carinho, a esposa que você adorava, a filha que você criou. Tudo pode perder o significado com muita facilidade, o que queria dizer que nunca teve significado em primeiro lugar, você é que não tinha percebido.

Mas se nada tem significado, então o melhor mesmo é se divertir o tanto quanto possível.

Apertei a mão de Ruby e ela beijou a minha bochecha. Não consegui deixar de me perguntar se os outros casais tinham percebido. Às vezes esqueço que sou lésbica. Tipo, no sentido de que esqueço que isso é algo estatisticamente incomum e que há gente com opiniões fortes a respeito do assunto. Apesar de já ter lidado com comentários inconvenientes ou abertamente cruéis, em especial na escola quando me assumi, a maior parte das pessoas na minha vida não se importava com isso. Mas os outros ainda notavam. Via isso quando Hannah e eu caminhávamos na rua. As pessoas olhavam para nossas mãos dadas. De relance. Às vezes sorriam, de vez em quando faziam cara feia, na maioria das vezes só seguiam em frente, reparando na próxima coisa. Mas isso sempre fez eu me sentir observada. O diabo está nos detalhes. Como no fato de ser notada fazendo algo que seria invisível se estivesse com um garoto.

— Bom dia, pessoal. Eu me chamo Janet, sua instrutora hoje. — Uma mulher pequena e roliça com um sorriso entusiasmado entrou na sala energicamente, esfregando as mãos.

O casal do lado oposto a nós largou tudo o que estava fazendo para prestar uma extasiada atenção a ela. O senhor à nossa frente aumentou o volume de seu aparelho auditivo.

— Vocês são todos iniciantes aqui, correto? — perguntou a mulher. Ela tinha o fervor de uma daquelas pastoras americanas, e tive a impressão de que cozinhar era um negócio que ela realmente amava muito. Não esperou por uma resposta. — Ao final dessa manhã, vocês deixarão de ser iniciantes. Aprenderão habilidades básicas que podem levar para casa e praticar. E se, ao fim do dia, sentirem uma coceirinha dizendo "Minha nossa, eu amo esse negócio de cozinhar", podem se inscrever no meu curso de seis semanas que vai começar em setembro. Nele, aprenderão as respostas para perguntas populares como: "Que raios é uma vieira?", "Consigo preparar em casa em vez de ter que pagar vinte euros por um aperitivo num restaurante?" e "Por que todo mundo age como se fazer risoto fosse tão difícil quando não passa de arroz empapado?".

Dei uma olhadela na direção de Ruby, que estava escondendo a boca por trás de um punho.

— Mas hoje... — A mulher baixou o tom de voz e o senhor sacudiu seu aparelho auditivo como se estivesse quebrado. — ... nós vamos aprender a fazer... — Ela fez uma pausa dramática e eu mordi os lábios para não gargalhar alto.

— EMPADÃO DE FRANGO! — ela gritou a última palavra, e o senhor deu um pulo.

O casal de puxa-sacos no lado oposto a nós começou a aplaudir, mas deixou os aplausos morrerem quando ninguém se juntou a eles.

— Não tem por que ficar empolgada assim por causa de empadão de frango — falei para Ruby.

— Talvez seja o melhor empadão de frango das nossas vidas. — Ruby sacudiu as mãos para mim de forma performática e todos os quatro casais puxa-sacos fizeram "shh" para nós ao mesmo tempo. Foi meio assustador.

Janet nos guiou pelos passos necessários para preparar a massa e descascar as batatas. Os passos mais importantes haviam sido escritos em um panfleto, mas ela ainda ficou na frente da classe explicando por que você devia começar a cozinhar as batatas em água fria em vez de jogar água fervente direto na panela. Os puxa-sacos anotavam tudo. Ruby e eu inspecionávamos o papel com as instruções.

— Quer ir descascando enquanto eu tento transformar esse negócio em migalhas de algum jeito? — perguntei, avaliando os ingredientes para a massa com desconfiança.

— Ok, mas e ele? — Ruby meneou a cabeça na direção do senhor, que estava com o descascador de batatas em uma das mãos e a folha de papel na outra.

Ruby me encarou com olhos de cachorrinho pidão. Suspirei e assenti.

Meia hora depois, nossas barrigas doíam de tanto rir.

Morris, nosso novo amigo idoso, era no geral simpático, mas parecia profundamente desconfiado de pessoas alegrinhas tipo Janet. Quando ela bateu palmas porque os puxa-sacos fizeram um molho comestível, ele disse, num tom que pensava ser um sussurro conspiratório, mas que, na verdade, soou como um trovão sobre os tinidos da cozinha:

— Acho que ela é uma daquelas pessoas que conseguem ficar chapadas com drogas legais que a gente ouve falar no noticiário.

Eu meio que esperava que Janet fosse responder que estava chapada sim, pela vida, mas ela educadamente fingiu não ouvir. Gente velha pode falar praticamente o que quiser mesmo.

— E por que vocês estão passando as férias de verão aqui, ajudando um velho como eu a cozinhar, meninas? — Morris perguntou enquanto esperávamos nossas tortas esfriarem o suficiente para que pudéssemos cortar uma fatia.

A nossa estava dourada e farelenta, e eu havia aperfeiçoado a dobrinha da borda de uma maneira que quase fez com que nossa professora fizesse xixi nas calças de tanta alegria. Minhas expectativas estavam altas. Quem sabe a maldição culinária de meu pai não tivesse sido passada para mim.

— A Saoirse queria aprender uma habilidade útil pra vida e eu queria conseguir ajudar em casa — respondeu Ruby.

— Que meninas boas vocês são. Nenhum dos meus filhos cozinhou um dia sequer enquanto morava comigo. Mimados até dizer chega. Bem, mas isso foi culpa da minha Anna. Ela os paparicava demais.

Eu e Ruby trocamos um olhar. Já imaginava que Morris fosse um viúvo recente, considerando como estava aprendendo a cozinhar por conta própria, mas não queria lembrá-lo disso.

— Como ela era? — perguntei gentilmente.

— A Anna? Uma velha coroca resmungona. Mas me fazia rir. Sempre xingando por aí e por qualquer bobeira. Era o jeitinho dela. Mas era uma mãe dedicada.

— Como vocês se conheceram? — perguntou Ruby, cutucando a crosta do empadão para ver se ainda estava quente demais.

— Em uma festa. Acho que foi em 1962. Por um amigo meu. Não lembro o nome dele agora. Eu tinha dezenove anos, ela tinha dezessete. Era a garota mais bonita lá. E eu também não era nenhum feioso, se querem saber.

A resposta não foi o que eu estava esperando. Por algum motivo, não conseguia imaginar Morris numa festa na casa de alguém, se enchendo de cerveja. Será que ele não queria dizer algo mais como um jantar?

— Você a chamou pra dançar? — perguntou Ruby, sonhadora. Já sabia que ela estava imaginando uma cena de filme em preto e branco.

— Quê? Não. Eu danço mal pra caramba. Não podia deixar que ela visse isso. Não, não. Ela ficou bêbada, e aí me beijou, e aí tive que carregar ela pra casa. No dia seguinte, levei água com gás e aspirina pra ela. Um ano depois a gente estava casado.

— Isso é... é... tão romântico — vacilou Ruby. Ela evitou olhar nos meus olhos.

— Quantos filhos vocês tiveram? — perguntei.

— Tivemos meninos gêmeos seis meses depois de nos casarmos. E agora vocês sabem por que nos casamos tão rápido. — Morris deu um tapinha no nariz.

Não pude evitar. Bufei uma risada.

— Eu não acreditava em almas gêmeas antes de conhecer a Anna. Mas não passamos uma noite separados do dia do nosso casamento até o dia em que ela faleceu. Às vezes, a vida sabe do que a gente precisa melhor do que nós mesmos.

Morris ficou em silêncio. Ruby deu uma tossida e se ocupou com a limpeza, e imaginei que estava tentando não chorar. Um segundo depois, o momento foi quebrado pela voz empolgada de Janet.

— Muito bem, classe. Seus empadões já devem ter esfriado o suficiente. Vamos descobrir como se saíram. Sei que eu mal posso esperar! — Ela esfregou as mãos e foi direto para a bancada de um dos casais puxa-saco. Notei o homem e a mulher do casal no lado oposto a nós revirando os olhos um para o outro.

— É o momento da verdade — falei, deixando a faca afiada pairar sobre nosso empadão douradinho e lustroso. Então perdi a coragem. A pressão era grande demais. — Não consigo, prova você.

Ruby ignorou a faca e meteu o garfo no meio do empadão. Ela engoliu um bocado. Mastigou. Eu esperei. Ela engoliu.

— Hum... É... Você esqueceu de botar alguma coisa? — perguntou.

— Quê, não? O que tem de errado? — Tomei o garfo da mão dela e peguei um pedaço para mim.

Não estava horrível. Também não estava lá muito bom. Não estava nada. Não tinha gosto de nada.

— A maldição... A maldição me pegou. Sou geneticamente incapaz de preparar comida que tenha gosto de qualquer coisa — me lamentei.

Ruby massageou minhas costas, me consolando.

— Não foi só você. Eu também cozinhei.

— Meus poderes são tão grandes que cancelaram até as suas habilidades.

— Está tudo bem. A gente pode tentar algo mais fácil na próxima vez — continuou ela, me dando tapinhas nas costas enquanto eu me encurvava tristonha num banquinho. — Tipo uma sopa. Enlatada.

Eu ri um pequeno soluço triste e olhei por cima do ombro de Morris para seu empadão.

— E aí, como ficou o seu?

— Você acha que a sua presença pode ter arruinado o dele também? — Ruby me cutucou, fazendo careta.

— Vocês não podem provar o meu — disse ele, encobrindo o prato com o corpo de forma protetora. — Preciso dele pra essa noite.

Esqueci minhas habilidades culinárias horríveis e senti meu coração doer por Morris, sozinho em casa com a sua torta.

— A mulher com quem vou num encontro hoje vai amar — disse ele.

— Quê? — falei, erguendo a cabeça. — Você tá saindo com alguém?

— Morris, seu danado. — Ruby riu.

— Minha Anna se foi há cinco anos, meninas. Vocês realmente acharam que eu ficaria fora de circulação por tanto tempo assim?

— Você disse que ela era a sua alma gêmea — falei.

Não tive a intenção de que soasse como uma acusação, mas soou. Ruby bateu no meu braço para que eu parasse de tentar fazer o velho se sentir culpado por não passar o resto da vida de luto.

— E ela era — disse ele, surpreso. — Acho que há outra por aí, e vou encontrá-la. E a busca é bastante divertida.

— Só existe uma alma gêmea pra cada um — falei, irritada. Morris claramente não passava de um velho safado.

— Quem disse? — Ele não parecia bravo comigo por repreendê-lo. Apenas gargalhou uma risada chiada e gentil. — Meninas, não saio por aí dando conselhos porque acho que, na vida, cada um deve errar da sua própria maneira, mas uma coisa vou dizer: não acredito que exista uma única pessoa certa para cada um, e eu passei 51 anos com a mesma mulher. Acredito que exista uma pessoa certa para nós em momentos diferentes de nossas vidas. Quer essa relação dure uma semana ou cinquenta anos, não é isso o que a torna especial.

25.

Na noite anterior à mudança, Ruby e eu montamos um acampamento no meu velho quarto uma última vez para assistir à única comédia romântica mais ou menos decente com personagens sáficas, *Imagine eu & você*, cercadas de porcarias para comer e pisca-piscas. Era um pouco esquisito saber que meu pai estava em casa — e ele fez as piadas contraceptivas de sempre. Mas depois daquele jantar, ter Ruby conosco não parecia mais algo tão sério. Os dois tiveram a chance de fofocar um sobre o outro, e eu pedi para que ela viesse num horário tarde o bastante para que não tivessem muito tempo de interagir. Além disso, Ruby tinha insistido em nos ajudar com a mudança no dia seguinte, porque ela é um anjo. Um anjo intrometido que não aceitava "não, é sério, você não tem que fazer isso" como resposta.

Pra ser sincera, eu meio que gostava da ideia de passar minha última noite aqui com ela. Meu pai havia sugerido que aproveitássemos a última noite para assistir a filmes de terror e comer o nosso peso em bolinhos recheados, mas, na minha cabeça, essa imagem mental sempre acompanhava mamãe em algum lugar ao fundo, reclamando de nosso gosto horrível para filmes e comida. As memórias da minha infância assombravam a casa, e eu não queria passar a minha noite na companhia de fantasmas. Quando pensava nas últimas horas com Ruby nesta casa, o que vinha à minha mente era um momento saído do Pinterest, no qual eu deveria arranjar um monte de luzinhas fio de fada e construir uma espécie de forte com travesseiros e cobertores boêmios. Na realidade, não consegui de jeito nenhum descobrir como se mantinha os cobertores pendurados. Tentei usar as caixas, mas não possuía nenhum lençol grande o bastante e a estrutura sempre ficava meio frouxa no meio. Também não tinha luzinhas, então arranjei algumas em uma lojinha R$1,99, mas quando fui colocar as pilhas, lembrei que já tinha empacotado as que tinha em casa com outros apetrechos de gaveta, e não ia voltar à loja. Em vez disso, coloquei na cama todos os travesseiros que encontrei, empurrei os montes de caixas e sacolas cheia de lixo para um lado, e posicionei meu notebook em uma cadeira.

— Quase nem tem beijo nesse filme, sabe — ressaltou Ruby.
— Que tipo de comédia romântica mal tem um beijinho?
Estávamos espremidas na minha cama, ela encolhida sob o meu braço. Ruby tinha colocado um balde de bolinhas de chocolate sobre a minha barriga, e ele ficava mais vazio a cada instante.
— As não hétero. Aquela parte no jogo de futebol em que ela ensina a outra a gritar com o número nove? Era para ter um beijo ali. Pelo menos a mulher não volta a sair com caras no final.
Estou olhando para você, *Beijando Jessica Stein*.
— Verdade, mas tinha que ter um homem em algum lugar, né — disse Ruby. — Apesar do Matthew Goode ser um

fofo, eu queria um filme em que a personagem não tá percebendo que gosta de mulheres por causa de uma bonitona que acabou de conhecer. Tipo, ela tem trinta anos. Vão me dizer que ela nunca conheceu uma garota antes disso? Ela parece tão chocada com esse lance todo.

— Mas isso rola na vida real também — falei.

— É, sei disso, mas gostaria que houvesse uma produção hollywoodiana grande sobre meninas que já sabem que gostam de meninas. Sem caras atrapalhando e, de preferência, estrelando a Kristen Stewart. Sim, ela tem tensão sexual com toda mulher com quem interage em todos os filmes, mas queria que isso já estivesse no roteiro, sabe?

— Isso é uma coisa importante pra você — falei. — Talvez essa seja a sua futura carreira.

— O quê?

— Escrever roteiros. Você nem precisa esperar ir pra universidade pra começar. Poderia ser a Nora Ephron lésbica.

Ruby ergueu uma sobrancelha.

— Nora Ephron?

— Agora eu sei de algumas coisas — falei na defensiva. Pelo menos conseguia pesquisar coisas no Google.

— Isso parece bem maneiro mesmo. Todo mundo acha que eu devia virar enfermeira porque tenho um irmão deficiente. Como se isso significasse que eu quero ser enfermeira, médica ou pesquisadora de saúde. — Ruby revirou os olhos. — As pessoas sempre tentam limitá-lo ou dizer ao meu irmão o que ele não é capaz de fazer. Ele não escuta nada disso, e eu também não. Se meu irmão é mais do que sua deficiência, então também sou mais do que acham que sou.

— É por isso que você ainda tá tentando descobrir o que quer fazer? — perguntei, pensando na quantidade de carreiras pelas quais Ruby já havia se empolgado.

— É por isso que tento considerar tudo. Não quero ficar presa a uma só opção. Não me entenda mal, eu amo poder estar ao lado dele, dando suporte. Quero fazer todo o possível para ajudar na reabilitação também. Mas também quero ver no que mais posso ser boa, caso tenha a chance.

Eu entendia o sentimento. Os professores que sabiam da situação da minha mãe às vezes sugeriam o mesmo para mim, trabalhos como serviço social ou enfermagem. *Você poderia ajudar mais pessoas como a sua mãe.* Até meu pai havia mencionado isso quando eu estava escolhendo minhas matérias eletivas finais. Eu cuidava de mamãe porque ela era a minha mãe, não por ser uma espécie de santa padroeira da demência. Queria dizer isso a Ruby, deixar que soubesse que eu a entendia.

— Como vai o Noah? — perguntei em vez disso.

— Indo muito bem. Minha mãe me ligou por volta de duas e meia da manhã hoje. Acho que ela não sabe bem como funciona a diferença de fuso horário, ou, mais provável, talvez não se ligue muito nisso, mas consegui conversar com ele também. Parece estar muito feliz. Disse que sentia saudades de mim. Eu também sinto. Tô acostumada a passar a maior parte do meu tempo livre com ele.

Eu a apertei mais forte.

— Ele logo vai estar de volta. O tempo vai voar.

Percebi que, se Noah estaria de volta logo, isso também significava que nosso tempo juntas chegaria a um fim em breve. Nossos olhares se encontraram e me perguntei se ela havia pensado a mesma coisa. Então sorriu para mim e enfiou um punhado de bolinhas de chocolate na boca.

— Mas e você? — disse, com a boca cheia de doce.

— Como assim? Você sabe como me sinto sobre Oxford.

— Sim, mas você ainda vai fazer alguma coisa. O que tinha planejado estudar em Oxford? — Ela forçou um sotaque esnobe quando disse a última palavra.

— Você percebe que não precisa forçar um sotaque inglês falso, né? Você já tem um — zoei, mas, na verdade, estava pensando que não tinha considerado nada além de que estudaria em Oxford.

Claro, tinha preenchido formulários para universidades da Irlanda também, mas só porque o professor da orientação vocacional me encheu o saco para isso. Oxford representava, para mim, a experiência universitária completa. Quando falava que não queria ir para lá, isso significava que não queria ir para faculdade nenhuma. Sim, ficava na Inglaterra, o que era uma desvantagem extra agora que eu não estava mais tentando fugir de Hannah. Mas qual seria o sentido de arranjar um diploma? Havia a chance de eu terminar em uma casa de repouso aos cinquenta anos. Talvez até antes, porque não teria uma família para cuidar de mim.

— É, mas meu sotaque não é pomposo. E não muda de assunto.

— Direito, acho. — Me lembrei vagamente de pensar que com isso, pelo menos, eu poderia fazer uma boa grana para gastar numa instituição de apoio daquelas realmente boas para mamãe.

— Por que você escolheu Direito?

— Nenhum motivo específico — falei, ficando mal-humorada. — Não quero conversar sobre isso. Que droga de diferença faz? Todo curso é a mesma coisa. Você estuda, arranja um trabalho, morre.

Ruby pareceu surpresa pelo meu desvio súbito para o niilismo.

— Não tive a intenção de te aborrecer — disse, baixinho. Esfreguei o rosto. Estava sendo uma idiota. Não era culpa de Ruby não saber o tanto que eu queria evitar pensar neste assunto. Que, para mim, não fazia realmente diferença o que ia aprender, pois esqueceria tudo no fim das contas. Ela não sabia que a única razão para ter me esforçado tanto para entrar em Oxford era porque tinha a ideia incorreta de que isso deixaria a minha mãe orgulhosa. Mas no dia em que contei que tinha conseguido passar nas preliminares, ela disse "Que legal" e minutos depois esqueceu. Não era uma espécie de ligação que tínhamos, uma conexão a respeito de um futuro compartilhado. Nosso único vínculo real era uma genética de merda. De que aquele monte de diploma tinha adiantado para ela?

— Não, me desculpa. É só que fico estressada por não saber o que fazer. Mas não tenho o direito de descontar em você. Não é sua culpa.

— Eu entendo. Devo estar soando que nem os seus pais, né. O que você vai fazer da vida etecetera e tal. — Ela fez uma careta. Eu não merecia tanta compreensão. — Você não precisa saber agora — continuou Ruby. — Aposto que todo mundo que tem certeza do que quer fazer pelo resto da vida está provavelmente errado. Também não faço ideia.

Ela estava certa. Mas o pensamento não me reconfortava, porque a situação não era a mesma para mim e Ruby. Eu não estava me deixando levar pela maré, me apaixonando por centenas de opções diferentes. Ruby precisava colocar a energia e o entusiasmo dela em algum lugar. Já eu não tinha nenhum entusiasmo ou energia. Estava perdida. Tinha passado a maior parte dos últimos anos cuidando de minha mãe ou centralizando a minha vida nas visitas que fazia a ela. Antes de mamãe adoecer de fato, minha vida girava em torno de Hannah. E olha só como isso deu certo.

Às vezes me ocorria a ideia de que eu talvez não acabasse como minha mãe, que poderia esperar décadas para a doença se manifestar, e, no fim das contas, ela nunca se manifestaria. Não teria como saber se havia desperdiçado metade da minha vida até que fosse tarde demais. O que era pior?

— Sei disso. Vai dar tudo certo. Tenho certeza de que quando pegar meus resultados vou saber o que fazer — menti, tentando soar tranquila. — Só tô contente por ter escapado da escola com vida. Agora preciso só fugir do meu pai e da Beth e daquela mastigação de rostos que eles chamam de beijo.

Peguei eles ontem num jogo de "Como traumatizar uma adolescente" quando deveriam estar organizando o posicionamento dos lugares na festa de casamento. Felizmente, estavam só no nível um: pegação cheia de baba com efeitos sonoros, mas eu ainda precisaria lavar o meu cérebro com ácido.

— Você deve sentir falta de algumas coisas na escola, não? Fiquei muito triste no meu último dia de aula porque sabia que não veria mais os meus amigos com tanta frequência.

— Pode acreditar, não vou sentir falta de ninguém — zombei. — Parei de falar com as minhas amigas muito antes da escola acabar. Tô feliz de escapar delas também.

— Você parece ter um monte de coisas de que quer escapar — disse Ruby com seriedade. — Como assim você parou de falar com as suas amigas?

Opa. Não tive a intenção de dizer isso. Ou, na verdade, não me lembrei de que não podia dizer isso.

— Ah, não é nada. Tivemos um desentendimento um tempo atrás. Então fiquei presa na escola com elas por mais oito meses. Esquisitão.

— Por que vocês se desentenderam? — perguntou Ruby, nada intimidada pela minha tentativa de fazer pouco caso.

A coceira na minha nuca começou a me incomodar.

— Foi idiota. Sério mesmo. Draminha de garota, só isso.
— Então me conta — disse ela. Pareceu um teste. E eu já tinha pisado na bola esta noite.
— Um namoro acabou. Lados foram escolhidos. Um dramalhão só.
— Um namoro? De quem?
— Meu — falei, a garganta apertada.
— Ok... Com quem?
— Ninguém.
Ruby bufou. Conseguia imaginar a fumacinha que sairia de seu nariz se não desse logo mais detalhes.
— "Ninguém" é forma de falar. Quis dizer que não é mais ninguém importante. O nome dela é Hannah.
— E aí? Seus amigos ficaram do lado dela?
— É, bem, nossa melhor amiga. Izzy. As duas foram amigas primeiro, acho. Ela realmente se adiantou naqueles dois primeiros anos do primário. — Tentei rir, mas a risada saiu amarga.
— Vocês eram todas amigas desde o terceiro ano do fundamental? E ela deixou de ser sua amiga por que você e Hannah terminaram?
— É. Algo assim — menti de novo.
Podia sentir a pena que logo emanaria dela, mas preferia isso a dizer a verdade. As palavras chacoalhavam no meu cérebro. *Desfiz a amizade com Izzy porque ela não me contou que Hannah ia quebrar meu coração. Desfiz a amizade com Izzy porque estava com vergonha de ter tagarelado sobre como Hannah e eu passaríamos o resto da vida juntas, sobre como éramos almas gêmeas, e ela já sabia que Hannah não se sentia assim. Desfiz a amizade com Izzy porque ela escolheu Hannah e isso fez eu me sentir como se eu não significasse nada.* Não podia dizer essas coisas em voz alta. Ruby não entenderia.

— Não se preocupa. Eu já superei isso. Não é tão importante assim — falei.

Ruby pareceu ter dificuldade de saber o que dizer a seguir.

— Quer que eu mate elas por você? — perguntou finalmente.

O alívio inundou meu corpo.

— Vamos terminar de ver o filme e aí a gente decide. É muito difícil pensar em assassinato quando se está com a barriga cheia de chocolate — falei.

Ela arqueou o pescoço para me beijar e logo esquecemos o filme em prol de uma confusão de arquejos ofegantes, pele macia e cílios que faziam cócegas contra a minha bochecha quando nos beijávamos.

Ruby passou a noite comigo e, se você quer saber, não fizemos nada que envolvesse tirar as nossas calças. Após ela cair no sono, fiquei agitada e tive dificuldades para dormir. Não parava de pensar em como ela havia dito que eu queria escapar de um monte de coisas. Parecia algo que minha mãe diria. Refleti a respeito de tudo do que queria fugir neste verão: do casamento de meu pai e Beth, de ter que pensar no que faria pelo resto da vida, de ter que pensar no que isso significaria caso eu herdasse a demência de mamãe, de ter que pensar que logo a abandonaria. Havia preenchido todos esses espaços com Ruby. O que faria em algumas semanas, quando ela fosse embora e eu tivesse que enfrentar tudo isso sozinha?

26.

Na manhã seguinte, grogue e com a vista embaçada, preparei chá para mim e para Ruby. A chaleira, uma caixa com saquinhos de chá e algumas canecas eram as únicas coisas na cozinha que não estavam embrulhadas em jornal ou enfiadas em caixas. Tínhamos alguns móveis grandes que papai decidira trocar em vez de levar conosco e que seriam buscados no dia seguinte para a reciclagem pelo serviço de coleta de lixo: um sofá gasto, o fogão de porta meio bamba e nossos velhos colchões. Todo o resto era com a gente.

— Você sabe que não precisa ajudar hoje, né? — Beijei a bochecha de Ruby e tentei fazer parecer que só queria poupá-la da chateação. — De verdade, não é seu trabalho.

Na verdade, eu estava lidando com a culpa de não ir visitar minha mãe. Não é como se eu pudesse sumir por uma hora pela manhã sem que Ruby notasse. Se ela fosse embora agora, ainda tinha tempo de fazer uma visita.

— Eu quero ajudar. Assim posso ficar com você. — Ela sorriu e jogou o cabelo para o outro lado, e senti quase que uma dor. Ela realmente era a garota mais linda que eu já tinha visto na vida. Nas últimas semanas, tinha começado a me acostumar com sua presença e ela era simplesmente Ruby, mas às vezes, como neste momento, eu a enxergava como se fosse uma estranha de novo. Percebi sua pintinha azul e a maneira como o cabelo dela ficava depois que passava os dedos por ele. Percebi seus olhos cor de mel, grandes e indagadores. Percebi a curva onde sua cintura encontrava o quadril, de uma maneira que me dava vontade de puxá-la para perto. Mal podia acreditar que ela me permitia beijá-la e tocá-la e fazer todas aquelas coisas que deixavam o ar entre nós pegajoso e quente. Achei que não teria problema em deixar de ver mamãe só desta vez. Minhas duas vidas estavam se aproximando de uma maneira desconfortável, que me provocava palpitações e um suor ansioso na nuca. Me lembrei de que Ruby iria embora em quatro semanas e as coisas voltariam ao normal. Por algum motivo, isso não me confortou como deveria.

Embora eu tivesse a sensação de que fiquei empacotando tudo por uns seis meses, ainda havia coisa pela casa inteira. Coisas para limpar ou consertar antes de deixarmos o lugar para valer, tipo escovar o interior do armário da cozinha ou aparafusar a dobradiça frouxa da porta do banheiro.

Beth já tinha se mudado para o apartamento havia três dias, então também viera nos ajudar. Ela estava toda eufórica o dia inteiro, e uma parte pequenininha de mim pensou, contra a minha vontade, que isso era até que fofo. Ela estava obviamente muito empolgada com a mudança. Também tinha toda a intenção do mundo de garantir que meu desejo de nunca mais a ver se pegando com o meu pai não se realizasse. Achei os dois no banheiro, apoiados na parede do box, Beth com um braço ao redor do pescoço do meu pai enquanto o outro segurava uma bolsa onde havia jogado escovas de dente e xampus.

— Preciso trocar o absorvente — falei alto e de forma ranzinza.

Não era verdade, mas gostava de envergonhar o meu pai. Eles se afastaram. Surpresos, mas completamente sem constrangimento. Pelo beijo, quero dizer. Papai deu no pé, murmurando alguma coisa sobre como o feminismo tinha arruinado a vida dele. Eu me perguntei se ele às vezes dava graças pela sorte que teve de minha mãe ter podido começar "a" conversa comigo antes da saúde dela se deteriorar.

— Ah, aqui, já guardei o papel higiênico — disse Beth, mexendo na bolsa e pegando um rolo, que ela me apresentou como se fosse um grande presente.

— Sabe do que mais? Acho que é de boa deixarmos um desses para trás. Podemos comprar mais papel no apartamento novo.

— Valeu pelo conselho, espertinha — rebateu Beth.

— E sabe, se vocês dois não conseguem tirar as mãos um do outro, acho que seria melhor fazermos isso em partes. Você e Ruby ficam com a desmontagem da armação das camas na parte de cima, enquanto eu e papai cuidamos do andar de baixo.

— Sim, senhora. — Beth bateu continência e então me deu um empurrãozinho brincalhão no ombro antes de sair do banheiro.

Que esquisito. Ela normalmente era super sedenta pela minha aprovação e ficava mortalmente ferida por qualquer comentário mais ou menos sarcástico da minha parte. Se Beth estava começando a se acostumar comigo, eu ia sentir bastante falta da carinha preocupada e triste que ela fazia sempre que eu estava sendo uma completa babaca.

***

— Poem dssonrar a scriaiã — disse meu pai para mim, enquanto tropeçava pela cozinha, esmagado sob o peso de um caixote de livros e com uma chave de fenda presa entre os dentes. Eu estava fazendo mais uma xícara de chá. Precisava de um adicional de cafeína para atravessar o resto da tarde.

— Que tal tentar de novo? — perguntei, tirando a chave de fenda de sua boca e limpando a saliva na camisa dele. — Que nojo.

— Pode desmontar a escrivaninha? A que fica no meu escritório?

— Fala sério, eu te disse pra fazer isso ontem — resmunguei.

— Eu precisava dela.

— Então faz isso agora — falei, amuada.

— Tô ocupado. — Ele mudou o peso nos pés, reajustando o caixote de livros deliberadamente. — Enquanto você tá aqui fazendo corpo mole e preparando um chazinho. De novo.

Era um criançāo mesmo. Se pudesse se safar de alguma tarefa, era exatamente o que ele faria — e o que não faltou nos últimos dias para nós dois foi a desmontagem de móveis. Eu já tinha desmontado o armário do banheiro, uma fruteira enferrujada na cozinha e uma cômoda que arruinei dez anos atrás enchendo de adesivos da equipe olímpica feminina de natação, quando estava nesta fase. Agora que paro para pensar nisso, talvez tenha sido a primeira pista de que eu era lésbica.

A escrivaninha ficava no escritório de meu pai, que costumava ser da mamãe — a escrivaninha era usada por ela. Estava torta e as gavetas viviam prendendo. O novo apartamento não tinha espaço para um escritório, então concordamos em nos desfazer dela. Comecei a tarefa removendo as gavetas e desaparafusando os puxadores. Isso exigiu muito trabalho físico, e um dos parafusos estava tão apertado que precisei usar lubrificante para soltar. Sequei o suor que emplastrava a minha testa e puxei a última gaveta. Ela emperrou no trilho de metal. Suspirei. Se naquele momento o mundo achasse cármico jogar uma gigantesca bigorna de desenho animado na cabeça do meu pai, eu não iria reclamar.

Enfiei o braço até o ombro no espaço das gavetas, tateando pelo que a estava impedindo de sair. Não consegui ver nada, mas espetei a chave de fenda no espaço atrás da gaveta algumas vezes e senti algo se soltar. Ela saiu com facilidade depois disso, e logo vi cair no chão um arquivo em papel-cartão azul. Reconheci na hora. Mamãe mantinha os registros de seus clientes em arquivos assim.

Na época em que ela parou de trabalhar, por necessidade e não por vontade própria, havíamos esquecido dos arquivos. Depois que ela se mudou, percebemos que não podíamos continuar com eles. A maioria dos clientes com quem ela vinha trabalhando tinha pedido para que os registros fossem enviados a seus novos terapeutas, mas havia um monte de clientes antigos que seguiram com suas vidas sem ter a menor ideia do que havia acontecido com minha mãe. Perguntamos a uma das colegas antigas dela o que fazer e ela disse que, por razões de confidencialidade, os arquivos deveriam ser destruídos. Este aqui claramente havia escapado do expurgo.

Quando meu pai destruiu esses arquivos alguns meses atrás, não cheguei a realmente pensar muito em seu conteúdo. Não me interessavam. Eram só um monte de documentos mofados e velhos. Mas agora, sentada no chão do escritório do meu pai, me vi doida de curiosidade para conferir o que havia dentro.

O anjinho em meu ombro disse que isso era particular e que eu não devia olhar. Mamãe me mataria se soubesse que li o arquivo de um cliente. Não é que ela nunca falasse deles. Às vezes me contava uma piada que tinha ouvido de alguém ou eu a entreouviria conversando com papai sobre um paciente com quem ela estava particularmente preocupada. Mas minha mãe nunca mencionava seus nomes, e o mais perto que eu chegava de identificar alguém era quando a pessoa dava a volta na casa para chegar à porta lateral. Um borrão pelas persianas que revelava um cabelo loiro ou escuro, talvez a cor da camisa que vestia. E era só isso.

Um nome estava escrito em caneta permanente. Dominik Mazur. Com o coração acelerado, como se ela pudesse aparecer e me pegar no flagra, abri o arquivo. As primeiras páginas continham formulários padrão, então avancei um pouco.

Dominik iniciou a sessão dizendo que sua semana havia sido boa. Conversamos sobre o trabalho novo de sua mãe. Ela está gostando. Dominik está aliviado que seu irmão mais novo está feliz na escola. Quando convidado a falar sobre sua própria semana, mostrou-se inicialmente reservado. Mais tarde, admitiu ter sido trancado em um banheiro por colegas, o que o deixou com problemas por faltar à aula. Não contou sobre o incidente para a mãe, pois não queria preocupá-la. Fizemos uma simulação da conversa que poderia ter com a mãe. É evidente que D. não quer discutir suas dificuldades por medo de chateá-la. Perguntei qual seria o grande problema de ela ficar chateada.

Voltei algumas páginas para o início do arquivo para ver a idade de Dominik. Quinze anos. Estava escrito que ele tinha começado a se consultar com minha mãe após ter uma overdose. Mas isso foi dez anos atrás. Ele já estaria com uns vinte e tantos anos hoje. Pulei para o meio do arquivo.

Dominik expressou ansiedade a respeito de sua prova de língua estrangeira para o Exame de Conclusão do Ensino Fundamental. Disse ter medo de errar na gramática e na pontuação. Então discutiu sua ansiedade a respeito de esquecer o polonês. Acordou no meio da noite com dificuldade de se lembrar de algum vocabulário. Ele riu, mas pareceu aflito. Disse que pediu à mãe para que conversassem em polonês dentro de casa com mais frequência e ela concordou. Anteriormente, ela insistia para que falassem inglês em casa, de modo a encorajar o aprendizado da língua, mas parecem ser fluentes o bastante agora. Expressei como era incrível que D. fosse fluente em inglês quando esta era sua segunda língua. Ele pareceu constrangido. Discutimos sua inclinação pela perfeição e se outros alunos também podiam cometer erros de pontuação e gramática.

Por meia hora, fiquei sentada com o arquivo de Dominik, acompanhando um ano de sua vida através das anotações de mamãe. Ele sofria bullying, estava ansioso e se sentia sozinho. Pensei nele vindo à minha casa toda semana e conversando com a minha mãe. Me perguntei se isso havia ajudado.

Sessão de alta. D. trouxe os resultados do Exame de Conclusão do Ensino Fundamental. Parecia orgulhoso e satisfeito. Falou animadamente sobre fazer um ano letivo especial extra. Decidiu trocar de escola, para um recomeço. Visitou St. C. semana passada e discutiu sua experiência anterior com diretor e pais. Expressou preocupação com a ideia de sofrer bullying novamente na nova escola, mas disse que, caso acontecesse, estaria mais confortável em levantar a questão com novo diretor, de quem ele gosta. Triste em concluir a sessão (nós dois!), mas D. está feliz em seguir em frente e demonstra maior confiança e abertura para discutir suas dificuldades com a família.

Busquei por Dominik na internet. Diversos apareceram, mas só um no mesmo condado que eu. Cliquei no seu perfil de rede social. Era privado, mas algumas informações pessoais estavam disponíveis. Dominik Mazur. Vinte e quatro anos. Trabalha com o ensino de inglês como língua estrangeira na Escola Internacional de Singapura. Namora Chloe Durand. A foto mostrava Dominik, bronzeado de sol e bonito, com os braços ao redor de uma garota baixinha de cabelos cacheados. Pareciam estar em um pub.

Não sou burra. Sei que as redes sociais não mostram a história completa da vida de ninguém. Ele não ia postar uma foto de si mesmo parecendo deprimido. Mas ele *estava* vivo. Ensinava inglês em Singapura e tinha uma namorada. Então pelo menos algumas coisas eram boas em sua vida e talvez parte disso fosse graças a mamãe. Pisquei algumas lágrimas malcriadas que cismavam em escapar.

— Por que você tá demorando tanto... Saoirse, isso aí é um dos arquivos da sua mãe? — O tom do meu pai mudou de exasperado para cortante na mesma frase. Ele marchou na minha direção com as sobrancelhas franzidas em uma expressão severa. Largou um espelho inclinado contra a parede no corredor.

— Hã...

— Saoirse! Isso é particular! — Ele tirou o arquivou do meu colo. — Sua mãe ia enlouquecer.

Abaixei a cabeça. Sabia que o que tinha feito era *tecnicamente* errado, mas não me sentia como se houvesse espionado um estranho, este menino de quinze anos. A sensação era de que havia espionado uma versão da minha mãe que eu às vezes esquecia que existiu. Não estava realmente arrependida e, a julgar pela expressão cética do meu pai, minha atuação exagerada não foi convincente.

— Vê se acorda pra vida e volta ao trabalho. Tá ficando tarde — disse ele com aspereza. Mas não parecia bravo de verdade.

Antes que pudesse me conter, perguntei:

— Você acha que ela *realmente* ajudava as pessoas?

Papai parou na entrada. Sua expressão se suavizou.

— É claro que ajudava. Não todo mundo. Liz era a primeira a admitir que não era a terapeuta certa pra todo mundo. Mas ela era a terapeuta perfeita para alguns.

— Isso é legal, acho.

— Por que a pergunta?

Dei de ombros.

— Sei lá. Acho que é legal saber que tem gente por aí que se lembra dela. Pessoas que estão vivendo melhor porque conheceram ela.

Papai cruzou o cômodo em um instante, passou um braço pelo meu pescoço e me puxou para perto. Ele beijou o topo da minha cabeça. Ao se afastar, achei ver lágrimas em seus olhos, mas quando piscou não estavam mais lá.

Ele saiu novamente para o corredor e teve um sobressalto.

— Desculpa, Ruby. Não te vi aí.

Ouvi Ruby dizer a ele que estava tudo bem e perguntar se sabia onde ela podia achar uma pá. Algo do tom agudo da voz de Ruby me fez me perguntar o que ela havia ouvido. Meu coração começou a palpitar de maneira desconfortável. Era como se eu estivesse em um quarto que não parava de diminuir. Aquele pesadelo infantil de ser esmagada pelas paredes.

Pelo resto do dia, tentei concluir se ela sabia de alguma coisa pela maneira como olhava para mim e pelas coisas que dizia, mas Ruby agia de forma normal, me dando um beijo na bochecha ao passar com uma caixa de canecas, me interrompendo quando eu estava varrendo a cozinha quase vazia para mostrar uma foto de Noah e seus pais comendo cheeseburguers do tamanho de uma cabeça. O quarto pareceu crescer de novo. Um pouco mais de oxigênio circulou pelo meu corpo. Ela não devia ter ouvido nada.

Quando meu pai e Beth entraram na van para levar a última remessa para o apartamento, já eram nove da noite e começava a escurecer. Meus músculos doíam de antecipação pelo dia seguinte, e a ideia de ter que desempacotar tudo de novo me dava vontade de chorar.

Meu pai me chamou para perto da van e abaixou o vidro da janela. Sacudiu um molho de chaves para mim.

— Pode trancar tudo e nos seguir?

Olhei para as chaves e então para Ruby. Da última vez que peguei o carro, quase batemos em alguém e depois ficamos ilhadas no drive-in. Se bem que as partes entre isso tinham sido boas.

Observamos meu pai e Beth irem embora. Ruby passou um braço pela minha cintura e apoiou a cabeça no meu ombro.

— E se a gente não for direto para lá? — falou.

— Pra onde você quer ir?

— Não vamos a lugar nenhum por enquanto — disse, e me puxou para dentro de casa, sua mão na minha ao me guiar para o sofá.

27.

Um desejo intenso percorreu o meu corpo, minha respiração ficou ofegante e todas as coisas que eu queria invadiram a minha mente como uma onda. Me deitei sobre Ruby, apoiada nos cotovelos, e fitei seus olhos por um momento. Vi aquele olhar. Aquele que transmite algo sem que palavras sejam necessárias. Então me inclinei e a beijei, com suavidade no começo, mas era como se incêndios pequenininhos estivessem ardendo por todo o meu corpo e ela fosse a água fria e escura que iria me salvar. A boca de Ruby encontrou meu pescoço e os arrepios fizeram ondas por mim. Minhas mãos encontraram a bainha de sua blusa e a removeram, jogando a minha camisa no chão em seguida. Ela esticou o braço e soltou o meu sutiã e então tirou o próprio. Por algum motivo, me senti quase constrangida de olhar, como se ela fosse rir quando percebesse o quanto eu a queria. Ela me tocou primeiro, e a sensação se espalhou por todo o meu corpo. Nos dissolvemos uma na outra, o corpo dela pressionado contra o meu, sua pele colando na minha em meio ao verão úmido.

Vinte minutos depois, voltamos à superfície. Desgrenhadas, sem fôlego e incapazes de parar de sorrir.

— Não quero ter a minha primeira vez num sofá velho e acabado — disse Ruby, se esforçando para se sentar novamente, ofegante e descabelada de um jeito que fazia meu estômago dar piruetas. — Prefiro algo um pouco mais tradicional.
— Tipo depois do baile de formatura? — perguntei, pensando na lista das comédias românticas.
— Tipo em um quarto — falou.
— Entendi.

Meu colchão ainda estava lá em cima para ser levado pelo pessoal da reciclagem, mas o estrado da cama já tinha ido para a casa nova e os lençóis e travesseiros tinham sido encaixotados. Não achei que Ruby fosse gostar mais da ideia de fazer isso em um colchão sem nada num quarto vazio, e eu também não queria que fosse assim. Imaginava roupa de cama suave, luz suave e música suave.

Mas vê se não conta isso pra ninguém. É constrangedor.

Recuperamos o fôlego em silêncio por um instante, de mãos dadas embora nossas palmas estivessem suadas.

— Então... — falei muito casualmente e com um tom que não era nem um pouco mais agudo do que o normal. — Quando você fala "primeira vez" quer dizer primeira vez pra valer ou primeira vez *comigo*?

Ruby jogou o cabelo de um lado para o outro, e alguns fios molhados grudaram em sua testa.

— Primeira pra valer.

— Primeira vez com uma garota ou...

— Primeira vez e ponto. Tive algumas namoradas, mas nada sério. Nunca nem beijei um menino.

— Ai, meu Deus, talvez você seja secretamente hétero, mas a doutrinação lésbica te pegou antes de você ter tempo de perceber — brinquei. No geral, estava tentando não pensar nessas outras garotas. Todo mundo sabe muito bem que ter ciúme de alguém do passado é idiota, mas isso não significa que o sentimento não exista.

— Não sou hétero — disse ela com a voz rouca, e então me beijou de novo para que eu pudesse sentir o calor que emanava de sua boca e pele. — A menos que tenham feito um excelente trabalho em implantar os pensamento super-ultra-gays que estão passando pela minha cabeça agora mesmo.

Parecia redundante corar depois de tudo o que tinha rolado, mas minhas bochechas não receberam o recado.

— E você? — perguntou Ruby.

— Bem, você sabe que eu beijei o Oliver uma vez. Digo, é algo que eu gostaria muito de apagar da memória, mas infelizmente esta tecnologia ainda não existe.

Vacilei na hora, percebendo o que tinha acabado de dizer. Ruby não pareceu notar.

— Esqueci que você tinha me dito isso. É tão esquisito.

— A gente tinha uns onze anos. Não foi um dos destaques eróticos da minha adolescência.

— Você e a Hannah...?

— Não. — Me senti esfriar ao ouvir aquele nome e tentei me lembrar de que Ruby não tinha culpa de nada. Ela não sabia que a menção a Hannah fazia isso comigo. — Eu nunca transei com ninguém.

Não tinha transado com Hannah e obviamente nunca havia transado com nenhuma das garotas heterossexuais que beijei entre Hannah e Ruby. Será que transar com Ruby seria ir longe demais? Quebraria as regras? Não era especificamente um dos arautos da danação, mas era uma coisa bastante séria, não? Teria algum significado porque seria a primeira vez? Se literalmente todo mundo que eu já tinha ouvido falar sobre o assunto estivesse certo, a gente lembra para sempre da nossa primeira vez. É importante. Quer tenha sido boa ou ruim ou esquisita, a gente não se esquece. Mas é aquilo, eu sabia que era perfeitamente possível esquecer coisas extremamente importantes. Maridos, filhos, trinta anos da sua vida.

Ruby sorriu e me beijou.

— Acho melhor a gente ir. Seu pai vai se perguntar onde você tá.

Eu não queria ir, mas enfiei a cabeça pela minha camisa de qualquer jeito e observei Ruby colocar a dela também. Havia algo de mais íntimo em ver alguém vestir suas roupas do que tirá-las. Por um segundo, nos enxerguei em nosso apartamento imaginário em nosso futuro imaginário de novo. Acordar ao lado dela e me vestir antes de descer as escadas. É o tipo de momento que você só compartilha com uma pessoa, e a maioria provavelmente nem se liga muito nisso.

O carro só morreu quatro vezes quando levei Ruby de volta para a casa de Oliver. Estacionei na entrada da garagem e nos beijamos até o sensor de movimento apagar as luzes. Foi quando concordamos que já estava mais do que na hora de eu ir para casa, antes que meu pai decidisse ligar para saber se eu havia me metido em um acidente grave.

— Ei, mas por que os arquivos da sua mãe ficam na sua casa? — perguntou Ruby enquanto se contorcia em seu assento para pegar a bolsa que havia jogado no banco de trás. Soou deliberadamente casual, como se detalhes de arquivamento sempre a tivessem interessado.

— Um ficou entalado na parte de trás de uma escrivaninha, é só isso — falei. Mas minha alegria sonolenta tinha se dissipado como se tivesse sido sugada de mim, me deixando gelada.

— Por que o seu pai disse que a sua mãe ficaria brava?

— Porque os arquivos são particulares. — Não olhava para ela. Fingi checar os espelhos do carro em vez disso. Meu peito se comprimiu.

— Não, tô dizendo que ele falou que sua mãe *ia enlouquecer*, não que ela *vai enlouquecer*. E você perguntou se ela ajudava as pessoas. Tipo, no passado. Mas ela não tá...

— Morta? — terminei a frase com frieza, tentando esconder a sensação nauseante de que algo que eu vinha tentando evitar estava a um passo de bater na minha cara. — Você teria sido bastante insensível se ela estivesse. Por que estava ouvindo a nossa conversa, hein? E ainda por cima memorizando as palavras exatas pra me pegar no pulo como se fosse uma porcaria de detetive.

Cruzei os braços. Só queria que Ruby saísse do carro. Por que ela fazia questão de arruinar tudo? Não parava de fazer isso.

Ruby bufou e jogou as mãos para cima.

— Se manca! — estourou. — Não tem ninguém espionando as suas conversas secretas. Não foi minha intenção ouvir.

— Me mancar? — Pisquei, sem crer. Ouvi minha voz se elevar. — Me mancar? Você tem, tipo, doze anos?

— Eu que tenho doze anos? Você é tão imatura. Não é interessante e misterioso manter segredos, sabe. Beleza. Eu *sei* que tem algo rolando com a sua mãe. Não sei por que você não fala comigo. Eu te contei sobre o Noah.

Meu coração parou por um segundo e então começou a bater no dobro do ritmo normal. Uma raiva borbulhante se revirava em meu estômago e havia um zumbido alto em minha cabeça.

— Como você sabe que tem algo rolando com a minha mãe? — perguntei entre dentes.

De repente lembrei do jantar. Beth e Ruby chegando juntas. Tinham conversado sobre isso na porta de casa? Ruby sabia o tempo todo?

— É óbvio! — Ela falou de um jeito que sugeria que eu era idiota por não perceber. — Você nunca fala sobre a sua mãe e eu sabia que estava mentindo quando disse que eu ia poder conhecer ela, então perguntei ao Oliver e...

Oliver. Depois de toda aquela história sobre ética e sobre como isso era só da minha conta, ele ainda tinha contado. Me senti traída pelos dois.

— Você fez isso pelas minhas costas?

— Eu queria perguntar a *você*. — Ela apontou o dedo para mim, seu rosto contorcido. — Mas é impossível conseguir ter uma conversa séria com você sobre qualquer coisa.

— Então em vez de respeitar a minha privacidade, você decidiu dar um jeitinho? Que legal. — Cuspi as palavras.

Ruby fez uma pausa e então suspirou. Neste segundo, ganhei uma vantagem. Mais tarde, eu me perguntaria por que nossa briga virou um jogo que eu estava tentando vencer.

— Ok, você tá certa. — Ela respirou fundo e pegou a minha mão. — Foi escroto. Mas não entendo por que precisa ser um segredo tão grande.

Puxei a mão de volta.

— Não é segredo! Só não quero falar disso com *você*.

Ruby pareceu ter sido estapeada. Ponto para mim.

— Porque eu não passo de uma garota aleatória com quem você quer se divertir um pouco durante o verão e depois esquecer — disse ela baixinho.

Dei de ombros.

— Quer que eu diga o quê? Você sabia no que tava se metendo.

Um soco no estômago.

— Você não tá falando sério — sussurrou ela. — Mas é uma grande babaquice que esteja fingindo que isso é verdade.

— E como você sabe se tô falando sério ou não? Você não me conhece! — gritei, e ela recuou. — Esse é o ponto disso tudo.

Minha voz falhou e senti lágrimas furiosas rolando pelas minhas bochechas. E aí não consegui pará-las. Chorei até ficar sem ar.

— Saoirse, respira fundo — disse Ruby com firmeza. — Inspira pelo nariz. Um, dois, três, expira pela boca. Vamos.

Fiz o que ela disse. Ruby contou as respirações para mim até eu ser capaz de fazer isso sozinha. Vi sua mão mexer e sabia que ela queria se aproximar para acariciar as minhas costas ou o meu braço, um gesto reconfortante, mas que estava com medo de que eu empurrasse sua mão novamente. Queria dizer a ela que não faria isso, mas as palavras entalaram na minha garganta.

— Me desculpa — disse, limpando as lágrimas. — Eu não falei sério. Mas a questão não era essa. Era pra gente estar se divertindo. Não quero sair por aí choramingando com você sobre o fato da minha mãe ter demência. Eu queria me distrair com a única pessoa que não sentia pena de mim.

— Demência? — perguntou Ruby, seu queixo caindo ligeiramente.

— O Oliver te contou.

— Não, não contou. Eu perguntei, mas ele me disse que eu devia conversar com você. Mas por que não me falou? Não é nada pra se envergonhar.

Fechei os olhos. Mesmo que não fosse um segredo, senti como se tivesse perdido alguma coisa ao contar para ela. A integridade de Oliver era um assunto para pensar em outro momento. Engoli o caroço na minha garganta. Agora ela sabia, e a culpa era minha. Mas, sinceramente, de que outra forma essa discussão poderia acabar?

— Não tenho vergonha — falei. — Mas não quero contar a você como a minha mãe mora numa casa de repouso para idosos e como ela não sabe quem eu sou.

Os olhos de Ruby se arregalaram, tristes, e ela mordeu o lábio.

— Não quero falar sobre como foi minha culpa que ela tenha ido parar lá pra começo de conversa, porque não fui capaz de tomar conta dela, que acabou se machucando.

Ruby abriu a boca para dizer algo, então continuei falando para não precisar ouvir as palavras que todo mundo dizia. *Não foi culpa sua*. Porque mentiras não faziam eu me sentir melhor.

— E definitivamente não quero falar sobre como isso só vai piorar. Como logo vai chegar o dia em que ela vai se esquecer de como é comer ou se limpar por conta própria e vai precisar usar fraldas e ser lavada por enfermeiros, embora só tenha 55 anos.

Eu não conseguia mais olhar para Ruby porque, na verdade, *estava* envergonhada dessas coisas, fosse ou não fosse correto sentir isso, e eu sabia que ela teria nojo de mim se eu admitisse.

Ela parecia estar procurando as palavras certas, mas não falou nada.

— Diz que não tem pena de mim agora — falei com amargura, sem querer olhar para ela.

Pelo canto do olho, a vi abrindo a boca e a fechando. Então ela começou a chorar lágrimas silenciosas.

— Ok. — Ela fungou e balançou a cabeça como se para clarear a mente. — Ok. Eu admito. Tenho pena de você.

Qualquer um teria. Mas qual é o problema disso? Eu me importo com você. Foda-se a lista. Não tô nem aí.

— Mas *eu* tô! — Bati no volante com a parte da palma da mão próxima ao pulso. Uma dor lancinante percorreu o meu braço quando a buzina soou. Ruby se encolheu, não sei se por causa do barulho ou da minha reação. Se ela estava com pena de mim agora, imagina como reagiria quando soubesse que eu tinha a chance de acabar que nem a minha mãe. Ela jamais poderia saber disso. — Eu te *disse* que não queria nada sério. — Minha raiva flamejou de novo. — Concordei com esse negócio de lista de encontros de comédia romântica porque achei que a gente fosse se divertir.

Minha cabeça parecia prestes a explodir. Não gostava disso. Com grande esforço, aprisionei toda a raiva atrás de uma porta e a tranquei. Sabia fazer isso quando precisava.

— E eu ainda quero — falei finalmente. — A gente só tem mais quatro semanas pela frente. Será que não podemos só aproveitá-las ao máximo? — Eu me virei em meu banco para encarar Ruby e pegar as suas mãos. — Vamos fazer o que falta da lista e esquecer isso. Podemos deixar as coisas como estavam? A gente pode fingir que isso nunca aconteceu. — Eu tinha vergonha do tom de súplica na minha voz, mas não deixei de falar.

Ruby olhou através de mim, encarando o nada pelo que pareceu uma eternidade.

— Não — disse no fim das contas.

Meu coração caiu feito uma pedra dentro de meu estômago. Mal percebi quando ela tirou as mãos da minha.

— Não consigo fazer isso. Concordei com os termos, sei disso. Mas as coisas mudaram pra mim agora. Eu quero tudo. As partes boas e as ruins. — Ruby passou os dedos pelo cabelo, jogando-o para o lado, e sua voz tremia ao continuar: — Se não é isso o que você quer também, então precisa acabar agora. — Seu lábio inferior tremia, mas seus ombros estavam duros e preparados, e eu soube que ela já havia tomado uma decisão.

Eu assenti. Me sentia entorpecida. Falei a ela que queria que as coisas não precisassem ser assim.

Ela me disse que tinha que ser sincera comigo e consigo mesma. As palavras pareciam saídas de um roteiro. Deixei que me levassem.

Ela abriu a porta do carro. Eu olhei para ela. Em meu olhar, havia um último apelo para que não fizesse isso, e Ruby hesitou. Por um segundo, pensei que pudesse mudar de ideia. Mas então ela secou os olhos com as costas da mão e sorriu com tristeza.

— Sabe, o problema das comédias românticas — falou, a voz rouca — é que quando acaba, os personagens estão apaixonados.

28.

Meu pai e Beth estavam abraçados no sofá quando finalmente cheguei ao apartamento. Assistiam a algum programa noturno de auditório americano. Havia caixas em todo canto. Eu estava de saco cheio de ver caixas em todo canto.

— Já ia chamar a polícia, mocinha — disse meu pai.

Resmunguei e fui para a cozinha pegar um pouco de água. Não havia copos. Estavam em uma porcaria de caixa em algum lugar.

— Pelo amor de Deus, vocês desempacotaram *alguma* coisa? — briguei. Tive uma satisfação cruel em ver suas expressões confusas.

— Pois fique sabendo que eu tirei seu edredom e travesseiros das caixas e forrei a sua nova cama enquanto você estava por aí bancando a conquistadora, só pra que estivesse tudo pronto quando voltasse.

— Chique. Bem, tô indo dormir então. E vê se abaixa o volume dessa tv, ok? As paredes desse buraco são finas que nem papel.

Saí pisando alto pelo corredor como se fosse uma adolescente ranzinza, o que eu podia fazer já que *era* uma adolescente ranzinza. Ainda tinha um pouquinho mais de um ano para pisar alto e ia fazer uso de meu direito legítimo até não sobrar nada.

Papai ficou me olhando ir embora, mas eu sabia que ele não ia dizer nada. Mergulhei para debaixo do edredom sem me trocar. Antes eu me espremi pra fora do sutiã, pois não sou masoquista. Seria uma bosta tentar dormir com ele. Eu queria apagar. Estava exausta. Fazer uma mudança e terminar um relacionamento no mesmo dia exigiam muita energia. Meu cérebro não cooperou.

Em vez disso, ele decidiu rebobinar a discussão de novo e de novo, até que os detalhes começassem a perder a definição. Não conseguia lembrar exatamente o que Ruby disse e não tinha certeza de que coisas eu realmente falei e do que eu queria ter falado.

Me perguntei se esse já era um sinal da minha memória falhando.

Na manhã seguinte, o sol bateu sobre mim e acordei suada e cansada. Ainda não havia cortinas ou persianas, então fiquei deitada desconfortavelmente por alguns minutos até o cheiro das minhas axilas insistirem para que eu tomasse banho. Em algum momento do meu 14º replay da briga e na milionésima vez que pensei em mandar uma mensagem para Ruby, decidi que não ia desabar.

Isso não era igual ao que tinha acontecido com Hannah. Não havia investimento. Estávamos só nos divertindo. Não doeu. Eu não ia me tornar um lixo patético. Eu me lembrava da Saoirse lixo patético. Ela era a razão para eu não namorar mais, pra começo de conversa.

Depois do término com Hannah, eu chorei na cama. Chorei nos banheiros da escola. Chorei na mesa de jantar e no caminho de volta para casa. Mandava textos para ela que faziam as minhas glândulas da vergonha alheia quase explodirem. Coisas tipo: "Eu ainda te amo", "O que posso fazer para consertar isso?" e "Você já me amou um dia?". De início, ela logo respondia com alguma baboseira sobre querer continuar sendo amigas, mas aí o tempo foi passando e Hannah começou a demorar mais a responder e eu ficava imaginando o que ela estava fazendo no tempo que demorava para responder. Perseguia ela no Instagram e no Facebook. Tentei ser amiga dela por um tempo, para mostrar que Hannah ainda podia me amar. Eu acabava dizendo algo carente ou trazendo à tona piadas internas de nossa relação para tentar lembrá-la de como combinávamos. Ela sorria de forma triste e mudava de assunto. Eu chorei com Izzy sem parar, deixando-a com vontade de morrer de tanto tédio enquanto fazia perguntas tipo: "Ela falou alguma coisa de mim?", "Você acha que a gente vai voltar?", "Ela tá saindo com alguém?". Isso até eu descobrir como ela sempre soube que Hannah planejava terminar comigo, claro. Foi então que rompi com as duas. Só queria ter feito isso imediatamente e me poupado da humilhação.

Aquela garota acabou comigo e eu não ia passar por isso de novo.

E se eu desenvolver demência e meu cérebro idiota decidir escolher esse ano para ficar preso, do mesmo jeito que minha mãe achava que ainda era jovem? Se eu ficasse choramingando por causa de Ruby, poderia ficar presa na depressão pós-término para sempre.

Nosso experimento com a lista de encontros havia funcionado? Não exatamente. Tecnicamente ainda tínhamos quatro semanas pela frente, mas de que isso importa? Teríamos terminado de qualquer forma. Eu tinha mais tempo para me preparar para o que quer que viesse a seguir. Não ia ficar remoendo o passado. Mesmo que o passado fosse ontem.

Deixei a água do banho lavar a noite passada e pensei no que seriam as próximas semanas. Os resultados dos testes, o casamento... e o que quer que viesse a seguir. Tinha plena ciência de que ainda não havia mencionado para meu pai que não estava cem por cento de acordo com a ideia de ir para Oxford. Sempre que ele mencionava isso, eu o lembrava de que talvez não fosse, mas sabia que ele pensava que eu só estava sendo cautelosa a respeito das minhas notas. E ainda haveria a festa, é claro, na noite dos resultados. Eu bem que podia me embebedar e beijar umas meninas. Mas provavelmente seria na casa de Oliver, então talvez fosse melhor não aparecer. Não queria dar a impressão de que estava seguindo Ruby. Se bem que se eu *não* fosse, eu a estaria evitando de propósito, o que daria a impressão de que não a tinha superado por completo.

Sei o que está pensando: *Por que você se importa tanto com o que as outras pessoas pensam, Saoirse?* Mas na época não cheguei a perceber que estava só considerando o que *parecia* e não os meus verdadeiros sentimentos. No momento, davam a impressão de serem a mesma coisa. Como se Ruby pensar que eu a tinha superado fosse tornar isso uma verdade. Aparências são a realidade. E o que pessoas que definitivamente não estavam deprimidas por terminarem com a ex-não-namorada faziam? Elas seguiam em frente, e era isso o que eu faria também.

Na cozinha, liguei a máquina de café expresso de Beth. Eu estava arrasada depois da noite de sono péssima, mas ia visitar mamãe como sempre. Tinha faltado ontem pela primeira vez em muito tempo por causa de Ruby, então isso não ia se repetir. Depois? Bem, isso era um problema para a Saoirse do futuro. Um passo de cada vez.

Achei copos e canecas no guarda-louças. Beth e meu pai devem ter ficado acordados até tarde guardando alguns utensílios de cozinha. Senti uma pontada de culpa por ter falado de forma agressiva com eles, mas não era um sentimento confortável para mim, então o ignorei. Eu não tinha o hábito de beber café, logo não sabia o que esperar, mas o gosto era horrível e acabei engolindo tudo de uma só vez como se fosse um shot de tequila. Foi quando Beth entrou na cozinha em uma camisola feia e meias fofas. Era esquisito vê-la pela manhã. Não sabia como me sentir. Acho que eu esperava estar brava com ela ou talvez com o meu pai, mas o sentimento não vinha. Quem sabe fosse só a exaustão.

— Você acordou cedo. — Ela bocejou, enchendo a chaleira.

— Não dormi bem — falei.

— Ah, é — disse Beth, como se tivesse esquecido de alguma coisa em meio ao sono. — Queria ter ido atrás de você para conversar, mas seu pai disse que era melhor te deixar em paz. Aconteceu alguma coisa? Você e a Ruby brigaram? Você ficou fora de casa por um tempão.

Meu pai tinha dito para me deixar em paz. Clássico. *Se eu não perguntar como se sente, então posso fingir que está tudo bem.*

— A gente terminou — falei com vivacidade. — Mas tá tranquilo. Foi melhor assim.

— Sério? Que triste, Saoirse, vocês duas pareciam muito fofas juntas. O que aconteceu?

— Não era nenhum relacionamento sério — falei. — Nada *aconteceu*. Apenas acabou o que tinha que acabar.

A cabeça de Beth começou a se inclinar, seus olhos se suavizando.

— Não olha pra mim desse jeito, Beth. Sério, eu tô bem. Não foi nada de mais.

— Se você diz... — Ela me olhava como se eu pudesse desabar.

— Digo, sim.

— Ok, não tá mais aqui quem falou. — Ela deu de ombros, mas tive a impressão de que não ia realmente deixar pra lá. — Quer uma xícara de chá? — perguntou, pegando canecas do porta-louças.

— Não, tô indo ver... a minha mãe — me atrapalhei para terminar a frase, como se mencionar a minha mãe pudesse ofender Beth de alguma forma, mas ela não percebeu.

— Tem planos pra depois disso?

— Não, acho que não.

— Ótimo. Quer procurar pelo seu vestido de madrinha? Está quase na hora e ainda não vimos isso. — Ela esfregou a têmpora direita, o cansaço aparente em seu rosto. — Sei que você tem estado ocupada, então não quis te incomodar, mas já dei uma olhadinha em alguns. Você teria que experimentar, claro.

— Como assim "vestido de madrinha"?

A expressão de Beth ficou tensa.

— Seu pai disse que tinha te perguntado.

— Hã, não — falei. Tentei descobrir rapidamente como me sentia a respeito de ser madrinha de casamento. Não estava bem empolgada, mas não senti a repulsa intensa que achei que sentiria. Seria a exaustão de novo? — Ele te disse mesmo que eu havia aceitado?

— Sim, disse — falou Beth, com ênfase. — Ele *especificamente* mencionou que você disse que ia amar. Mas se você não quiser... — Ela deixou as reticências se alongarem, parecendo um cachorrinho ferido.

— Não — falei, esfregando a minha nuca. Paciência. — É claro que vou. Mas não confia no meu pai pra fazer as coisas. Ele é uma pessoa do tipo "vou te dizer exatamente o que você quer ouvir".

Beth fez careta.

— Anotado. Vou falar com ele depois... Mas, olha, eu vi um modelo cor de lavanda lindo na Debenhams que acho que ficaria maravilhoso em você.

Fiz uma anotação mental para matar o meu pai. Pelo menos seria uma boa distração.

Mamãe ainda estava de pijama quando cheguei com minha bolsa de utensílios. Tinha notado há uns dias como ela vinha remexendo no próprio cabelo. Abri a porta e vi que sua cama estava desfeita e a televisão, ligada.

— O que você tá vendo? — perguntei, pensando que seria alguma coisa de péssima qualidade, mas era a transmissão de um festival de música clássica. Algo que minha mãe teria de fato gostado muito, eras atrás. — Parece chato pra caramba — falei, mas desliguei a TV pois era mais difícil para ela se concentrar numa conversa com barulho de fundo. — Essa franja tá tão longa que nem sei como você consegue enxergar. Vamos, tá na hora de aparar.

Peguei uma toalha no banheiro e passei ao redor de seu pescoço, prendendo na sua gola. Ela relaxou e fechou os olhos.

— Ruby e eu terminamos — falei. — Mas tá tudo certo. Tipo, a gente ia terminar logo mais de qualquer forma — eu dizia enquanto aparava as pontas.

Mamãe falou que aquilo era péssimo e me perguntou se eu estava bem, mas logo percebi que eu não queria conversar sobre isso, mesmo com ela. Mudei de assunto rapidamente, perguntando como estava seu dia. Não conseguia sempre seguir sua linha de raciocínio, mas dei murmúrios e respostas apropriadas quando podia.

Ao terminar, o cabelo dela parecia vivaz e arrumado novamente. Talvez eu devesse ser cabelereira. Fiz careta para o meu próprio pensamento. Apertei os olhos, bloqueando as palavras que me faziam pensar em Ruby.

Mamãe me trouxe seu álbum de memórias. Estava na mesinha de centro como se alguém o tivesse aberto recentemente. Eu sabia que não podia ser meu pai porque, embora nunca fosse admitir isso, ele odiava ficar olhando fotos antigas. Deve ter sido alguém da equipe de cuidadores. Era até que bacana, pensei, que alguém estivesse passando tempo com ela desse jeito.

— Quero te mostrar uma coisa — disse ela.

— Tudo bem então — falei com relutância, esfregando a cicatriz na palma da mão sem pensar. Se isso a deixava feliz...

Minha mãe me mostrou uma foto dela com Claire e me contou uma história que eu já tinha ouvido umas sete mil vezes. Mas não me importei, porque eu não me concentrei nas palavras. Olhei para seu rosto, luminoso e feliz, e uma dor horrível e quente em minha garganta quase me fez chorar. Eu estaria supostamente deixando o país em poucas semanas, e ainda não tinha dito ao meu pai que eu não queria ir. Estava com medo de acabar indo no embalo, levada pela correnteza das expectativas dele, seguindo um plano que fiz quando estava com um coração partido e à procura de uma escapatória. E agora sentia aquela coceirinha para fugir da minha própria vida de novo. Mas se fizesse isso, não poderia vir aqui todo dia, nem mesmo toda semana ou todo mês. Quando cheguei esta manhã, mamãe não ficou surpresa ou preocupada quando apareci em sua porta. Ela me deixou entrar, e parecia relaxada enquanto conversávamos. E se isso parasse de acontecer quando eu não fosse capaz de manter a rotina? Sabia que ela realmente não se lembrava de ter uma filha, mas ela quase sempre sabia que eu era alguém com quem estava familiarizada. Isso já era alguma coisa. Um restinho patético de nada, mas significava tudo para mim. Se eu parasse de vir todas as manhãs, será que me tornaria uma completa estranha? Por que abandonar a minha mãe me dava a sensação de que ela é quem estava me abandonando?

O pensamento fez eu me sentir tão solitária que doeu. Então pensei no meu pai embrulhando presentes para si mesmo e me perguntei se ele se sentia assim também. Se éramos duas pessoas se sentindo solitárias exatamente do mesmo jeito. Será que era tão difícil vê-lo abandonando-a porque eu sabia que teria que fazer o mesmo se eu quisesse um dia ser livre para viver minha própria vida?

— Quem é essa? — perguntei à minha mãe, apontando para uma foto dela com Claire. Estavam sentadas em frente a um espelho, se maquiando. Mamãe parecia querer evitar estar na foto, enquanto Claire se exibia para a câmera.

— Essa sou eu — disse mamãe, apontando para si mesma e rindo.

— E quem é essa? — perguntei, indicando Claire.

Mamãe inspecionou a foto. Ela segurou o livro bem perto do rosto, sua testa se enrugando de concentração. Olhou para mim, um pouco confusa.

— É você? — perguntou.

A foto era de 1985. Era uma festa. Claire usava um vestido brilhoso horrível e luvinhas de renda. Não exatamente o meu estilo.

Passei o braço ao redor dela e a puxei para um abraço.

— Essas são você e a Claire — falei, e beijei sua testa, que cheirava a xampu de maçã.

Ela tentou virar a página, mas fechei o livro. Papai não era a única pessoa que não tinha nenhuma paixão por fotos antigas. Já conhecia esse álbum de cor. Tinha ajudado a fazê-lo.

— Já chega por hoje.

29.

Por duas semanas, eu não pensei em Ruby. Não pensei em Ruby quando recebi um e-mail de spam do karaokê que, no fim das contas, nunca fomos. Não pensei em Ruby quando passei pela roda-gigante ou pela enseada ou pelos pedalinhos. Também não pensei em Ruby enquanto jantava, lavava o meu cabelo ou cortava as unhas do pé. Parei de ver comédias românticas idiotas, não porque finais felizes fizessem meu coração doer, mas porque eu não gostava delas. Eram estúpidas, machistas e perpetuavam a ideia de que só valemos como pessoas se alguém estiver apaixonado pela gente. Ignorei as mensagens de Oliver, não porque eu tinha medo de que mencionasse Ruby, mas porque ele era um pé no saco, como sempre foi.

Então o que fiz no lugar dessas coisas? Assisti a uma porção de filmes de terror. Eu vi gente morrer de uma várias formas grotescas. Atravessadas por objetos pontudos, decapitadas e jogadas pela janela. Levadas à loucura por fantasmas, clones malignos ou demônios da floresta assustadores. Algumas morreram lentamente, outras eram pegas de surpresa. Todas acalmavam a minha alma. Até cheguei a ajudar no casamento. Sim, parece que o Dia de São Nunca chegou, mas Beth não parava de me encher de reles tarefas, e não é como se eu estivesse ocupada com mais alguma coisa. Isso não tem nada a ver com o fato de eu estar começando a achar ela ok ou coisa assim.

Tá bom, tá bom. Me deixa.

No dia de ir buscar os resultados do teste, acordei nauseada e entorpecida. A monstruosidade cor de lavanda que seria meu vestido de madrinha era a única coisa no meu guarda-roupa porque eu ainda não havia desencaixotado nada. Não consegui me obrigar a colocar minhas roupas no armário, não quando teria que me mudar de novo em seis semanas. Pode até parecer bastante tempo, mas o inferno que foi encaixotar tudo estava fresco na minha mente. Apesar de que também não coloquei nada na mala. Apanhei uma calça jeans e uma camisa de uma das caixas.

Me recusava a ir para a escola pegar os resultados ao raiar do dia porque todo mundo estaria parado do lado de fora do saguão como se fossem cachorrinhos ofegantes, esperando por seus pedaços de papel. Se eu segurasse por uma horinha, ia evitar todo mundo. Nem fui ver minha mãe naquela manhã, estava ansiosa demais e ela percebe esse tipo de coisa. Decidi ir visitá-la depois do almoço. Então passei uma manhã desconfortável perambulando pela casa enquanto meu pai me perguntava se eu não queria ir logo. Ele estava mais preocupado com estes resultados do que eu. Meu pai e Beth até haviam tirado folga do trabalho pela manhã, para que pudéssemos ter um almoço de comemoração depois.

Apesar de meus sentimentos ambivalentes por Oxford, não pude deixar de me preocupar com as minhas notas. Tinha estudado e me esforçado muito, mas e se a minha memória não estivesse tão boa quanto eu pensava? E se eu já tivesse falhado e só não conseguisse lembrar que tinha me saído mal, ou achasse que tinha respondido as perguntas por completo, mas só porque não me lembrava que havia um monte de outras coisas que eram para ser incluídas? Alcançar os resultados que eu queria parecia mais um teste para saber se eu sucumbiria à demência. Como se tirar nota máxima em tudo fosse, de algum modo, conseguir evitá-la.

Às dez da manhã, eu e meu pai chegamos à escola e, ao pararmos no portão, logo vi que estava certa: não havia ninguém por lá. Com um enjoo se remexendo no meu estômago, deixei papai no carro batendo seus dedos no volante, tentando parecer tranquilo.

Quando eu já estava chegando ao topo da escadaria que dava na porta da frente, ele gritou freneticamente da janela do carro:

— Eu te amo, não importa o que aconteça!

Olhei ao redor, fingindo procurar a pessoa para quem ele estava gritando, porque é claro que eu não conhecia aquele esquisitão, caso alguém estivesse passando na hora.

— Saoirse! — Louise, a secretária da escola, reservou um sorrisão para mim quando passei pelas portas. — Dormiu mais que a cama, hein?

Fiz a minha melhor interpretação de "acanhada", como se estivesse muito constrangida por ter dormido até tarde no dia de pegar os resultados. Ai, puxa vida.

— Espera aí. Levei os resultados dos atrasados para o escritório.

Ela tinha uma pilha com uns dez envelopes em sua escrivaninha. Vasculhou por eles e me entregou um que estava no meio do pacote. Um sorriso em seu rosto me disse que ela definitivamente queria que eu o abrisse ali mesmo. Sorri com educação e o guardei na mochila. Sua expressão contente se desmanchou.

— Bom te ver — falei, acenando na saída do escritório.

— Eita — grunhi quando a porta me atingiu. Alguém tinha tentado entrar ao mesmo tempo em que tentei sair.

— Ai, meu Deus, eu sinto muito — disse a pessoa, e então: — Saoirse.

— Izzy. — Fiquei surpresa em vê-la, mas me recuperei, reajustando a minha boca aberta em um sorriso educado, porém vazio. — A gente precisa parar de quase se dar concussões desse jeito.

Comédia romântica, tragédia, pastelão. Agora só faltava encontrar um cara com facas no lugar das mãos em uma pedreira abandonada para eu poder chegar a cem por cento de aproveitamento na metáfora da "minha vida é um filme".

Izzy sorriu de volta. Deixei que um segundo inteiro de silêncio desconfortável se passasse e então tentei fugir pela porta. Ela se virou e colocou a mão em meu ombro.

— Espera um minutinho?

— Hum... meu pai tá... — Gesticulei em direção ao estacionamento.

— Por favor? — disse, com um tom de súplica na voz. — Só um segundo.

Seria uma grosseria imensa recusar. Olhei de soslaio para a porta, considerando escapulir de qualquer forma. Minha mente disse que isso seria infantil, porém minhas pernas estavam se preparando para entrar em ação. Mas, que droga, eu era legal demais para fazer isso, então esperei enquanto Izzy entrava no escritório para pegar seu envelope. Me sentei em um dos degraus na parte inferior da escada que dava na sala de artes, considerando o quão educada eu era.

Então Izzy saiu do escritório. Ela sorriu com timidez para mim e se sentou ao meu lado no degrau. Nenhuma de nós disse coisa alguma por um segundo. Ela tinha feito luzes no cabelo desde a última vez que colidimos na rua. Estava muito bonito. Também tinha um bronzeado forte, e me perguntei se havia conseguido o trabalho como salva-vidas que vinha tentando obter, sem sucesso, pelos últimos dois anos.

— Eu tô tão zangada com você — disse ela finalmente.

— Pera, quê? Você tá zangada comigo?

Izzy assentiu. Ela não *parecia* zangada. Parecia bastante calma e serena.

— Tô muito zangada.

— E pelo que você estaria zangada? — perguntei, indignada.

— Saoirse, você me largou.

— Você... — comecei a lembrá-la de sua total traição de minha confiança.

— Sim, eu sei que não te contei que a Hannah estava pensando em terminar com você. Sei disso. Você já me falou. Eu te ouvi. Pedi desculpas um monte de vezes. E já pensei muito nisso e entendo. Sei que você ficou brava, sei mesmo.

Tentei interrompê-la de novo, mas ela ergueu a mão.

— Me deixa acabar. Sei por que ficou brava, mas *não sei* por que não foi capaz de me perdoar, e é por isso que tô zangada com você. Nós fomos amigas por *dez anos* e então você decidiu que eu não valia nada pra você porque te magoei *uma vez*.

Minha boca abriu e fechou como se eu fosse um peixinho dourado buscando por uma defesa.

— Não foi nada disso. Você escolheu a Hannah em vez de mim. Os dez anos em que fomos amigas obviamente não significavam tanto pra você quanto os doze que você compartilhou com a Hannah.

— Que palhaçada nada a ver. Eu fiquei entre minhas duas melhores amigas. Se te contasse o que a Hannah me disse em segredo, eu teria traído ela. Ao não te contar, traí você. Ela me colocou em uma situação de bosta.

— Diz isso pra ela, então.

— Eu disse. Fiquei chateada com ela também. Falei que estava brava com ela por ter me colocado em uma posição em que eu tinha que ou mentir pra você ou dedurar ela. Eu não sabia o que dizer. Mas não precisei falar qualquer coisa, pois Izzy ainda não tinha terminado.

— E sabe do que mais? Talvez eu devesse ter contado a você. Porque acho que pelo menos a Hannah teria me perdoado. Pelo menos para ela eu significava alguma coisa. Na versão de Izzy, eu parecia egoísta e mesquinha. Talvez ela estivesse certa.

— Nunca pensei dessa forma. — Precisava me esforçar para deixar as palavras saírem. Elas me deixariam exposta e vulnerável. Começava a pensar que eu odiava essas conversas emotivas tanto quanto o meu pai. Talvez tenha sido esse pensamento o que finalmente me fez dizer: — Achei que eu não tivesse importância pra você. Tudo o que vi foi você colocando a Hannah na frente quando ela me magoou, e me senti como se você não ligasse pra mim. Eu estava me protegendo.

Izzy pareceu querer discutir, mas fez uma pausa antes de falar:

— Consigo entender por que você ficaria com essa impressão.

— Também consigo entender por que você ficaria com a impressão de que eu não me importava com você.

Ficamos em silêncio. Meus pés imploravam para que eu fugisse pela porta.

— Lembra de quando a gente se conheceu? — Izzy perguntou um tempo depois.

— Não foi no primeiro dia de aula?

— Não. — Ela balançou a cabeça. — Achei que você fosse dizer isso. Mas já éramos amigas naquele verão. Você morava perto da minha casa e as aulas ainda não tinham começado.

Havia me esquecido. Minha mãe, meu pai e eu morávamos de aluguel antes de eles comprarem nossa antiga casa. Minha mãe me arrastou para a rua até a casa de uma vizinha porque ela queria conhecer outra mãe, então elas combinaram que nós duas íamos brincar juntas.

— Lembrei agora. Eu não queria te visitar, mas quando te conheci, você me levou praquela velha casa na árvore, aquela que não fica...

— Numa árvore, eu sei.

— Você me deu um picolé e foi assim que viramos amigas.

— Tempos mais simples. — Izzy riu. — E aí, quando as aulas começaram, você conheceu a Hannah. Ela era a minha melhor amiga na escola e você era a minha melhor amiga em casa. Então vocês se conheceram e viraram melhores amigas uma da outra, e eu comecei a sobrar.

— Não era assim — falei automaticamente.

— Era sim. Mas estava tudo bem. Nós todas ainda éramos amigas. Até vocês passarem a namorar e eu ficar de vela.

Suas palavras tinham verdade demais para que eu as negasse. Hannah e eu passávamos muito mais tempo juntas sem Izzy depois disso. O que era normal, já que a gente era um casal. Mas a partir daí, sempre que Izzy estava conosco, a sensação era um pouco como se ela estivesse interrompendo um encontro, mesmo que não fosse de fato um encontro. Eu acabava ficando um pouco incomodada com ela às vezes, mesmo sabendo que não era culpa de Izzy. Achei que havia escondido isso melhor, pois ela nunca tinha mencionado até então.

— Mas nós duas te amávamos — ofereci, e imediatamente me perguntei se o tempo verbal certo para este "amar" seria o presente ou o passado.

Izzy mordeu o lábio.

— E se uma parte de mim ficou feliz quando a Hannah me disse que queria terminar as coisas? Não achei que estivesse, mas e se fiquei?

— Não ficou. — Balancei a cabeça.

— E como você sabe?

— Bem, e daí se tiver ficado feliz? Então você teve um sentimento egoísta. Eu te conheço, sei que tem menos desses sentimentos do que a maioria das pessoas.

Ficamos sentadas por alguns segundos em silêncio, e pensei em como eu conhecia bem a pessoa ao meu lado. Conhecia os contornos de seu rosto melhor do que os meus. Eu a conhecia tão bem que conseguiria achá-la no meio de uma multidão em um parque de diversões, num mar de gente. E sabia o tipo de pessoa que ela era. Mesmo que tudo mudasse, que ela aprendesse a tricotar ou a mergulhar em águas profundas ou que se casasse ou que adotasse catorze gatos e fosse morar em um farol, ainda haveria coisas que nunca iam mudar. Os anos de briguinhas bestas e festas do pijama, primeiros amores dissecados, bilhetinhos passados e segredos compartilhados. Nada disso desapareceria só porque acabou, e não podia ser desfeito.

— E agora? — perguntou Izzy.

Eu não sabia se podíamos ser amigas de novo depois de apenas uma conversa. Será que tempo demais já havia passado ou, no esquema geral das coisas, alguns meses não significassem nada?

— Agora a gente abre esses envelopes — falei, rompendo o selo e puxando uma folha de papel.

30.

— **Beth, temos um gênio entre nós!** — urrou papai assim que passou pela porta. Ele balançava os resultados da minha prova como se fossem um troféu que tinha ganhado.

Beth segurava uma garrafa de água sanitária e a casa cheirava como se ela já a tivesse desinfetado toda. Nas últimas duas semanas morando juntas, descobri que o hábito nervoso de Beth era limpar. Ela também fazia isso quando estava irritada ou chateada a respeito de algo que podia ser desde não conseguir encontrar o relógio de seu falecido pai até ficar sem saquinhos de chá depois que as lojas já fecharam.

— Deixa eu ver. — Ela jogou para o lado um par de luvas de borracha e esticou a mão para pegar o certificado. — Oito H1. O que isso significa? — perguntou Beth, nos lembrando de que era inglesa.

— H1 é a nota máxima — falei. — Só precisava de seis. Mas você sabe como é, alguns de nós fomos agraciados com beleza *e* cérebro. Às vezes, parece mais uma maldição.

Beth me abraçou com força, me puxando para ela sem pensar. Cheirava a sabonete antisséptico e perfume cítrico. Nunca tínhamos nos abraçado antes. Ela começou a se afastar, com incerteza no rosto, como se pensasse ter feito algo errado. Eu a abracei bem apertado. Afinal de contas, era uma ocasião especial.

Mas era bom que não se acostumasse com isso.

— A sua confirmação da faculdade já saiu, então? — perguntou.

Balancei a cabeça. Tinha conferido o monitoramento do pedido de entrada no caminho de volta para casa.

— Deve demorar umas horinhas para ser atualizado — falei.

— Mas você já conseguiu os requisitos que faltavam, certo?

— É... — falei, me sentindo desconfortável. Teria que dizer algo em breve. Achei que quando tivesse os meus resultados, eu talvez mudasse de ideia. Talvez fosse querer ir. Todo mundo tinha muita certeza de que essa não era uma oferta que se recusasse.

— Sua mãe ficaria tão orgulhosa — disse papai, me sufocando em outro abraço.

Quem sabe fosse a conversa madura com Izzy mexendo com a minha cabeça. É o único motivo que consigo pensar para ter escolhido esse momento de júbilo parental para dar voz às minhas dúvidas.

— E se eu não quiser ir pra universidade?

Meu pai me empurrou e ficou me encarando. Beth se remexeu de modo desconfortável.

— Do que é que você tá falando? Você conseguiu oito H1 — disse ele, como se boas notas significassem que você necessariamente precisa ir para a faculdade e escolher a matéria com a maior nota de corte possível.

Senti meu celular vibrar no bolso traseiro, mas achei que era uma hora ruim para responder.

— Rob, calma. — Beth ergueu a mão em um gesto de "pare". — Talvez ela queira tirar um ano sabático. Tá tudo bem. Ou fazer algo diferente. Nem todo mundo precisa ir pra faculdade. — Ela pousou a mão no braço do meu pai.

— Só por cima do meu cadáver — murmurou ele.

Ignorei os dois e fingi querer tomar um pouco de suco de laranja. Essa conversa precisava esfriar um tiquinho, então fazer algo normal parecia a melhor solução. Aja casualmente. Tomei um gole enquanto meu pai esperava. Pelo visto, queria uma resposta à afirmação de Beth, embora obviamente discordasse.

Nunca na minha vida inteira beber pareceu tão pouco natural.

— Não é isso. Eu só acho que faculdade não é pra mim.

Meu pai piscou várias vezes de forma exagerada.

— Sabe, vamos ser sinceros — continuei —, provavelmente vai ser um baita de um desperdício.

— Que diabos você quer dizer com *desperdício*? Em que mundo educação de primeira seria um *desperdício*? — Ele gritou as palavras. Beth fez uma careta, e, com muito esforço, ele recuou. — Isso tem a ver com a Ruby? Só porque ela não vai pra faculdade, isso não significa que você pode ficar de bobeira por aqui. Juro por Deus, Saoirse, que se você não for pra lá, você não vai ficar aqui. Fim de papo.

— Pode acreditar, não quero morar com você um segundo a mais do que o necessário — cuspi as palavras, tentando machucá-lo o máximo possível. Ele era incapaz de ouvir. Já devia saber disso. — Quero ficar perto da mamãe.

— Calma aí, Rob. — Beth interrompeu meu pai antes que ele pudesse falar. — É claro que você pode ficar aqui, Saoirse. A casa é sua. Podemos conversar sobre isso. —

Papai abriu a boca, talvez para discutir com Beth, mas ela olhou para ele de um jeito que silenciaria uma multidão furiosa.

— Nem vem — disse ela. — Essa casa é minha também.
— Então você quer dar corda pra ela desperdiçar a própria vida? — Ele se virou para mim. — Boa sorte tentando arranjar um emprego decente sem um diploma.
— Você não tem diploma — rebateu Beth.
— As coisas são diferentes hoje em dia. Quer jogar todo o seu trabalho duro no lixo só porque a sua namorada é uma preguiçosa? Não vou financiar isso.
Beth fez cara de que iria discutir, mas fiz isso antes.
— Ninguém te pediu pra financiar nada. Posso conseguir um emprego.

Na verdade, duvidava de que seria fácil nesta crise econômica. Não tinha conseguido um trabalho o verão inteiro. Nenhum dos lugares para onde mandei currículo tinha me chamado para uma entrevista. Nossa economiazinha litorânea não estava exatamente efervescente com oportunidades de trabalho bem-pagas para gente sem qualificação, e as pessoas que vinham de fora para trabalhar aqui faziam o preço dos aluguéis irem às alturas, tanto que acho que não seria de fato capaz de morar no lugar em que cresci. A menos que eu assassinasse meu pai e Beth e herdasse o apartamento. O que era tentador, embora arriscado. Mas eu ia dar um jeito, certo? Precisava dar.

— Ruby decidiu adiar a universidade porque vai ficar em casa ajudando a família. Sei que *você* não consegue se imaginar sacrificando nada para cuidar de alguém, mas ela não é desse jeito.

Ele fechou os olhos e apertou os lábios, mas não disse nada.

— E, de qualquer forma, isso não tem nada a ver com ela. A gente terminou, lembra? — acrescentei, sabendo que Beth teria contado a meu pai, ainda que ele mesmo não tenha tido a coragem de abordar o assunto comigo.

— Bem, então qual é a porcaria do problema? — disse meu pai, sua fúria e barulho murchando.

— Você sabe muito bem qual é o problema. Não faz sentido aprender um monte de coisa inútil se eu vou esquecer tudo depois.

Meu pai respirou profundamente e vi os músculos de seu rosto se suavizarem. Os dedos de Beth cobriram os próprios lábios. Pareceu triste.

Finalmente, papai falou, com uma voz baixa, mas firme. Como se, caso falasse de maneira razoável, fosse capaz de me convencer.

— Saoirse, você não sabe o que vai acontecer. Você precisa continuar vivendo uma vida normal. Como a sua mãe.

E onde ela está agora? Trancada numa casa de repouso para idosos, sem nem saber o próprio sobrenome. Meu celular vibrou de novo. Mal registrei.

— Ela não sabia que isso ia acontecer. Eu sei quais são as minhas chances. Isso muda as coisas.

Meu pai trocou o mais infinitesimal dos olhares de soslaio com Beth.

— Pai? — De repente, eu soube o que aquele olhar significava. Sabia com o meu corpo inteiro, pois minhas pernas começaram a fraquejar. — Ela sabia?

Perguntei porque queria que ele negasse.

— Acho melhor a gente se sentar. Vou fazer um chá — disse Beth. Eu a ignorei.

— Não no começo — falou meu pai. — Não tão jovem quanto você.

Talvez ele pensasse que uma meia-verdade pudesse me satisfazer.

— Quando? — A palavra caiu como uma pedra.

Meu pai pareceu brigar consigo mesmo e, então, finalmente um dos lados venceu.

— Sua mãe foi adotada, como você sabe — disse. — Mas mais ou menos na época em que nos conhecemos, ela vinha procurando pelos pais biológicos. Não sabia dessa parte. Ela nunca tinha me falado muito deles. Seus pais adotivos eram meus avós, e nunca cheguei a pensar em perguntar se tinha conhecido a família biológica. Nunca pareceu ser importante para ela, então também não era muito importante para mim.

— Ela encontrou a mãe dela, Joan. Ou melhor, encontrou uma parente. Uma prima. Joan já havia falecido. Essa prima, não lembro mais do nome dela, nos disse que Joan tinha morrido nova. Demência precoce. Progrediu muito rápido. Pesquisamos um pouco e logo descobrimos que havia uma chance de que sua mãe desenvolvesse também.

Quando minha mãe me disse que eu podia desenvolver demência como ela, eu havia pensado: "Mas não é todo mundo que pode?" Demorou um tempo para eu entender de fato o que isso significava. Mamãe e papai tinham discutido sobre o assunto. Uns dois anos depois de me contarem sobre o diagnóstico dela, quando eu estava com uns quinze anos, entreouvi os dois numa briga. Mamãe achava que eu merecia saber. Papai achava que isso podia esperar. Mamãe disse que ele esperaria para sempre se pudesse. Papai disse que talvez não fosse uma má ideia. Mamãe respondeu que não era certo que fossem eles a tomar essa decisão. Ela venceu.

— Minha mãe sabia que isso ia acontecer com ela antes de me ter? — perguntei.

Não conseguia acreditar que ela faria algo tão egoísta.

— Não — meu pai se apressou em dizer. — Nós não *sabíamos*. A gente sabia que havia uma chance. Assim como você sabe que você tem uma chance. Mas a questão é que isso nunca a impediu de viver todas as partes da vida dela por inteiro, e não deveria impedir você. Às vezes, acho que nunca devíamos ter te contado. Tinha medo de que fosse viver sua vida inteira sob a sombra de algo que talvez nunca aconteça, e estava certo.

— Como vocês puderam ter uma filha sabendo que isso podia acontecer? — perguntei com a voz trêmula. Apertei a ponta dos dedos com força contra o polegar. Não chora.

— Pra ser sincero — disse meu pai, esfregando o rosto, as palavras saindo por entre as mãos —, quando descobrimos que ela estava grávida, perguntei se achava mesmo uma boa ideia levar aquilo adiante. Sua mãe insistiu que a vida era dela, assim como aquela escolha. — A voz de papai falhou. — Então você nasceu, e tive muita vergonha de um dia ter pensado que você era uma má ideia. — Ele falou aquilo como se fosse um pedido de desculpas.

Não era o pedido de desculpas que eu queria.

— Bem, vocês estavam errados — falei entre dentes, e empurrei Beth para o lado ao passar por ela, que secava os olhos na manga. — Não era só a vida dela.

31.

Minha mãe sabia antes de eu nascer que ela poderia enlouquecer. Que eu a perderia. Que ela poderia me abandonar. A sensação era a de sair da xícara maluca em um parque de diversões, quando o seu corpo acha que as coisas ainda estão girando, mas o chão abaixo dos seus pés é firme. Era como o momento em que descobri que minha mãe tinha demência, o momento quando Hannah terminou comigo, o momento em que percebi que mamãe teria que se mudar, o momento em que ouvi meu pai dizer que ia se casar outra vez. De novo e de novo, a minha vida não parava de mudar. Eu recuaria e me adaptaria, e aí, quando eu achava que as coisas ficariam estáveis, algo novo era atirado em minha direção. Achava que vivia uma montanha-russa de emoções como todo mundo, com seus altos e baixos, mas a minha vida estava mais para uma partida de queimada emocional, e eu não parava de ser atingida. E, no entanto, como em todos os piores momentos da minha vida, eu não tinha para onde escapar.

Meu celular vibrou de novo, e eu conferi desta vez, mais por hábito do que por um interesse real em saber que mensagem era. Lá embaixo, quando o senti vibrar no bolso, tinha desejado contra a vontade que fosse Ruby. Mas as mensagens eram de pessoas da escola querendo saber meus resultados. Shane e Georgia, com quem eu tinha andado por um tempinho, mas com quem não falava desde o último teste, e mais algumas de uma galera com quem eu mal conversava — o tipo de gente que precisava comparar os resultados com o de todo mundo para saber se estavam felizes ou não com o próprio. Ignorei todos. Mais uma mensagem chegou enquanto eu deletava as outras.

OLIVER
Você não quer mesmo saber
o que eu tirei?? ☹

                                       SAOIRSE
                                              Não.

OLIVER
SEIS HI SOMOS XARÁS

                                       SAOIRSE
                                              Não.

OLIVER
Festinha hoje?

    Por um lado, eu queria muito ficar bêbada — e ficar bêbada em grupo era socialmente aceitável; fazer isso sozinha é que era considerado "um problema". Por outro lado, apesar do que eu havia dito para mim mesma antes, não sabia se realmente ia aguentar me encontrar com Ruby, mesmo que isso não fosse uma coisa com que pessoas que já tinham superado tudo se preocupassem. Queria perguntar a respeito dela, mas não desejava dar essa satisfação para Oliver. Não tinha ideia do tanto que ele sabia sobre nosso término. Ele e Ruby pareciam ser bem próximos, e ele poderia contar a ela que eu tinha perguntado.

OLIVER
Ruby não vai estar aqui. Voltou pra casa por uns dois dias pra pegar os resultados dela com os amigos. Só volta no fim de semana.

SAOIRSE
Beleza. Vou praí, mas isso não tem nada a ver com ela. A gente tá de boa.

OLIVER
Se você diz. Vai ter um monte de garotas héteros altinhas pra você dar em cima.

SAOIRSE
Eu não dou em cima de ninguém. Apenas dou abertura pra que deem em cima de mim.

A resposta me pareceu vazia. Beijar garotas que na real não estão a fim de você, que só querem saber como é a sensação (ei, meus lábios não são assim tão diferentes dos lábios de um menino adolescente; na real, eu até tenho um pouquinho de buço quando não estou com os cuidados em dia), é muito diferente de beijar alguém que te toca como se desejasse mais. Expulsei esses pensamentos da cabeça. Não ajudavam nada. Pensar em Ruby e na sensação de sua pele e suas mãos em meu corpo, a maneira como ela me puxava para perto como se quisesse que nós derretêssemos uma na outra, não ia me levar a lugar algum.

Embora eu tivesse planejado visitar minha mãe depois de pegar os resultados, havia perdido a vontade e estava furiosa demais para sequer olhar para ela. O que me deixava ainda mais irritada era saber que eu não podia brigar, gritar e fazer birra com ela como tinha feito com meu pai. Então eu me deitei, tentando ignorar a culpa. Não é como se ela sequer fosse perceber. Ela não vinha exatamente colocando meus interesses na frente, mesmo quando estava saudável.

Expulsei o pensamento da cabeça. Mandei Ruby embora da minha mente também. Fiz o mesmo com a briga com o meu pai, os resultados do teste e o meu futuro. Deixei que a mente ficasse vazia. Sentimentos são superestimados.

Tive um *déjà vu* ao chegar na festa. As mesmas pessoas, a mesma música, a mesma casa. A maior diferença é que dessa vez, enquanto eu perambulava pela festa, as pessoas, em vez de pararem toda hora para perguntar como eu achava que tinha me saído, queriam é saber que notas eu tive. Minutos depois, elas começaram a aparecer para me dar os parabéns sem que eu precisasse dizer nada. Como sempre, mantive um olho aberto para a possível presença de Hannah, meu cérebro em alerta para não esbarrar acidentalmente nela.

Parte do meu cérebro também estava atenta a Ruby, embora a sensação fosse um pouco diferente. Quando eu pensava que pudesse encontrar Hannah, entrava em pânico. Genuinamente não queria vê-la. Enquanto isso, embora soubesse que ela não estaria aqui, havia um pedaço de mim que queria, contra a vontade, ver Ruby essa noite. Talvez seja isso o que um relacionamento signifique: carregar com você pelo resto da vida uma parte de alguém. Me imaginei velhinha e arredia, com os fantasmas de inúmeras namoradas do passado me seguindo por aí. Celibato voluntário e permanente parecia uma boa opção. A menos que eu não chegasse tão longe. Talvez elas acabassem virando pó em minha memória, independente de quem fossem, de pouquinho em pouquinho, até que eu desconhecesse inclusive que as tinha esquecido.

A festa, esse organismo cheio de cotovelos, me mastigou de um lado para o outro até me cuspir na cozinha, onde me servi de um copo grande de uma garrafa no fundo da geladeira, embora fosse apenas uma vodca barata hoje.

— Ahhh! — uma garota da minha aula de inglês, Laura, gritou para mim, o som abafado em sua maior parte pela música. Ela me abraçou, derrubando metade da sua bebida no chão. Nunca conversamos muito além do papo-furado normal de sala de aula. Ela estava altinha, mas não totalmente bêbada. As palavras se embolavam e escorregavam por sua língua, mas os olhos mantinham o foco. — Como vai? — cantarolou. — Ouvi dizer que você conseguiu, tipo... todos os pontos? Irado!

Não falei para ela que tive muito tempo para estudar já que não possuía amigos de verdade e não tinha nada para fazer.

— E você? — perguntei.

— Na média. Me saí bem em matemática, mas nada de mais. Consegui o que precisava.

Fiquei com vontade de dizer que ela não tinha a necessidade de inventar desculpas. Que minhas notas altas não significavam que eu a achava burra por não ter tirado também. Imaginei que fosse soar condescendente, então em vez disso perguntei o que ela ia estudar.

— Animação. Tive que mandar um portfólio. Era mais importante que as notas.

Nem sabia que ela gostava de desenhar. É claro, não havia motivos para eu saber.

— E você? — perguntou.

— Não sei.

A confirmação final de Oxford tinha saído naquela tarde, mas ver aquilo certo e encerrado só me encheu de pavor. Observei enquanto Laura buscava por palavras reconfortantes que pudesse oferecer. Quase conseguia vê-la vasculhando o cérebro pela frase correta, uma criança escolhendo cautelosamente o brinquedo que iria compartilhar.

— Você logo vai descobrir — disse. — Pode fazer o que quiser com as suas notas.

Sorri e concordei que logo ia descobrir, pois do que me adiantaria dizer a ela que não queria realmente ir pra faculdade?

Ouvi dezenas de opções de carreira de meus colegas de turma nessa noite, gritadas em meu ouvido em meio a bafos de cerveja e migalhas de salgadinho. Ciências biomédicas, produção de eventos, filosofia, design gráfico, farmacologia e o estranhamente específico curso de design de planejamento e paisagem urbanos.

Assenti com educação e disse a todo mundo: "Parece muito interessante." Eles me perguntavam o que eu ia fazer e parei de dizer que não sabia. Em vez disso, contava uma coisa diferente para cada um, pegando a ideia emprestada de outros colegas. Depois que Jennifer Loughran me disse que ia fazer curso de terapia ocupacional, eu falei a Shane Nelson que faria o curso de terapia ocupacional, e por aí vai. Contei a Aisling Cheung que estava indo estudar perícia forense em Glasgow, e quando ela começou a conversar comigo sobre CSI, fingi que precisava fazer xixi.

***

Oliver estava na sala do piano de novo. Dessa vez, não estava tocando o instrumento, e sim sentado com as costas na parede, lendo um livro. Havia um copo vazio e uma garrafa de vodca ao seu lado.

— Eu sabia que a bebida da boa estaria contigo — falei.

— Você é tão previsível, sabe. — Me deixei cair ao seu lado.

— Isso é pra você — disse Oliver, me passando o copo vazio e a garrafa. — Tô me abstendo hoje. Tenho que dirigir de manhã.

Franzi os lábios, mas peguei o copo e me servi.

— Se eu ser previsível significa ganhar bebida por conta da casa, então acho que não é tão ruim assim — falei.

Beberiquei. Não queimou que nem aquele troço barato.

— Pra onde você vai dirigir pela manhã?

Oliver corou.

— Acampamento de verão — murmurou. — Sou voluntário num acampamento de verão, ok? A Ruby viu um folheto e meus pais não pararam de encher o saco.

Não ri como teria feito em situações normais ao imaginar Oliver guiando um monte de crianças e ensinando elas a usar um arco e flecha e uma canoa. O nome de Ruby ficou no ar no silêncio entre nós. Ruby, Ruby, Ruby.

— O que houve? — Oliver perguntou no fim das contas.

Revirei a memória da briga em minha boca como se estivesse tentando extrair os sabores de um delicioso vinho, mas tudo tinha gosto amargo.

— Acho que eu fiz merda — falei.

— Parece que foi isso mesmo. — Oliver assentiu. — Ela não falou nada. Não sei se posso te dizer isso, mas Ruby está muito chateada.

Meu coração estava dividido, metade sofrendo por ter causado essa dor, e a outra um pouco empolgada por Ruby se importar o bastante para ficar chateada.

— Que tipo de merda você fez? Você selecionou e se aproveitou de uma das pobres garotas do seu harém?

Eu o empurrei de leve.

— Não. Ela queria algo que eu não podia oferecer.

— Ou seja, não foi uma DST — disse ele com um sorrisinho.

— Ah, não ferra.

— Não, de verdade — disse ele, ficando sério. — Eu real quero saber. Eu me importo com ela.

Suspirei, mas relutantemente dei a ele mais uma chance de agir que nem gente.

— Ela queria algo mais... sei lá... real? Não é isso o que eu queria. Tínhamos um acordo. Falei isso pra ela na primeira noite. — Percebi que eu soava como se estivesse me defendendo em um júri e que talvez precisasse contar a ele a verdade. — Eu criei pra mim mesma um monte de regras sobre o que não fazer, para não me machucar. *Não tenha conversas sérias. Não imagine um futuro juntas. Não brigue e não faça as pazes.* Em resumo, não tenha sentimentos, não se apaixone. Eu sabia que não ia funcionar. Não devia ter deixado que ela me convencesse a entrar nessa.

— Talvez você quisesse que alguém te convencesse — disse Oliver, batendo o seu joelho no meu. — Talvez você também quisesse algo real. Por que lutar contra isso?

Resisti à vontade de zoar sua psicobaboseira de Show da Oprah e pensei de fato em suas palavras. No início, tinha parecido muito importante não contar para Ruby sobre minha mãe ou nada relevante a meu respeito, e tudo estava ok porque era só um lance. Mas, depois de um tempo, isso começou a parecer uma mentira, e me agarrei à regra mesmo quando tinha parado de fazer o que era seu objetivo: me dar espaço para *não* pensar sobre essas coisas. A ideia é que a regra me impediria de me magoar. Em vez disso, eu me forcei a pensar em tudo isso, até esses sentimentos começarem a infeccionar enquanto eu cismava que não podiam vazar.

Mas a questão é: não fazia diferença alguma perceber essas coisas ou não. Elas só me davam mais certeza de que relacionamentos não me fariam bem. Se eu a tivesse deixado se aproximar de mim desde o começo, se eu tivesse me permitido ser honesta, nossa relação ainda assim teria acabado e eu perderia algo maior. Nós duas teríamos nos magoado ainda mais. E para que serviria toda essa dor? Tentei ter um relacionamento só com as partes divertidas, os beijos, os encontros, as mãos dadas, mas não dá para ver só as cenas fofas das comédias românticas e pular todo o resto do filme. Por mais que tentasse evitar me sentir assim, se eu fosse sincera comigo mesma, teria que admitir que as últimas duas semanas foram pura tortura. Se eu quiser evitar sentir e causar dor, precisaria voltar para minha regra de não me envolver com ninguém.

— Acho que é melhor assim. Ia terminar logo mais mesmo, então qual é a diferença que umas duas semanas fazem? — falei, sem realmente responder à pergunta de Oliver.

— Essa é a coisa mais idiota que eu já ouvi. — Ele balançou a cabeça. — Você precisa se mancar.

As palavras me jogaram direto à briga no carro com Ruby, e me irritei.

— Ah, jura? Já que estamos fazendo análise essa noite, me responde essa, sr. Quinn: por que você dá festas na sua casa (foi mal, mansão) e depois se esconde na sala de música pra evitar todo mundo? Pra que isso?

Ele não pareceu magoado. Em vez disso, esfregou o queixo com a mão.

— Engraçado você questionar isso. Venho me perguntando a mesma coisa.

Ele pareceu genuinamente pensativo, talvez até mesmo um pouco desanimado. Me senti mal por ter falado desse jeito.

— Alguma compreensão profunda de sua psiquê que queira compartilhar? — provoquei, tentando nos colocar de volta em um território mais leve, onde eu me sentia confortável.

Esperei por alguma piada em resposta, mas Oliver parecia sério ao falar.

— Acho que comecei a dar essas festas pra que as pessoas gostassem de mim. Sei que é a coisa mais clichê do mundo. Mas achei que se desse essas festas, as pessoas viriam até mim e me associariam com diversão.

Oliver sempre foi esse cara: o festeiro, o cara com quem *todo mundo* conversava e papeava na escola.

— Bem, funcionou — falei. — Você mal consegue andar pelos corredores da escola sem alguém te chamar pra conversar.

— É — concordou. — As pessoas conversam comigo. Me dizem coisas tipo: "Mermão, ontem eu fiquei na mão do palhaço" ou "Festa boa pra cacete, mermão". — Ele falou as frases com uma voz grave. Tentei não rir; Oliver soava ridículo tentando falar como os "mermões". — Me falam sobre as coisas que fizeram na minha casa. Como se divertiram. E quando param de falar disso, eu dou outra festa.

— Ok... — Não sabia para onde ele ia com essa história.

— Quando você, Hannah e Izzy romperam, todo mundo percebeu, pois todos sabiam que vocês eram melhores amigas. E você não é lá muito popular.

— Own, puxa vida, valeu. — Fiz cara feia para ele.

— De quem a Amanda Roberts é amiga?

— Hum, da Christina Kelly e da Rani Sullivan?
— Isso. E a Chloe Foster?
— Do Daniel Campbell. Mas eu super acho que eles estão trepando.
— Não, ele é gay.
— É o quê?! *Mais* gays? A doutrinação ultrassecreta de conversão homossexual tá realmente dando certo.
— Quem são os meus amigos, Saoirse? — perguntou Oliver. Não soou tristonho, mas apenas curioso com o que eu ia dizer.
Dei de ombros.
— Sei lá. Todo mundo?
— Beleza, certo. Mas com quem eu conversaria caso tivesse um problema?
Não consegui pensar em ninguém. Oliver se dava bem com todo mundo; não existia uma panelinha ou um melhor amigo que todos soubessem quem era.
— Exato — respondeu ele ao meu silêncio. — E agora cada um vai seguir com suas próprias vidas e não tem ninguém com quem eu possa dizer que vou manter contato.
— Ninguém vai realmente continuar sendo amigo. Até o Halloween, a gente já vai ter se esquecido um da cara do outro.
— Talvez seja verdade — admitiu, embora isso não parecesse fazer com que ele se sentisse melhor.
Não estava acostumada com esse Oliver.
— Vai dar mais uma festa antes da gente ir? — perguntei.
— Acho que não. — Ele fez círculos com os ombros e alongou o pescoço. — Acho que tô cansado de fingir. Não curto essas festas. Sempre acabo aqui, e ninguém nunca se pergunta onde fui parar.
Percebi que ele não queria mais falar sobre o assunto. Fiquei sentada ao seu lado, sem querer falar também. Estiquei

minha mão alguns centímetros para a esquerda e toquei a dele. Nossos dedos se entrelaçaram. Bebi minha vodca e não conversamos até eu ter secado o copo. Ergui nossas mãos dadas diante dos nossos rostos.

— Mas ainda sou lésbica, hein — falei. — A gente não vai ficar de novo.

— Melhor assim — disse ele, pensativo. — Você era bonitinha quando tínhamos onze anos, mas não faz meu tipo agora.

— É claro que faço. Eu sou o tipo de todo mundo. Não te culparia por isso.

— Eca, não. Você deve estar infestada de carrapatos e é caminhoneira demais pro meu gosto.

— Cara, acho que você não sabe o que é uma caminhoneira. Saca só esse cabelo. Eu sou uma sapatão feminina. Vi num teste.

— E quem fez o teste viu essas botas aí?

— Não.

— Então exijo uma recontagem.

Meu telefone tocou no bolso, mas não reconheci o número na tela.

— Se for mais uma propaganda me perguntando se já estive em um acidente que não foi culpa minha, eu jogo esse celular no lixo — resmunguei, mas atendi mesmo assim.

— Saoirse Clarke?

— Pois não?

— Aqui quem fala é a Karen, enfermeira do turno da noite da Seaview. Sua mãe está extremamente aflita, em um estado muito agitado. Não consigo entrar em contato com o seu pai. Achei que pudesse querer vir aqui.

32.

Oliver ficou na recepção enquanto Karen me guiou pelo corredor até o quarto de minha mãe, dizendo sem rodeios que ela estava agressiva e violenta. Acontecia às vezes. Eram os momentos em que se parecia menos com a mãe que eu conhecia.

Mais ou menos um mês antes de ela desaparecer, meu pai estava em Dublin em uma reunião com clientes e havia prometido voltar às cinco da tarde. Eu estava em casa com mamãe, fazendo o jantar. Ou seja, colocando hambúrgueres congelados na grelha, mas cozinhar pra mim era isso. No entanto, mamãe não parava de atrapalhar, fazendo uma bagunça na cozinha enquanto tentava ajudar. Eu precisava sair para me encontrar com Hannah em meia hora, e papai ainda não tinha chegado, embora fosse ele quem devesse estar preparando a janta.

— Não, mãe, me dá isso. — Tentei tirar uma faca de cozinha de sua mão, mas ela a segurava com firmeza.

— NÃO! — gritou. — Eu posso ajudar, sabe.

— É, eu sei. — Suspirei, frustrada. É por isso que meu pai devia voltar logo. Ficava cada dia mais difícil conseguir resolver as coisas quando minha mãe estava por perto. Se a gente a deixasse sozinha, arriscava ela perambular para fora de casa. — Não preciso de nada agora, mãe. — Por que não se senta um pouco?

Ela teimou e não quis aceitar.

Respirei fundo várias vezes e tentei me lembrar de que ela estava mais frustrada com a situação do que eu.

— Olha — tentei com um tom mais suave. — Que tal se a gente tomar um chazinho? Me dá dois minutos e a gente vai pra sala ouvir uma música.

Considerei se devia pegar a boneca bebê. Ela poderia segurá-la, alimentá-la e embalá-la enquanto caminhava de um lado para o outro. Mas era uma das "ferramentas terapêuticas" de que eu menos gostava. Me apavorava ver mamãe achando que um pedaço de plástico era um bebê quando ela sequer percebia que a pessoa ao lado dela era sua filha. Então coloquei algumas de suas músicas preferidas e, quando a sentei no sofá e a distraí com seu álbum de fotos, ela soltou a faca. Peguei-a de volta e fui para a cozinha virar os hambúrgueres. Um dos lados estava um pouco queimado.

Liguei para o meu pai pela terceira vez, mas ele não respondeu. Eu jogava água fervente em uma panela com brócolis quando mamãe voltou à cozinha.

— Preciso de uma coisa — disse.

Meu celular apitou com uma mensagem de papai.

PAI
Desculpa, querida. Saí tarde e agora estou preso no trânsito na saída da cidade. Vou te compensar depois. Que tal uma Ferrari?

Xinguei baixinho. Sua gracinha não me amoleceu nem um pouco. Comecei a digitar uma resposta furiosa. Podia ouvir mamãe ao fundo, mas não me concentrei no que dizia.

— Preciso de uma coisa. Preciso...

Mandei uma mensagem para Hannah saber que meu pai ainda não tinha chegado em casa. Ela saberia que isso significava que eu não podia sair. O brócolis começou a ferver e ergui a panela, me queimando com um respingo. Não muito, mas a surpresa me fez deixar o celular cair no chão. Lágrimas de frustração ardiam em meus olhos.

— Oi? — gritou mamãe, batendo os punhos na bancada.

Perdi a paciência.

— CALA A BOCA! — berrei de volta.

Ela ficou paralisada, espantada por um segundo, e fui inundada por uma onda de culpa.

Me apressei em sua direção para confortá-la, mas eu a havia assustado. Ela agarrou a tigela de salada que estava na bancada e a espatifou no chão.

O piso ficou cheio de salada, pedacinhos flácidos de alface espalhados pelo azulejo, tomates pontilhando aqui e ali como em uma pintura abstrata. A tigela de vidro tinha se quebrado em duas partes. Não queria que mamãe arriscasse se machucar tentando limpá-las, então fiz um gesto para que saísse de perto da bagunça.

— Tá tudo bem, mãe, deixa que eu pego — disse, me forçando a soar calma. Apanhei a pá e me espremi com cuidado no espacinho entre a ilha da cozinha e a porta do forno, que estava aberta por causa da grelha.

Mamãe não se mexeu, e seus olhos faiscaram em minha direção quando me aproximei. Ela estava perturbada com o barulho, a bagunça e a minha gritaria.

— Vamos, por que não se senta lá na sala um pouquinho?

Achei que era a hora de ir buscar a boneca, independentemente de como me sentia a seu respeito. Mamãe poderia ficar cuidando dela e isso me daria tempo para limpar tudo e terminar de preparar a janta. Já sentia o cheiro do outro lado dos hambúrgueres queimando, e fiapinhos de fumaça subiam da grelha. Coloquei um braço nas costas de minha mãe para guiá-la para a sala, mas, assim que a toquei, ela se afastou bruscamente.

— Sai de *perto* de mim! — gritou, e contorceu o corpo para longe.

Como se estivesse em câmera lenta, vi seu pé deslizar no chão; o azeite do molho da salada havia deixado o piso escorregadio. Achei que ela fosse cair. Num instante, a enxerguei batendo a cabeça no chão azulejado. Estiquei o braço para segurá-la, agarrando sua cintura. Mas minha mãe não caiu. Ela berrou e se afastou de mim com energia.

— Sai de perto de mim! — berrou de novo, e me empurrou com toda a sua força. Escorreguei no piso oleoso e caí de costas. Instintivamente usei as mãos para me agarrar a alguma coisa que me mantivesse de pé ou para me proteger. Na hora senti a erupção de dor quando bati com as costas na porta aberta do forno e minha mão encontrou a grelha. Soltei em menos de um segundo, mas mesmo isso foi tempo demais. Um urro grave irrompeu de dentro de mim. Quando olhei, vi uma linha rosa-brilhante em carne viva atravessando a minha palma.

Consegui me sentar ereta, minha mão parecendo pegar fogo, e chamei por mamãe, que havia fugido no meio da comoção. Tinha medo de que, no nervosismo, ela fosse tentar fugir de casa. Não me lembrava se tinha trancado a porta da frente.

Hannah chegou dez minutos depois. Já devia estar a caminho quando mandei aquela mensagem. Ela me encontrou no quarto dos meus pais, acariciando o cabelo de minha mãe com a mão que não estava queimada, enroscadas na cama como se eu fosse a mãe e ela, a filha. A minha pele ainda ardia, uma sensação horrível penetrando fundo.

— Deixa eu ver — disse Hannah, bruscamente. Ela não se encolheu quando estiquei a mão, brilhante e em carne viva. Quase parecia molhada, e uma camada de pele havia saído. — Precisa de alguns cuidados. Talvez de antibióticos. Você deixou a queimadura embaixo de água corrente e fria? Tomou algum remédio pra dor?

Balancei a cabeça. Olhei para mamãe, ainda se agarrando a mim. Hannah entendeu. Não podia deixá-la sozinha quando ela ficava desse jeito. Nem para cuidar de mim mesma. Não era culpa dela.

Hannah me deixou com minha mãe e voltou minutos depois com uma tigela de água fria, um copo de suco e uma cartela de ibuprofeno. Ela se sentou do outro lado de minha mãe e ficamos em silêncio. Deixei minha mão descansar na água até minha mãe me soltar.

— Água corrente é melhor — disse Hannah, sua voz mal chegava a ser um sussurro. Do jeito como pais conversam quando não querem acordar um filho. — Mas você talvez precise ir pra emergência.

Hannah distraiu minha mãe, sua voz alegre e reconfortante escapando pelo corredor até o banheiro, onde deixei minha mão sob a torneira, a água fria aliviando o fogo que se enterrava sob a minha pele.

Eu me odiava por me sentir temerosa ao me aproximar da porta de minha mãe. Não tinha medo de me machucar. Tinha medo de como me sentia quando a via desse jeito. Como se não fosse mais capaz de lidar com ela. Tinha medo de não conseguir ser a pessoa calma e serena de que precisava. Tinha medo de piorar as coisas. Quando entrei no quarto, ela estava gritando com uma garota no uniforme dos cuidadores, tão alto que não conseguia entender o que dizia. Seus travesseiros e edredom haviam sido arrancados da cama e atirados em um canto. Vi seu álbum de memórias virado no meio do chão, e roupas e objetos se espalhavam por todo o quarto.

Como se eu a houvesse conjurado diretamente da minha memória para o presente, vi Hannah parada em frente à minha mãe naquele uniforme. De primeira, achei que estivesse imaginando, mas então percebi que a garota de uniforme era mesmo Hannah. Mesmo depois de tudo, no meio de toda essa confusão, meu estômago deu cambalhotas quando a reconheci. Não parecia assustada com mamãe gritando na cara dela. Não parecia surpresa ao me ver.

— Liz, eu quero te ajudar. Vamos achá-la juntas, ok? — disse Hannah, em seu tom firme e pausado, autoritário, mas ainda assim de algum modo caloroso.

— Mãe — falei o mais baixo que foi possível em meio à gritaria de mamãe.

Ela hesitou quando percebeu minha presença.

— Mãe, você tá bem? — perguntei.

— Ela roubou a minha carteira. — Mamãe apontou para Hannah.

Minha mãe não tinha carteira. Não precisava de uma, ela não tinha dinheiro. No entanto, possuía uma bolsinha que levava consigo quando saíamos juntas, e às vezes eu a deixava colocar a minha carteira dentro.

— Vou procurar pela carteira agora, tudo bem? — falei.

— Ela roubou. — Mamãe apontou de novo para Hannah e chutou a cômoda ao lado da cama. Me encolhi, pensando que ela ia acabar quebrando um dedo, e me apressei para a sua bolsinha de mão, jogada perto da cama. Engatinhando, tirei a carteira da minha própria bolsa e me levantei com ela em mãos.

— É essa a sua carteira, mãe?

Mamãe a observou por um minuto enquanto eu prendia o fôlego.

— É a minha carteira. Me dá — disse.

Eu a ofereci e ela a arrancou de minha mão.

— Deve ter caído no chão — falei.

Mamãe a enfiou debaixo do travesseiro. Eu teria que esperar um bom tempo para pegar essa carteira de volta.

— Que tal se a gente ouvir um pouco de música, Liz? — sugeriu Hannah.

Fiz que sim com a cabeça, mais para mim do que para qualquer outra pessoa, e fui aumentar o volume dos alto-falantes de mamãe. Mas não os achei. Vasculhei o chão, mas Hannah já estava pegando o próprio celular do bolso. Seus dedos deslizaram pela tela e logo começou a tocar uma música, ínfima e diminuta, mas alta o suficiente. O rosto de mamãe se enrugou como se ela pudesse chorar, a agressividade se dissipando, mas a energia nervosa ainda percorrendo seu corpo. Peguei o álbum de fotos do chão e me sentei com ele no sofá.

— Quem é esse, mãe?

— Esse é o meu pai — disse ela. Então se aconchegou ao meu lado, embora tenha lançado um olhar feio a Hannah quando ela saiu do quarto de fininho. — Foi o dia em que minha irmã nasceu. Ela é dez anos mais nova do que eu. Mamãe e papai não achavam que podiam ter um bebê.

Virei as páginas e deixei que me contasse histórias. Algumas mais coerentes que outras, todas que eu já havia ouvido. Chegamos à foto de Claire e mamãe, então à foto do casamento de Claire. Normalmente eu fecharia o álbum neste ponto, mas hesitei e mamãe virou a página. Estiquei a mão para pará-la, mas, por alguma razão, não o fiz.

— Esses são você e Rob — falei. Ela tocou o rosto dele na foto. — Essas somos eu e você, no meu primeiro aniversário. — Apontei para a foto na página ao lado. Eu vestia um macacão elástico de algodão e ainda não tinha muito cabelo. Na página seguinte, estava a foto do meu primeiro dia de aula. Então uma de mamãe e papai se beijando. Ainda não sabia quem tinha tirado essa. Mas pareciam felizes.

Quando foi minha hora de ir embora, mamãe me perguntou se eu estaria de volta no dia seguinte.

— A gente se vê pela manhã — falei. — Prometo.

Estiquei os braços sobre a cabeça. Estava cansada e tão sóbria que até esqueci que estive bebendo antes. Na recepção, fiquei surpresa de ver Hannah conversando com Oliver, suas cabeças próximas e as expressões sérias. Pararam de falar quando me viram.

— Oi — falei, subitamente tímida.

— Oi — respondeu Hannah.

— Hã, eu preciso mesmo ir... ali rapidinho. — Oliver se levantou de súbito e sumiu depois de uma curva. Tinha a impressão de que ele só ia ficar parado lá esperando.

Minhas mãos balançaram ao lado do corpo. Sem dizer nada, me sentei ao lado de Hannah numa cadeira de plástico resistente e moldado. Meus sapatos pareciam subitamente fascinantes.

— Minha mãe tá bem agora.

— Que bom. Ela esteve inquieta a noite toda. A carteira foi só uma das cismas. Quando a Karen te ligou, era uma coisa totalmente diferente. Ficou gritando por um tempão. Atirando objetos. No minuto em que ela te viu, acho que se acalmou.

Balancei a mão para desmerecer sua sugestão absurda.

— Ela nem sabe quem eu sou.

Hannah balançou a cabeça.

— Você tá errada — disse com simplicidade. — Ela pode até esquecer o seu nome ou como exatamente te conhece, mas ela te ama. A sua presença fez com que ela se sentisse mais segura.

— Não dá pra amar alguém se você nem se lembra do nome da pessoa — falei. Na minha cabeça, tinha soado como a afirmação de um simples fato. Em voz alta, fiquei com vergonha de como a minha voz oscilou pelas palavras.

— Eu realmente não acho que isso seja verdade. Quando se ama alguém pra valer, se a pessoa já foi um dia importante pra você, isso não desaparece. As aparências podem mudar, mas apenas na superfície.

Olhei para ela. Seu rosto era tão familiar, mas as palavras não soavam nada como Hannah. Quando foi que ela mudou? Senti uma pontada, como um cutucão em um hematoma dolorido, com esse lembrete de que Hannah continuaria a mudar aos pouquinhos e que eu não estaria ao seu lado para ver. Ainda doía de algum modo, mesmo depois de todo esse tempo.

— Vejo isso sempre trabalhando aqui. A sua mãe olha para as suas fotos. Aponta para a sua fotografia. Me pergunta de você. Ela sabe, em algum lugar no coração dela, que você é importante.

Ignorei a dor em meu peito e me concentrei no zumbido da iluminação fluorescente.

— Por que você tá aqui? — perguntei momentos depois. Precisei espremer as palavras pela garganta, e elas soaram graves e comprimidas.

— Eu trabalho aqui — respondeu ela, monótona, como se fosse uma pergunta idiota. *Essa* era a Hannah que eu conhecia. Literal até dizer chega.

— Não, tipo, como você trabalha aqui e eu ainda não tinha te visto?

— Tô no turno da noite. Vou tirar um ano sabático. Precisava de um emprego e minha mãe conhece um dos gerentes. O salário é horrível, mas eu gosto do trabalho.

— *Você* tirando um ano sabático? Hannah sempre teve certeza absoluta de que queria ser advogada. Eu estava surpresa que ela tenha decidido adiar isso.

— Queria entender algumas coisas — falou. — Meu pai me deixou acompanhar a rotina dele no trabalho por um tempinho para que eu pudesse ver como era.

Assenti. Lembrava dela pentelhando o pai para isso por um tempão. Ele sempre se negava.

— Saoirse. — Ela me encarou com olhos arregalados. — Foi a semana mais entediante da minha vida inteira. Ser procurador é tão *chato*.

Ri e me lembrei de Ruby dizendo que as pessoas que tinham certeza do que queriam fazer provavelmente estavam erradas.

— Pensei um pouco e decidi que quero trabalhar com algo relacionado à demência, mas não sabia em que tipo de competência. Arranjei um trabalho aqui para descobrir se o lado mais voltado ao tratamento pessoal me interessaria, ou se devo buscar o campo da pesquisa.

— Você quer trabalhar com pessoas com demência?
— Sim.

Quase revirei os olhos. É claro que ela não faria a menor questão de se explicar.

— Mas por quê? — falei.

— Por sua causa — disse ela, como se fosse óbvio. — Vi o que essa doença fez com você e com a sua família. Eu praticamente morava na sua casa, Saoirse. Lembra? Sua mãe sempre foi boa pra mim. Queria fazer algo pra pessoas como ela.

Tentei processar o que dizia. Por que se importaria tanto comigo ou com a minha família, quando ela me deixou?

— Quando se ama alguém pra valer, isso não some — disse ela, me surpreendendo novamente ao entender minha falta de resposta.

— São só as aparências que mudam — falei, e Hannah assentiu.

— Você não me ama ainda? — perguntou.

Deixei que meu fôlego abandonasse meu corpo para ter tempo para pensar.

— Sim — falei com honestidade. — Mas não quero isso.

— Honestidade brutal.

Hannah não pareceu ofendida ou magoada, no entanto.

— Eu quero — disse. — Não quero me esquecer do que já tivemos. Nunca. No passado, nós estamos perfeitamente preservadas, melhores amigas, apaixonadas para sempre. Eu gosto disso. — Hannah olhou para o teto. — Está tudo mudando tão depressa. Não vai demorar pra estarmos todos espalhados por aí, pelo país ou até pelo mundo. Nossas vidas vão ser completamente diferentes do que foram até agora. — Ela colocou a mão sobre a minha. — Gosto de ter algo que não pode nunca mudar. Já aconteceu.

Hannah apertou a minha mão e se levantou para ir embora. Me coloquei de pé também e a abracei. Não falei muito enquanto Oliver me levava de carro para casa.

33.

Acordei com batidinhas leves na porta do meu quarto. Abri os olhos e me ajustei ao novo cômodo. Meu cérebro sonolento ainda esperava acordar na casa antiga. Me sentei e disse a meu pai que podia entrar. Sabia que era ele pela batida.

— Oi, querida. — Ele se sentou na beirada da cama, uma posição que indicava uma "conversa séria".

Soltei um resmungo em resposta. Da última vez que ele me veio com essa energia de conversa séria, acabou me dizendo que a gente ia se mudar. Tinha o direito de ficar desconfiada.

— Me desculpa mesmo por ontem — disse ele.

— Que parte?

Os olhos de meu pai me evitaram por um segundo. Estava se referindo a eu ter ido para a casa de repouso no lugar dele. Não queria conversar sobre a nossa briga, é claro, mas disso eu já sabia quando fiz a pergunta.

— Deixei meu celular virado pra baixo do lado do sofá quando fui dormir. Não ouvi tocar. Me sinto péssimo. Liguei pra eles agora de manhã e disse que não devem te ligar se não conseguirem falar comigo.

— O quê? Por quê?

— Você não devia ter que lidar com esse tipo de coisa. É meu trabalho.

— Não foi tão ruim assim. E, além disso, o que eles vão fazer se um de nós precisar ir lá e não conseguirem falar com você?

— Bem, ninguém *precisa* ir lá, querida.

— Como assim? Eles te chamam sempre que a mamãe tem uma recaída.

— Porque eu peço que façam isso. Eles são profissionais. São perfeitamente capazes de lidar com a situação por conta própria, mas não gosto da ideia da Liz transtornada sem que eu esteja por perto. — Ele suspirou. — Mas nem sei se isso tem muita importância. Metade das vezes, ela já está calma quando eu chego.

— Então por que ir lá? — perguntei. Não sabia que resposta eu queria ouvir.

— Eu a amo.

— Tá mais pra culpa — falei. — Se fosse *amor*, ela não estaria lá.

— Você acha mesmo que a sua mãe está numa casa de repouso porque eu não a amo o bastante? — Ele pareceu espremer as palavras por sua traqueia comprimida.

Ouvi ali sua súplica por absolvição. Vi em seu rosto. *Me diz que eu não sou uma pessoa horrível.*

Mas a verdadeira pergunta era: será que minha mãe está numa casa de repouso porque *eu* não a amei o bastante? Alguém me amaria o bastante para permanecer comigo quando eu não pudesse cuidar de mim mesma? Será que eu ia querer que fizessem isso?

Não falei nada e meu pai fechou os olhos por um segundo. Quando os abriu, me entregou uma capa de CD que tinha em mãos.

— Aqui, encontrei quando estávamos encaixotando as coisas. Achei que você pudesse querer dar uma olhadinha. Não sei se já te mostramos isso. Você não precisa assistir, claro. Só vê se não perde.

Quando ele saiu, abri a capa e vi que no CD ali dentro, escrito com marcador permanente, havia apenas uma palavra. *Casamento*.

Quando meu pai e Beth saíram para trabalhar, eu me levantei da cama. Sabia onde estava nosso velho aparelho de DVD: em uma caixa largada no corredor que eu tinha rotulado de "artefatos anciãos". Puxei-o de debaixo de um emaranhado de cabos, deixando no piso um verdadeiro toca-fitas, o telefone fixo pelo qual eu tinha ligado para Ruby, e meia dúzia de celulares velhos.

Depois de instalá-lo, me sentei perto da televisão, com a unha do polegar na boca e uma sensação de vertigem no estômago. Queria assistir por detrás de um travesseiro, do jeito como eu via filmes de terror quando era pequena.

A cena abriu em uma casa, uma daquelas mansões interioranas com jardins verdejantes opulentos e entrada para garagem de pedrinhas. Um violino suave tocava uma música que me era familiar e a câmera fez uma panorâmica nos convidados se misturando em vestidos antiquados de cores vibrantes com alças finíssimas e ternos que eram exatamente idênticos a todos os ternos que já vi. Não reconheci um monte de gente. Tia Claire e seu ex-marido e os pais da minha mãe eu sabia quem eram pelas fotos. Os pais do meu pai estavam lá e senti uma pontada de tristeza pela minha avó que morreu quando eu tinha oito ou nove anos; não costumava mais pensar muito nela. Uma mulher em um vestido de cetim prateado com luzes grossas no cabelo me foi meio familiar. Talvez tenha nos visitado algumas vezes quando eu era mais nova. Uma vaga memória me veio à mente, ela e a minha mãe rindo na sala de estar, tarde da noite, enquanto eu implorava para ficar acordada e ser incluída. A memória tinha cheiro de perfume de adulto e beijos molhados de vinho tinto na testa.

Avancei o vídeo alguns minutos, uma mistura borrada e ondulante de pessoas perambulando e tomadas panorâmicas da casa. Apertei o play quando o filme mudou para o interior. Estava todo mundo sentado, a câmera só pegando as partes de trás das cabeças quando elas se viraram para a porta. Foi quando mamãe apareceu, com um avô que eu não conhecia segurando seu braço. Num vestido tão familiar das fotografias que era como se eu o tivesse visto na vida real. Não estava usando um véu. Me veio uma memória: na casa de Izzy, quando éramos bem pequenas. Ela botou o véu da mãe e ficou pavoneando pelos cômodos, se declarando uma princesa fada. Corri para casa e pedi o véu de mamãe, e ela me disse que não tinha um. Fiquei morrendo de inveja. Assistindo ao vídeo agora, estava contente por poder ver o seu rosto.

Minha mãe tinha 36, 37 anos no vídeo, mas parecia mais jovem. Havia uma certa euforia emanando dela. Não consegui deixar de sorrir ao vê-la tentar, sem sucesso, forçar sua expressão para uma de serenidade solene. A câmera cortou para meu pai. Tinha só uns 26, e parecia jovem demais para se casar. Ele não tentava parecer sério; sorria de um jeito que iluminava não apenas o seu rosto, mas todo o seu corpo. Como se ele pudesse explodir de tanta alegria. Pausei a tela em seu rosto. Nesse momento, ele já devia saber que havia uma boa chance de minha mãe terminar como terminou, e procurei pela menor sugestão de dúvida em sua expressão.

Tudo o que vi foi um brilho quando seu olhar encontrou o dela. Pareciam compartilhar um segredo maravilhoso. Quando acabou, minha garganta doía de tanto eu me esforçar para não chorar.

Então ouvi o remexer de chave na porta e me levantei agitada. Abanei meu rosto freneticamente. Não sei por que achei que isso fosse funcionar.

— Olá? — chamou Beth. Eu a ouvi soltando as chaves na mesa de canto. — Esqueci a porcaria do telefone — disse, entrando na sala. — Tá um calor de rachar lá fora. Não deixa de botar protetor solar... Ah, meu bem, o que aconteceu?

Eu estava parada no meio da sala, me sentindo como se tivesse sido pega fazendo alguma coisa errada e sem saber como encobrir. Quando Beth me viu, não consegui evitar. Meu rosto se contorceu e lágrimas gordas e molhadas escorreram pelas minhas bochechas. Enterrei a cara nas mãos, como se isso pudesse me esconder. Um segundo depois, braços me envolveram. Amassei o rosto no ombro de Beth. Deixei um trecho de umidade lacrimosa e catarrenta nas roupas dela. Soltei aquele barulho entrecortado patético que as pessoas fazem quando não conseguem recuperar o fôlego. Ela não me soltou. Acariciou a parte de trás de minha cabeça sem parar até as lágrimas começarem a diminuir e minha respiração ofegante se transformar em pequenos soluços.

34.

SAOIRSE
Acho que cometi um erro.

OLIVER
Não consigo acreditar que você gabaritou o exame do certificado de conclusão e ainda assim tenha levado duas semanas pra perceber isso. É triste, na real.

SAOIRSE
Você vai ficar aí sendo um babaca ou vai me ajudar?

OLIVER
Sim.

35.

~~O Gesto Grandioso~~

Acenei com a cabeça como sinal e Oliver deu play na música ambiente e depois clicou no botão de chamada em vídeo de seu celular. Comecei a correr antes de ela atender. Oliver seguiu atrás de mim em um skate. Ele parecia mauricinho demais para andar de skate, mas era necessário para uma filmagem suave.

— O que tá rolando? — Ouvi a voz de Ruby, mas não tinha como ver seu rosto pois Oliver tinha o lado da câmera apontado na minha direção. Tudo o que ela veria seria eu correndo.

— Só assiste — disse ele.

Eu torcia muito para não vomitar. Seja porque meu corpo rejeitava exercícios como se fosse algo completamente estranho, seja por causa do enjoo nervoso que tinha começado ontem, quando mandei a mensagem para Oliver.

Corri por duas ruas, o calor fazendo meu cabelo colar na nuca. É por isso que atravessar a cidade em disparada ou correr no meio do aeroporto era uma parte tão importante das comédias românticas: porque correr é horrível e você precisa estar muito comprometido com o seu gesto grandioso pra fazer isso.

Finalmente, cheguei na garagem de Oliver, com as bochechas coradas e brilhosas. Usei toda a energia que ainda tinha para me pendurar em cima do capô do jipe dele, estrategicamente estacionado sob a janela do quarto de Ruby.

— Com calma — ele guinchou, cobrindo o coração com a mão.

Eu o ignorei e respirei fundo, o que não era fácil depois da supramencionada maratona.

— CAMISA NOVE, VOCÊ É UM BROXA! — gritei a famosa frase de *Imagine eu & você* o mais alto que consegui em meu estado de exaustão. Meu estômago se revirava e mentalmente desejei com todas as minhas forças que Ruby abrisse a janela. Talvez não tenha demorado tanto, mas pareceu ter passado uma eternidade antes que ela assim o fizesse e sua cabeça aparecesse do lado de fora. Estava o celular em mãos, mas eu sabia que Oliver já havia encerrado a ligação. Ele tinha outro trabalho pela frente.

— O que tá fazendo? — Ela espantou uma vespa de seu rosto.

— Eu sou só uma garota — ofeguei. Então me curvei com uma pontada na lateral da barriga e ergui o indicador em um gesto de "só um minutinho". Tive ânsia de vômito. Será que estava funcionando? Endireitei a postura depois de alguns segundos e forcei as palavras para fora em meio à respiração acelerada. — Eu sou só. Uma garota. Diante de. Uma outra garota, pedindo a ela. Para por favor aceitar. Este gesto. Grandioso. Como um pedido de desculpas por ser uma completa palhaça.

Minha respiração começou a voltar a (uma certa) normalidade e afastei do rosto o cabelo que escapava de meu rabo de cavalo. Ruby ergueu ambas as sobrancelhas com ceticismo.

— O negócio é... — continuei, com os nervos enlouquecendo. Minha voz tremia, mas fiz o meu melhor sotaque inglês pomposo. — Me desculpa, eu só, hum, é... esta é uma pergunta bastante idiota, em par-particular considerando a nossa recente discussão, mas, hã, eu estava me perguntando se por acaso, hum, hã, digo, obviamente não é apenas porque sou uma pateta que só dormiu com zero pessoas, mas eu... eu estava me perguntando, hã, eu... eu realmente me sinto, hum, em resumo, hum, para recapitular em uma versão um pouco mais clara, hum, nas palavras de Heath Ledger... Neste momento, a música irrompeu de repente dos alto-falantes do iphone de Oliver como apoio e eu terminei a frase com um cantarolado I LOVE YOU BAAAABY e todo o refrão da "Can't Take My Eyes Off You". Quando cheguei ao final, abaixei o olhar e, na hora certa, Oliver me entregou o toca-fitas da minha caixa de porcarias e um conjunto de cartazes brancos tamanho A3. Ele saiu de perto e me preparei. Segundos depois, veio a água. Pouco além do campo de visão de Ruby, Oliver estava parado com uma mangueira, com que me borrifava como se fosse chuva. Dei play no toca-fitas e, embora não conseguisse mantê-lo no alto, deixei "In Your Eyes" tocando. Virei os meus cartazes.

Sei que isso já está se alongando. Então preciso fazer uma combinação de gestos grandiosos aqui.

Eu amo a maneira como você veste o tipo de roupa estranha que a gente só vê no Pinterest.

Eu amo a maneira como você joga o cabelo de um lado para o outro quando está nervosa.

Eu amo a maneira como você não tem ideia do que quer fazer da vida, mas como tudo que surge vira uma opção.

Não consigo pensar em mais coisas, mas isso é porque eu amo que você não é só uma coleção de características peculiares aleatórias.

Vou ficar na soleira da sua porta por cinco minutos. Se você aceita meu convite para conversar, por favor, desça aqui.

(Beijar não é necessário)

E então o último cartaz:

Mas se eu estiver sendo mais bizarra do que o Lloyd Dobler, é só me avisar que vou embora.

Prendi o fôlego e, encharcada, desci cuidadosamente do capô do carro e me apressei a ir para a soleira da porta da casa. Oliver colocou o cronômetro de seu celular para marcar o tempo.
4:59
4:58
4:57
Respirei fundo com os olhos fechados.
4:40
Não precisei esperar tanto quanto a Drew Barrymore. A porta se abriu. Ruby estava parada no saguão com uma das mãos na maçaneta e a outra do quadril.

— Você memorizou todos os "hum" do Hugh Grant em *Quatro casamentos?* — perguntou ela, os olhos se estreitando.

— Fiz uma transcrição.

Ruby franziu os lábios.

— Tudo bem, então. Podemos conversar.

Ruby e eu nos sentamos em um banco no jardim dos fundos. Com um vão grande e deliberado nos separando.

— Pode se mandar agora, Oliver — falei, enxotando-o.

— Ah, então você só queria usar a minha mangueira e aí me jogar fora, né?

— Que nojo, ninguém quer saber da sua mangueira.

Oliver fingiu fazer birra ao sair como uma criança amuada.

— Quer dizer que vocês dois agora são amigos ou...? — Ruby deu um sorrisinho.

— Amigos. Aliados. Inimigos que se acostumaram um com o outro. — Dei de ombros. — Quem sabe?

E então nada. Ou melhor, nada de conversa. As abelhas zumbiam, os pássaros piavam, a grama tinha virado um negócio superinteressante.

— Você pediu pra conversar — disse Ruby após um tempo. — Não tem nada pra dizer?

— Tenho, sim. — Descasquei pedacinhos de tinta do banco gasto. — Mas tenho medo de que, quando eu terminar de falar, isso ainda não vai ser suficiente e vou ter que ir embora. Meio que estou roubando uns segundinhos extras com você.

Arrisquei uma olhadela na direção de Ruby, mas a sua expressão não dizia muita coisa. Não estava explicitamente furiosa, porém, o que entendi como um bom sinal.

— Eu coloquei um monte de limites entre nós — comecei, e me sentei nas mãos para aquietá-las. — Achei que era algo saudável quando fiz isso. Que se eu tivesse regras rígidas e as seguisse, não poderia me machucar. Mas não me saí muito bem na hora de cumpri-las, e começo a pensar que isso foi bom. Eu tinha uma regra de não me envolver com ninguém que pudesse retribuir os meus sentimentos, e a quebrei saindo com você esse verão inteiro. Também tinha a regra de apenas me divertir com a pessoa. Bem, essa foi outra que eu quebrei.

— Você não se divertiu comigo? — disse Ruby secamente.

— Hã, não. Não foi isso o que quis dizer. Estou me referindo a não desejar nada sério, nenhuma conexão, nada de chorar na cama quando você fosse embora. Mas as coisas não funcionam assim. Eu me vi pensando em você de um jeito que me deixava triste. Ficava pensando em como não tinha como a gente durar. Achei que fazer a lista das comédias românticas seria uma espécie de exceção divertida, mas comecei a pensar que a minha vida sem você era um pouco menos legal do que a minha vida com você nela.

— Era assim que eu estava me sentindo também. Mas quando isso começou a acontecer comigo, a minha reação foi querer me aproximar de você, compartilhar coisas com você. Não me afastar. — Ela soava zangada, o que era justo.

— Eu sei. Você é com certeza mais esperta do que eu. Achei que se não fizesse as coisas que a gente quer fazer quando se sente conectado com alguém, tipo contar sobre os seus problemas de merda reais, de algum modo eu seria capaz de afastar o desejo de me aproximar.

Ruby fechou os olhos e fez cara de quem estava tentando não me sacudir por ser tão burra.

— O negócio é: relacionamentos não duram pra sempre — falei. — O amor não dura pra sempre. Já sei disso faz um bom tempo.

— Essa conversa está ficando meio sombria — comentou Ruby.

— Vou amarrar tudo direitinho no final, prometo — falei. — Sabe, eu não acho que o amor seja uma coisa invencível que consegue passar por cima de todos os desafios. Ele diminui ou muda, e pode se transformar em algo diferente. Então, eu vinha acreditando que não fazia sentido me apaixonar. Não se tudo vai desaparecer no fim das contas e meio que me deixar em pedaços. Achava que o amor não valia o meu tempo. Principalmente porque, pra mim, o tempo talvez seja mais curto do que o das outras pessoas.

— Como assim? Por que seria mais curto? Olhei para o céu, dando a mim mesma um segundo para reunir coragem. Ainda parecia pouco natural falar disso com alguém. Considerei voltar atrás. Dizer algo que me tirasse dessa situação. Mas eu sabia que, se quisesse ter algo real, precisaria contar aquilo que nunca quis que ninguém soubesse. Talvez eu estivesse errada de achar que isso foi um fator que contribuiu para Hannah se desapaixonar por mim. Talvez eu estivesse certa e a pressão de tudo ao nosso redor tenha sido parcialmente responsável por demolir a nossa relação. Mas, qualquer que fosse o caso, isso fazia parte da minha vida agora e eu precisava contar a verdade a Ruby. Toda a verdade.

— A demência. Eu posso desenvolver também. Existe uma boa chance de que aconteça.

O rosto de Ruby mudou de impassível para abalado por apenas um segundo. Então ela se recompôs.

— Saoirse, isso é... Eu sinto muito.

— Tá tudo bem. E você não precisa fingir que não tá apavorada.

— Eu tô um pouco apavorada.

— Eu também — falei. Não disse mais nada. Queria dar a ela um tempo para absorver a informação.

Um minuto depois, ela se virou, encolhendo uma perna sobre o banco e me encarando.

— Se eu achasse que a mesma coisa pudesse acontecer comigo, talvez eu também não quisesse me envolver de verdade com ninguém. Talvez tudo *fosse* parecer sem sentido.

Era tranquilizador ouvi-la dizer em voz alta as palavras que vinham quicando dentro da minha cabeça por tanto tempo, mesmo que não contassem mais a história toda.

— Isso me mata de medo — falei. — Venho evitando ter uma vida normal porque temo que tudo vá ser tirado de mim. E preciso mesmo trabalhar nisso. Mas eu estava muito errada a respeito do amor, a respeito de nós. Só porque uma coisa não dura pra sempre, não significa que não tenha significado algo. Tinha entendido tudo ao contrário.

Ruby suprimiu um sorriso.

— Os relacionamentos sem significado é que não valem o meu tempo — completei.

— E o que isso quer dizer?

— Quer dizer que você estava certa: eu preciso me mancar.

Ruby riu.

— Eu não tinha todos os fatos quando disse isso — protestou.

— E ainda assim estava certa. Eu provavelmente vou precisar fazer algum tipo de terapia. Ainda não faço ideia do que vai acontecer no futuro — falei. — O que *sei* agora é que nós temos uns dez dias antes da sua partida e que quero passar cada um deles com você. Quero que venha ao casamento do meu pai. E quero muito chorar, não tomar banho, não dormir, não comer e ficar arrasada quando a gente terminar. Se for ok pra você.

Ruby se inclinou e me beijou. Um beijão de cinema que devia vir acompanhado de música arrebatadora, iluminação suave e uma chuva torrencial. Mas que rolou em um jardim, em plena luz do dia, e aí o Oliver abriu a mangueira em cima da gente.

— Será que isso conta como beijar na chuva? — perguntou Ruby.

— Vamos discutir isso depois de acabar com ele.

36.

— **Pode vir aqui?** — a voz aguda de Beth me chamou quando passei pelo quarto. Enfiei a cabeça pela porta e vi o rosto dela aparecendo por trás de um biombo.

— Encontrei os brindes. Estavam na recepção por algum motivo. Tive que colocar nas mesas e agora tô toda coberta com a porcaria da purpurina — falei, inspecionando o cômodo com a expressão mais neutra que conseguia.

Havia sido elegante quando chegamos pela manhã, branco com detalhes em ouro e mobília francesa, mas agora parecia mais os destroços de uma terrível catástrofe nupcial. O vestido da daminha estava jogado no chão, uma mancha de chocolate evidente o tornando inutilizável; havia maquiagem em cada superfície; uma travessa de café da manhã estava jogada de lado na cama e borrões de geleia sujavam o linho branco. Mesmo assim, Beth não parecia perturbada por nada disso. Era outra coisa que estava errada.

— Esquece os brindes. Preciso de você. Fecha a porta.

Esquecer os brindes? Havia passado uma hora procurando por aquelas sacolinhas malditas. De todo modo, entrei de vez na sala e fechei a porta. Beth saiu de trás do biombo. Vestia calça de moletom e regata, que também estava suja de geleia. Acima do pescoço, estava maquiada como uma princesa, e dezenas de estrelinhas prateadas pontilhavam seus cachos.

— Por que não se trocou? — perguntei, uma nota de pânico se infiltrando na minha voz também.

Será que ela ia tentar fugir? Digo, sei que não vinha *realmente* apoiando este casamento, e que tampouco apostei que *realmente* fosse durar muito, mas não havia nem passado pela minha cabeça a possibilidade de não chegarem nem à cerimônia. Papai ia ficar devastado.

Beth caiu no choro.

— Hã... ok. — Dei um jeito de atravessar os destroços para alcançá-la. — Olha, se você quiser fugir, bem, não vou dizer que tá tudo certo, meu pai vai ficar muito chateado, mas você não deve se casar a menos que tenha certeza. Quer que eu chame a sua tia ou prefere que eu te ajude a sair pela janela?

A tia de Beth estava no andar de baixo, no bar, com as meias-calças jogadas na mesa ao lado dela, e não parava de contar a quem quer que estivesse por perto as histórias mais constrangedoras da vida de Beth. Tinha uma vibe de hippie das antigas e eu já a adorava embora a tivesse conhecido só dois dias atrás. Mas não achava que ela seria de muita ajuda nessa situação. Ainda assim, pânico de casamento era um trabalho para a família. Não pude deixar de pensar em como seria para mim se me casasse. Quem ia tentar acalmar os ânimos ou amarraria um monte de lençóis para que eu pudesse descer pela janela? Balancei a cabeça, percebendo que eu simplesmente sairia pela porta. Tinha assistido a comédias românticas demais. Estavam afetando o meu cérebro.

Beth riu em meio às lágrimas.

— Haja o que houver, não chama a minha tia — disse, uma das mãos agarrada ao coração e a outra esticada em um sinal firme de pare —, e eu não vou fugir!

— Graças a Deus. Não queria mesmo ter essa conversa com meu pai. — Me deixei cair na cama. — Seja lá o que for, não pode ser tão ruim assim.

— Eu não consigo entrar no vestido.

— Ah. — Me levantei de novo.

Beth e eu nos encaramos, seus olhos voltando a se encher, ameaçando abrir mais um berreiro. Foi quando percebi que no momento eu era a única adulta no cômodo. O estresse de planejar um casamento em três meses havia transformado a Beth sensata em uma espécie de bebezona imprestável.

— Beleza. — Bati as mãos, unindo-as. — Vamos tentar botar de novo. Talvez só tenha ficado preso em alguma coisa. Foi feito sob medida, certo?

— Seis *semanas* atrás — gemeu Beth, se jogando na cadeira enquanto eu pegava o vestido.

— Levanta — falei, com o tipo de voz que se usa para comandar crianças ou cachorrinhos.

Arrastando os pés, Beth se aproximou de mim e entrou no vestido, prendendo o fôlego. Ela cerrou as pálpebras e ajeitou as alças nos ombros. Fechei os botõezinhos na base de suas costas e balancei a cabeça.

— O tamanho tá certo — falei.

— Sério?

— *Sim*. Quem estava te ajudando antes? É óbvio que a pessoa fez alguma coisa errada.

— Sarah — disse, com a voz um pouco menos trêmula.

— A daminha? Sinceramente, Beth, você foi pedir pra uma menina de oito...

Na metade da coluna de botões, o tecido começava a ficar mais apertado. Puxei dos dois lados do vestido, esticando para que se ajustassem. Beth ficou paralisada.

— Não. Nada de pânico, calma lá. Ele. Não. Tá. Apertado. — Eu não parava de puxar o tecido, determinada a fechar os últimos seis botões.

Beth se afastou e se jogou de cara na cama, por pouco evitando a bandeja de café da manhã. No travesseiro, ela soltou um grito abafado:

— Por quê, meu Deus? Por que eu?

Delicadamente, removi a bandeja e cobri a mancha de geleia na cama com uma toalha enquanto fazia ruídos tranquilizantes, dizendo que ia dar tudo certo. Embora eu não tivesse a menor ideia do que precisaria fazer para que desse tudo certo.

Então tive uma ideia. Óbvia.

— Vou ligar pra Barbara — falei alegremente. — Aposto que ela entregou o vestido errado. Outra pessoa deve ter escolhido um nesse estilo. Não esquenta.

Me parabenizei pela ideia e procurei o celular. Meu coração foi parar no estômago. Percebi que meu vestido cor de lavanda ridículo não tinha bolsos, então onde raios eu tinha enfiado aquele telefone?

— Hum, Beth? Más notícias. Não sei onde meu celular foi parar.

Beth uivou.

Imaginei a mim mesma em pânico procurando pelo hotel inteiro ou enchendo o saco de algum estranho no corredor para que pudesse usar o celular dele. *É uma emergência*, eu gritaria. *Uma emergência nupcial.*

— Já volto, Beth, prometo.

— Saoirse. — Ela ergueu o rosto borrado de rímel. Pensei que fosse dizer algo tipo "Não demora" ou "Peça ajuda, por favor". — Tem uma porcaria de telefone na mesa.

Certo.

Quer dizer, eu ainda tinha perdido o meu celular. Eles custam caro. Mas não falei nada. Não achei que Beth fosse achar isso particularmente importante no momento.

Peguei o telefone do quarto e pedi à recepção que conseguisse o número da Pronuptuous para mim.

— Quer que eu encaminhe a chamada direto para eles? — perguntou calmamente a recepcionista, como se não estivéssemos em uma situação de emergência nuclear. Confirmei.

— Pronuptuous. Aqui é a Barbara. — Ela atendeu após um toque.

— Barbara, aqui quem fala é a Saoirse... do casamento dos Clarke.

— Ah, sim, a lesbiquinha.

— É... é. Olha, não vou dizer que você cometeu um erro, mas...

— Pode parar por aí, mocinha. Eu não erro. Não com vestidos, pelo menos. Com o meu terceiro marido, por outro lado...

— Aham, sem tempo pro papo, Barb. O vestido da Beth não tá cabendo direito.

— Ela perdeu peso? Essas noivas de hoje em dia, viu. Falei pra não perder peso. Por que você precisaria ter metade do seu peso normal pra se casar? Sinceramente...

— Não, olha, ele tá pequeno demais. Na área... mamal.

— Ela arranjou uma daquelas tetinhas de gelatina? Tinha prometido que não ia usar aquele negócio. Falei que se fosse usar tetinhas de gelatina era melhor me dizer logo.

— Não, ela não tá usando... — Não consegui me obrigar a dizer as palavras "tetinhas de gelatina" para uma senhora de idade, mesmo ela tendo dito primeiro. — Barbara, é só que não dá pra abotoar.

— Já, já estou aí — disse ela com seriedade. Subitamente imaginei Barbara prendendo um kit de costura de emergências no cinto e entrando numa espécie de Barbmóvel: um fusquinha com um véu imenso preso no teto.

— Não se preocupa, Beth, a ajuda está a caminho.

Beth ergueu a cabeça, com os olhos secos, mas vermelhos, e maquiagem espalhada pela cara toda. Ela não parecia muito uma donzela em apuros, mas uma vilã-noiva desequilibrada com quem a Barbman teria que batalhar em um combate final.

— Que tal se a gente achar uns lencinhos antes, hein?

Barbara entrou pela porta com um estrondo, fumaça se espalhando ao seu redor e um crescendo de música triunfante ao fundo. E, com isso, quero dizer que ela tinha um cigarro pendurado na boca e que o quarteto de violinos do casamento estava fazendo um aquecimento do lado de fora. Barb apagou o cigarro em um croissant agora ainda mais rançoso, trocando-o por uma agulha, que prendeu entre os lábios como um caubói faria com um palito de dentes. Avançou pelo quarto até onde Beth estava de pé, ainda no vestido, com a maquiagem restaurada à sua antiga glória. Ela inspecionou os botões, então girou Beth e apertou seu peito esquerdo.

— Você está grávida — disse em tom de acusação.

— Creio que não — zombou Beth, e em resposta Barb "buzinou" seu peito direito.

— Três meses. Ainda não dá pra ver, é claro, mas simplesmente não há espaço extra neste vestido pra tetas de gravidez. Nem mesmo tetinhas de primeiro trimestre.

— Eu tenho quarenta e quatro anos. — Beth balançou a cabeça com veemência, como se isso explicasse tudo. — Ok, a minha menstruação tá atrasada alguns meses, mas achei que pudesse ser a pré-menopausa ou o estresse do casamento ou...

— Sua menstruação tá atrasada e você não pensou que poderia estar grávida? — Minha voz saiu aguda e falhada enquanto eu reprimia a vontade de agarrá-la pelos ombros e sacudi-la. *Não pense na possibilidade de ter um irmão em seis meses.*

— Coisas mais estranhas já aconteceram, querida. Quem não veste a camisinha, tem que lidar com as consequências — disse Barb, com uma profundidade reservada a provérbios importantes.

— Ai, que nojo. — Fingi vomitar na lixeira. Mas havia a possibilidade real de eu vomitar se continuássemos nessa conversa por muito tempo. *Não pense em papai e Beth transando.*

— Ok — falei, com as mãos nas têmporas —, vamos deixar essa criança de lado. Figurativamente falando — acrescentei quando Beth fez uma careta. — A gente consegue ajeitar o vestido de algum jeito?

Barb me olhou secamente por trás de seus óculos de aros grossos.

— Eu sou uma modelista, meu bem. Estou sempre preparada.

Ela deu um tapinha em seu cinto de utilidades. Barbman ao resgate.

Consegui aproximadamente trinta segundos de descanso aliviado em uma parede do corredor após a crise de Beth ser resolvida. Então Oliver veio na minha direção a passos largos, com o ar inconfundível de alguém em uma missão. Vestia um terno muito elegante que provavelmente havia custado dez vezes mais do que o que meu pai estava usando.

— Seu pai tá te procurando — disse.

— É sério? É pro casamento começar em dez minutos e eu mal acabei de fazer com que a noiva chorona fosse costurada no próprio vestido.

— Que tal uma bebida refrescante para te ajudar a atravessar essa tarde? — Ele pegou um frasco de dentro do bolso do blazer e o abriu. Um aroma de bebida amadurecida em barril de carvalho por quarenta anos flutuou para o meu nariz.

— Não, valeu. Acho que vou precisar manter a mente limpa hoje. As aulas não começam amanhã? Sem contar que tem um bar na tenda. Você não precisa de um frasquinho metido à besta.

— Bem, posso até não *precisar*, mas me faz parecer maneiro. Além do mais, a Trinity tem uma primeira semana dos calouros, então tô só começando os trabalhos antes.

— Preciso de um segundo pra me preparar, na real. — Suspirei.

— Quer uma música motivacional?

— Quê? — Olhei com desconfiança para Oliver.

— Pra te botar no clima. Tipo o que a gente fez na cena da corrida.

— Aquilo foi pra ter uma música de fundo dramática.

— Tenho uma que é perfeita — falou, tirando o celular dele do bolso. Não, espera aí, aquele era o meu celular.

— Ei, onde é que você pegou isso?!

— Você largou lá embaixo. De nada.

— É bom que não tenha trocado o seu nome de novo.

— E eu lá violaria a sua privacidade desse jeito? — Oliver franziu a testa, fingindo estar magoado.

Estreitei os olhos e puxei meu telefone de volta, mas ele já tinha dado o play e a introdução de "Eye of the Tiger" começou a tocar. Não consegui deixar de rir. Meio que me ajudou um pouco, na verdade. Parei a música na metade, suficientemente no clima, e então, com um pouco de trepidação, entrei no quarto do Tio Vince, onde meu pai deveria estar se arrumando.

Ele estava sentado em um pufe ao pé da cama quando cheguei.

— Ai, Deus. Qual é o problema? — resmunguei.

Ele ergueu a cabeça num estalo e vi que sua expressão, embora cansada, era alegre.

— Não, não. Nenhum problema. Eu tenho uma coisa pra você.

— Só isso? — Jesus seja louvado. Assim era fácil. Nada de problemas com o guarda-roupas ou bebês-surpresa. Então percebi que eu sabia que Beth estava grávida, mas ele não.

— É. Eu não queria sair por aí te procurando e acabar preso numa conversa com a tia da Beth de novo. E, sem querer ofender, eu não confiaria o seu amigo Oliver com isso.

— Entendo por que você ficaria com essa impressão. Ele tem um certo quê de perversidade geral.

Ele se levantou e abriu o zíper da bolsa esportiva. De onde eu estava, vi um par de sapatos chiques, um par de meias extra e o presente do padrinho: um relógio, que meu pai daria a Tio Vince. Ele vasculhou os cantos e puxou uma sacola de presentes cor-de-rosa com o desenho de um unicórnio.

— Era a única que tinham.

Olhei na sacola e vi uma câmera verde-menta. Do tipo que cospe fotos instantâneas. Tinha pedido uma a ele de presente de aniversário.

— Ainda faltam umas duas semanas pro meu aniversário — falei, mas meu sorriso era grande quando a tirei de dentro da caixa.

— Não é pelo seu aniversário. É um agradecimento. Por... Por não ter tornado a minha vida o pior inferno possível por causa desse casamento.

— Uau, mas achei que tivesse.

— Não, acredito que você poderia ter feito muito pior se quisesse.

Após um segundo silencioso em que considerei o que poderia ter feito melhor (ou pior, dependendo da perspectiva), concordei e o abracei.

— Por que você queria uma dessas, aliás? — perguntou ele.

Debati mentalmente sobre não contar a verdade. Mas tentei pensar no que minha mãe diria com sua sabedoria de terapeuta. Era difícil conjurar essa versão dela depois de tanto tempo. Mas eu achava que seria algo como: "Se esconder seus sentimentos das pessoas que você ama, então não estará dando a elas a chance de te conhecerem de verdade." Pensei no que Ruby diria: "Seja honesta, a vida é curta demais pra ficar de fingimento."

— Eu queria tirar mais fotos. Não do tipo que fica no celular até ser deletada, perdida ou colocada na nuvem. Queria o tipo que dá pra manter. Caso eu precise delas um dia.

Um entendimento silencioso passou entre nós, e me perguntei se ele ia reconhecê-lo. Em vez disso, meu pai abriu um grande sorriso.

— Que bacana — falou.

Desapontada, mas não surpresa, tensionei minha mandíbula de leve e me virei para ir embora. Foi quando peguei o momento em que seu sorriso se dissolveu em algo triste. Parte de mim queria sair pela porta, colocar meus sapatos e fingir não ter visto nada. Em vez disso, me virei de volta.

— Tá tudo bem, pai?

O sorriso amarelo, que agora eu conseguia ver como parecia superficial e vazio, voltou a seu rosto.

— É claro. — Ele gesticulou como se espantasse a minha preocupação.

Hesitei.

— Olha, sei que a gente não é muito bom nesse negócio de falar sobre nossos sentimentos. A menos que eu gritar com você conte. Você precisa de ajuda pra fugir pela janela?

— Quê? Não, é claro que não.

Ainda bem. Não achava que seria realmente capaz de ajudar o meu pai a fugir pela janela agora que sabia do bebê. Ele olhou para mim, linhas finas se amontoando ao redor de seus olhos.

— Isso me lembra o meu casamento — disse. Eu percebi que ele estava precisando forçar as palavras para fora da boca, porque soava exatamente como eu quando tentava conversar com Ruby sobre meus sentimentos. — Com a Liz, quero dizer.

Não sabia se estava pronta para essa conversa.

— Sei que você acha que eu não a amo...

— Eu não acho isso. Sei que você ainda ama a mamãe — falei, pensando nos presentes de aniversário de casamento e na maneira como ele sempre a visitava quando estava transtornada. — Do seu jeito — acrescentei, incomodada, pensando em como ele estava se casando de novo menos de um ano depois de ela se mudar.

Meu pai fechou os olhos com uma expressão dolorida.

— Saoirse, você sabe mesmo como machucar com as palavras.

— Não sei o que você quer que eu diga. Estou sendo sincera. Sei que você amou a mamãe. Vi o vídeo. Dava pra perceber.

— Mas?

— Mas você não a amou o *bastante*. Você deixou que ela se fosse. — Estava com medo de dizer o que vinha a seguir, mas precisava tirar isso da cabeça e colocar na conversa. — Você faria a mesma coisa comigo?

— Saoirse, você é minha filha, eu nunca...

— Bem, lá vai você — interrompi. — Você *consegue* amar alguém o bastante, só não ela. — Embora eu não acreditasse de verdade nele quando dizia isso.

— Eu precisei fazer aquilo — declarou ele. — Seria o fim das vidas de nós dois se a mantivéssemos em casa.

Não sabia se ele se referia a ele e eu ou a ele e mamãe.

— Pode até ser verdade — falei. — E não sei o que eu teria feito se fosse você. Mas ela é a minha *mãe*. Eu desistiria do que quer que fosse por ela.

Com os ombros caídos, ele assentiu sem olhar na minha direção, apenas para o chão entre seus pés. Então ele ergueu o olhar para mim novamente.

— Você me odeia por isso?

— Eu não te odeio, pai. Eu te amo. Mas estive irritada com você.

— E agora? — perguntou.

— Agora eu só queria que pudéssemos ser honestos sobre o que tá rolando e o que pode acontecer comigo, mas você não aceita nem discutir isso. Eu tenho que viver sabendo que talvez acabe como ela e não tenho ideia do que devo fazer.

Papai olhou para o teto e balançou a cabeça.

— Você tá certa. Acho que se eu não falar sobre essas coisas e desejar com muita força, elas não vão acontecer com você. Ver a minha esposa se deteriorar e aí olhar para a minha filha e me perguntar se o mesmo vai acontecer com ela... Saoirse, eu não *posso* pensar nisso.

— Bem, você *tem* que pensar nisso, seu idiota egoísta! — gritei, o que o sobressaltou. Tentei recuperar a paciência. Podia dizer o que precisava sem berrar. — Você me deixou sozinha nessa. Me abandonou pra lidar com tudo por conta própria, e isso talvez tenha sido ainda pior do que o que você fez com a mamãe. Então, sabe, se você quiser que a minha irritação por você passe, pode começar agindo como se os sentimentos das outras pessoas importassem tanto quanto os seus.

Por um minuto, achei que ele fosse discutir. Parecia se alternar entre um monte de emoções de uma vez, todas se misturando em seu rosto.

— Me desculpa. Vou tentar melhorar — disse finalmente.

Não era perfeito e não resolvia tudo. Eu ia precisar de muito mais tempo para perdoá-lo, e a mim mesma. Mas eu sabia que ele ainda merecia ser feliz, mesmo que não fosse o pai perfeito e compreensivo dos filmes que eu queria que fosse.

— Não acredito que a palavrinha mágica com "D" saiu mesmo pela boca do Robert Clarke! Alguém me arranje uma plaquinha para que eu possa marcar a data e a hora para a posterioridade.

— Você é engraçadinha demais pro meu gosto, viu? — Meu pai riu. Foi bom ter quebrado um pouco a tensão. A risada dele foi diminuindo até parar e nós nos encaramos. Estávamos em um novo território. — E agora?

— Acho que agora a gente segue em frente, mas de modo diferente.

Papai me abraçou e não me soltou. Ele apoiou o queixo na minha cabeça.

— Sua mãe sempre vai ser minha família. Espero que você saiba disso.

Eu me sentia grata por isso. Não achava que nossa conversa tivesse tranquilizado nenhum dos sentimentos conflitantes de meu pai, mas ficava contente de perceber que ele tinha sentimentos conflitantes. Isso pelo menos significava que se importava.

Já estava de saída quando ele me parou falando novamente:

— Estou contente por você e Ruby terem voltado. — Sorriu. — Fiquei muito preocupado quando vocês terminaram.

Franzi a testa.

— Por que você ficou preocupado? Eu agi de forma completamente normal. Diferente do que rolou com a Hannah. Eu não fiquei chorando pelos cantos nem incapaz de me levantar da cama, ou essas coisas todas.

— Exato. Foi bizarro. Tive medo de que você fosse acabar que nem eu. Enterrando os sentimentos. Mas vejo agora que você não é nada desse jeito.

— Como assim?

— Você é capaz de falar dos seus sentimentos, mesmo quando é difícil. Mesmo que a conversa às vezes seja uma gritaria. — Ele sorriu para mim de novo. — Como você desenvolveu tanta inteligência emocional com um pai como eu?

— Acho que isso eu puxei da minha mãe.

37.

A cerimônia foi misericordiosamente curta graças a uma chuvarada. Meu pai e Beth haviam insistido para que o casamento fosse ao ar livre. A onda de calor que tinha percorrido o verão os havia levado a pensar que estavam a salvo do instável clima irlandês. Nós nos abrigamos debaixo da tenda principal assim que foi possível. Mas eles pareciam felizes, e eu queria ficar feliz por eles. Eu *estava* feliz por eles. Na maior parte.

Quando acabou, encontrei Ruby sentada com Izzy e Hannah. Estavam rindo quando me joguei numa cadeira ao lado delas.

Ruby beijou a minha bochecha. Estava linda em seu vestido verde-azulado com uma saia de muitas camadas, seu colar de rubi (falso) e o cordão de contas vermelhas enrolado ao redor do cabelo como se fosse uma bandana; e eu tinha que admitir que a monstruosidade cor-de-lavanda ficava muito bem em mim também. Tirei uma foto das três juntas. Com que frequência na minha vida eu teria namorada e ex sentadas na mesma mesa? Valia a pena recordar.

— Cadê o Oliver? — perguntei.

Hannah respondeu:

— Vi ele empurrando alguém pra uma moita por aqui.

— Eu tava explicando sobre o Morris — disse Ruby, inclinando a cabeça na direção do bar, onde ele bebericava uma taça de champanhe.

— É, me explica por que você convidou um velho aleatório? — quis saber Izzy.

— Não parece mesmo algo que você faria — acrescentou Hannah.

— O que posso dizer? Ela amoleceu meu coração. — Dei um tapinha no joelho de Ruby. — Sem contar que ele é divertido. Achei que fosse curtir a oportunidade de tentar se dar bem com alguma das senhorinhas na festa. — Pessoalmente, estava torcendo para que ele e a tia de Beth mandassem ver.

— Acho que ele já achou uma — devaneou Ruby, e todas olhamos de novo para o bar. Barbara havia se sentado de fininho ao seu lado e parecia que ele estava pegando uma bebida para ela.

— Até que a combinação não é ruim — concedi, dando um gole na bebida de Ruby. — Aposto que implode em umas duas semanas.

Izzy franziu a testa.

— Own, não, eles são tão bonitinhos!

— Dizer que idosos são bonitinhos é infantilizá-los — falou Hannah. Olhamos para Morris e Barb. Ele estava com a mão na bunda dela. — Espero que usem proteção — acrescentou com seriedade. — A clamídia está em ascensão entre a população mais velha.

Izzy se engasgou na própria bebida.

— Bom saber — disse.

Lá pelas dez da noite, a chuva passou, deixando para trás uma noite fresca e límpida. A tenda principal só tinha luzinhas piscantes e música brega. Eu comecei a murchar, minha energia drenada depois de um dia inteiro lidando com problemas: a questão do vestido e do meu pai, é claro, mas também de procurar pela daminha de honra perdida — que acabou sendo encontrada tirando uma soneca no hotel, debaixo de um piano — e também precisar colocar a tia de Beth na cama por volta das oito da noite, quando ela já estava trocando as pernas. Eu até aceitei relutantemente dançar a Macarena com Ruby porque ela insistiu que nunca fizemos o número cinco de nossa lista: coreografia de dança sincronizada. Precisei fazer uma nota mental de encontrar Oliver e destruir seu celular, pois tenho quase certeza de que ele obteve uma prova em vídeo.

Agora, todo mundo que ainda conseguia se manter de pé sem ficar torto estava na pista de dança curtindo um George Michael. Olhei de soslaio para Hannah quando reconheci as notas de abertura; ainda me provocavam uma pontada no peito, mas era suportável agora. Tive a impressão de que nossos olhares se encontraram, mas pode ter sido uma coincidência. Ela estava na pista de dança com Izzy, em uma coreografia exuberante que elas mesmas inventaram. Envolvia corpos sendo suspensos no ar e uma deslizada de joelhos no chão, e havia uma espécie de campo de força ao redor delas que não pareciam perceber. Tirei uma foto. Era uma sensação agridoce, como esse dia inteiro. Estava feliz por termos encontrado uma maneira de voltarmos a ser amigas, mas estava triste que as coisas não poderiam ser exatamente o que eram antes.

Encontrei Ruby sozinha, sentada de pernas cruzadas em um travesseiro assistindo às danças, seu vestido erguido ao redor das coxas e o que talvez fosse a sua terceira sobremesa acomodada no colo. Ergui a câmera.

— Não tira foto disso — disse ela, com a boca cheia de cheesecake.

— Você tá linda demais — falei num tom bajulador.

— Ah, tá bom então, sua galanteadora. — Ela esticou a língua coberta de cream cheese para mim, e bati a foto.

Estiquei a mão para ajudá-la a se levantar.

— Vamos dar o fora daqui.

Eu nunca havia ficado em um hotel, então me senti muito chique com o meu xampu minúsculo e calçadeira. O quarto era significativamente menor do que a suíte nupcial e a cama ocupava praticamente todo o espaço, então, quando entramos, poderia muito bem haver um letreiro em néon sobre a cabeceira com os dizeres: "Pessoas transam aqui." O colchão gemeu obscenamente quando me sentei e, de repente, me senti muito constrangida perto de Ruby.

Sem sofrer do mesmo problema, ela se esparramou na maior parte da cama, já zapeando pelos canais da TV.

— Tá passando *Amor à segunda vista*. Já viu esse?

— Acho que sim, na verdade. Mas não me lembro bem.

— Provavelmente é melhor assim. Hugh Grant e Sandra Bullock em seus auges. Devia ter sido incrível, mas é um dos poucos filmes da Sandrinha que não aguento assistir. Esse e o *Poção do amor número 9*. Não envelheceu nada bem, vai por mim. — Ela fez uma careta e trocou de canal.

Eu me aconcheguei perto dela e deitei a cabeça em seu ombro.

— Como você tá se sentindo? — perguntou Ruby, distraidamente fazendo cócegas em meu braço.

Sentimentos reais.

— Confusa. — Foi a primeira palavra que me veio à mente. — Eu tô feliz. Beth não é a pior pessoa do mundo e eu gosto do meu pai... quase sempre, então quero que seja feliz. Mais ou menos.

— Mas?

— Acho que isso me faz ter ainda mais saudades da minha mãe. Não consigo evitar a sensação de que nada disso deveria ter acontecido; de que tudo isso só rolou por causa da condição dela, o que é uma porcaria.

— Acho que tá tudo bem em você pensar assim. — Ruby beijou a minha testa. — Seria estranho se você estivesse cem por cento feliz. A situação é complicada demais pra isso.

Teria que estar tudo bem. Não conseguia perdoar meu pai por não fazer o tipo de sacrifício que eu queria que fizesse. Mas ainda o amava. Ele não era fraco nem estava errado — simplesmente não era o tipo de herói perfeito que a gente vê nos filmes românticos. Não havia cura para o que tinha destruído nossa família, mas eu ainda podia tentar encontrar algo de bom na nova. Eu, papai, mamãe, Beth e...

— E agora... — Hesitei. Ruby não *precisava* saber do que vinha a seguir. Ela nem estaria por perto para ver, e isso era algo bem constrangedor. Mas o negócio é: se eu quisesse que tudo o que falei no meu gesto grandioso fosse verdadeiro, precisava contar a Ruby. Tinha que ser honesta até o último dia. Então respirei fundo. — Beth tá grávida.

— Quê?!

Me encolhi quando ela gritou direto no meu ouvido. Mas meio que fiquei contente por eu não ter sido a única chocada com a notícia.

— Pois é. Sabe aquela fita nas costas do vestido? A Barb teve que costurar na hora porque os botões de cima não fechavam.

— Então ela ainda não fez o teste? Pode ser que não esteja, né?

— A Barb disse que Beth tá grávida e eu acredito na Barb. Ela é excêntrica, mas acho que talvez seja meio bruxa também.

— Obrigada por me contar — disse Ruby com seriedade, e a amei por perceber que eu estava fazendo um gesto grandioso, mesmo que parecesse bem pequeno na superfície. — Isso é algo imenso — acrescentou.

— Caso ela decida manter.

— Você acha que ela não vai? — Ruby brincou com a argola labial.

— Acho que vai, sim.

— E aí você vai ter um irmão.

— E tudo vai mudar. De novo.

— Eu amo ter o Noah. Sei que não é a mesma coisa, mas talvez você acabe até curtindo.

Tinha minhas dúvidas. Ficava imaginando se sequer ia dar a impressão de ser meu irmão de verdade quando seria tão mais jovem que eu.

— Tô muito contente por você estar aqui — falei, me esticando para beijá-la. A ideia tinha sido dar apenas um selinho rápido, mas ela abriu os lábios e logo estávamos nos beijando de verdade.

— Tô contente também — murmurou contra o meu pescoço quando nos separamos para respirar. Seu hálito deixou rastros formigantes em minha pele.

Já não me sentia cansada. Apoiei meu corpo no dela, de modo que ficássemos pressionadas lado a lado, e delicadamente fui beijando sua clavícula, deixando uma trilha de beijos leves e doces que subiam por seu pescoço. Quando alcancei a boca de Ruby, o beijo se tornou urgente e quente e com sabor de cheesecake de morango. Nossos membros ficaram ainda mais entrelaçados, desesperadoramente enroscados, sua coxa se tornou uma almofada entre as minhas pernas, e meu corpo pareceu totalmente fora do meu controle, tomado pela necessidade de me agarrar ao dela, de explorá-lo, ainda que de forma desajeitada. Quando ela exalou um gemido ofegante em minha orelha, a pele do meu corpo todo pareceu tensionar, deixando arrepios por meus braços e pernas.

Apesar disso, me afastei dela. Precisava ter certeza.

— Essa é a nossa última noite — falei, quase sem fôlego.

O voo de Ruby partiria no dia seguinte, de tarde. A família dela havia voltado no dia anterior para a Inglaterra e, embora eu soubesse que ela queria vê-los, egoistamente desejei que não fosse embora.

— Eu sei — disse ela.

— Tem certeza de que quer fazer isso mesmo? Se a gente não transar, não vai significar que nosso relacionamento foi menos real ou menos especial. Não vai mudar nada.

— Tenho certeza. — Ela sorriu. Um sorriso diferente do normal, do tipo que faz sensações brotarem de lugares íntimos.

— Porque, sabe, nas palavras de Heath Ledger: Eu te amo, gata.

— Gata? — provoquei.

Ela riu e então balançou a cabeça.

— Eu te amo — disse com seriedade. — Se você quiser, eu quero.

— Eu te amo — falei, e pensei em como era incrível que este momento fosse existir para sempre. Perfeito e imutável. Um momento no qual eu estaria para sempre perdidamente apaixonada por Ruby Quinn.

Então, caso você esteja se perguntando se "fizemos aquilo", se nós transamos: sim, transamos. Não foi nada como o que se vê nos filmes. E eu estava errada; mudava, sim, as coisas. Às vezes, as melhores sensações do mundo não duram para sempre. São explosões no corpo ou no coração ou nos dois ao mesmo tempo, e você sabe que nunca mais será a mesma pessoa depois daquilo, mas está tudo bem, porque sempre é possível construir algo novo em meio aos destroços.

38.

— **Oi, desculpa,** pode me dizer pra que lado fica a feira dos calouros? — Eu paro uma garota que vem andando na direção oposta a mim. Ela está com uma pilha de folhetos nas mãos e uns sete mil broches presos à camisa.

— Fica pra lá — diz a garota, apontando na direção por onde acabei de vir. — É só passar pelas portas duplas e aí virar à esquerda, não tem como errar.

Ao atravessar as portas, vejo um vilarejo de barracas improvisadas que se vergam umas contra as outras, repletas de tigelas de doces, fotografias de camaradagem universitária e folhetos coloridos com detalhes a respeito dos clubes e seus nomes no Twitter.

Prometi ao meu pai que ia tentar participar das coisas e que teria a experiência universitária completa, mas já estamos na segunda semana e ainda não fiz amizade com ninguém. Apesar de tantas mudanças às vezes me distraírem, ainda estou muito triste por causa de Ruby. Sinto saudades dela, mas isso é normal. Ou é o que repeti a mim mesma enquanto chorava a primeira semana toda, de cara no travesseiro e me lamuriando sobre como nunca mais amaria de novo.

Seria muito mais fácil fazer amigos se eu ficasse mais pelos corredores, e às vezes passa pela minha cabeça que recusar a minha vaga em Oxford foi um erro. Eu só precisava me expor mais e conhecer gente nova. É claro, papai ficaria para sempre confuso com o fato de eu ter recusado uma vaga na formidável Oxford para permanecer na minha cidade, fazendo um curso para o qual só havia me candidatado porque o professor de orientação vocacional me encheu o saco para ter opções diversas. Mas quando recebi o e-mail com as minhas possibilidades em faculdades irlandesas, essa vaga se sobressaiu; simplesmente parecia a certa. Agora me pergunto se uma parte do meu subconsciente já sabia de alguma coisa. Sem contar que a University College Dublin fica a apenas uma hora de casa. O mais importante de tudo é que eu consigo ver mamãe todas as noites. É difícil porque ela nem sempre está bem, mas gosto de saber que Hannah vai estar trabalhando lá ao longo de seu ano sabático. Às vezes meu pai e eu vamos juntos.

Fico vagando pelas mesas, mas nada realmente salta aos meus olhos. Sociedade vegana: foi mal, não consigo desistir de sorvete, cresci na praia. Mas, assim, arrasem com suas dietas com base de plantas! O Clube do Quadribol me faz me imaginar sendo derrubada por um garoto entusiasmado demais que não consegue controlar a própria vassoura. Ginástica de trampolim e corrida também estão fora da jogada. Não me esqueci da última vez em que tentei correr — saúde cardiovascular é superestimada. E é real mesmo que origami pode ser uma atividade em grupo?

Meu telefone vibra e eu o pego, caminhando para um espaço vazio longe da passagem das pessoas.

OLIVER QUINN: A INDOMÁVEL FERA DO DESEJO
Sei que não deveríamos nos misturar devido
ao seu status intelectual inferior, mas quer sair
pra beber essa noite depois da sua visita?

SAOIRSE
Todo mundo sabe que os alunos da Trinity são uns panacas esnobes. Como se sente voltando pra nave-mãe?

SAOIRSE
E topo sair pra beber. Posso perguntar pra Hannah se quer se juntar a nós depois do trabalho?

OLIVER QUINN: A INDOMÁVEL FERA DO DESEJO
Claro. E será que tem como ela chamar aquela amiga de novo? A bonitinha. Esqueci o nome.

SAOIRSE
Até parece que você não lembra o nome dela. Estava ocupado demais se derretendo todo por ela pra ouvir?

OLIVER QUINN: A INDOMÁVEL FERA DO DESEJO
Tanto faz. Dá teu jeito, Clarke.

Fico pairando sobre uma mesa colorida decorada com bandeirolas vermelhas e pretas, pensando em como é bizarro que eu esteja andando com Hannah sem que isso seja esquisito. Ok, digo, é um pouquinho estranho, mas estamos chegando a uma zona não esquisita que eu meio que gosto. Até conversamos sobre visitar Izzy em Cork em algum final de semana. Enfio a mão em uma tigela de pirulitos, me perguntando se precisava me inscrever para pegar os doces grátis, e acabo agarrando uma outra mão.

— Ai, Deus, desculpa — digo.

— Tá tudo bem. — Uma garota usando camisa branca e de cabelos escuros, com lábios cheios e cobertos de batom vermelho sorri de volta para mim.

— Roller Derby? — vocifera uma voz, e nós duas nos sobressaltamos.

De fato, a placa atrás da voz (que pertence a uma garota vestindo shorts, meia-calça rasgada e regata) anuncia "Roller Derby: Não precisamos de bolas".

— É... — Eu olho ao redor como se um portal pudesse aparecer de repente para que eu escapasse por ele. A Garota do Roller Derby tem um olhar intensamente agressivo e não acho que vá aceitar "Valeu, mas não" como resposta. — Pra ser sincera, nem sei o que é isso.

— É, nem eu — diz a garota de batom vermelho, e percebo que tem um sotaque nortenho. De Belfast, talvez?

Os olhos da Garota do Roller Derby se iluminam de um jeito que me faz pensar em uma bruxa que acabou de perceber que criancinhas estão comendo a sua casa de biscoito. Me arrependo de ter pegado o pirulito.

— Beleza, imaginem uma corrida de patins, em um círculo — diz, esticando uma das mãos. Ela ergue a outra mão.

— E a brutalidade do futebol americano, e aí... — A garota esmaga as mãos uma contra a outra.

Ela olha cheia de expectativa de mim para a Garota do Batom, esperando que exclamássemos com alegria que havíamos esperado por nossas vidas inteiras pela mistura dessas duas atividades.

— O seu tornozelo tá quebrado? — A Garota do Batom espia meio incerta por cima da mesa e é aí que vejo também: o pé da Garota do Roller Derby enfiado em uma daquelas botas de astronauta.

— Dá um tempo — ela zomba —, isso não é nada. Foram só uns pinozinhos. Caí torto quando tava na pista, e ainda assim consegui terminar duas jogadas com esse pé. Não vai demorar pra eu voltar pras oito rodas.

— Meu Deus, Betty! — diz a Garota do Batom do nada, agarrando meu braço. — A gente tá atrasada pra aula! — E me puxa para longe da barraca.

Dou um tchauzinho conciliatório para a Garota do Roller Derby, que estreita os olhos. Acho que murmura a palavra *fracote* consigo mesma antes de saltar em sua próxima vítima.

Virando a esquina na Sociedade Pirata, longe do desprezo da Garota do Roller Derby, fazemos uma pausa para pegar um brinde de tatuagem temporária de caveira com ossos cruzados. Isso me faz pensar em Ruby, e enfio uma no bolso para enviar a ela por correio.

— Será que a gente devia manter contato? Por Instagram ou algo assim? — perguntei em meio ao café da manhã continental e sorrisos secretos em nosso quarto de hotel, na manhã depois do casamento.

Ruby cutucava um folhado, os floquinhos se acumulando em seu prato embora ela não estivesse realmente comendo nada. Ela brincou com o piercing labial e jogou o cabelo de lado, fazendo o meu coração doer um pouco.

— Não sei se é uma boa ideia. Não quero ficar vasculhando as suas fotos e os seus comentários e me perguntando sempre que você adicionar uma menina se ela é a sua nova namorada. Se eu tiver a possibilidade de fazer isso, como vou seguir em frente?

— E mensagens de texto? — falei cheia de esperança, mas na hora em que as palavras saíram pela minha boca eu soube que era uma ideia ruim também. Começaria com um fluxo diário de mensagens que sairiam e voltariam sem parar. Então ficariam menos frequentes a cada dia que passasse, até pararem de chegar. Seria como tentar arrancar um band-aid milímetro a milímetro para que doesse menos. Não funcionava desse jeito. Então entendi quando ela sacudiu a cabeça.

— Podemos mandar cartas, como nos tempos de outrora — brinquei, mas minha risada saiu forçada.

Ruby não disse nada por um segundo. Então ela assentiu, os olhos brilhando.

— É sério? — falei, surpresa.

— Talvez não cartas. Não sei se isso seria melhor do que mensagens de texto. Não preciso saber dos detalhes sórdidos, mas me envie coisas. Uma foto de algo bonito que você viu, um poema que você leu e curtiu ou, sei lá, não precisa nem ser muito importante. Me manda uma amostra de perfume que você pegou numa revista. Apenas coisas da sua vida.

— Destroços da vida — falei.

— Exato. E se a nossa história não for uma comédia romântica, no fim das contas? — perguntou Ruby. — Essa parte não parece muito engraçada. Talvez seja um romance épico. Onde as heroínas se separam e os anos passam, mas um dia, no momento certo, elas se encontram de novo...

— No topo do Empire State Building?

— Pode ser. Ou, sei lá, num lugar bem mais barato de chegar.

— Na fila da bilheteria de uma roda-gigante?

Ela abriu um sorriso.

— Aí sim. Daqui a dez anos? — falou.

— Que tal em cinco?

— Combinado.

Levantei a bandeja do café da manhã, que estava posicionada entre nós na cama, e a botei no chão.

— Ainda falta uma coisa pra gente fazer — falei.

— Tem certeza? Acho que fizemos de tudo na noite passada — brincou Ruby.

— A gente nunca chegou a fazer a dança lenta.
— Você tem razão. — Ela assentiu.
Fiquei de pé na cama, instável sobre o colchão de molas, e estiquei a mão. Ela a aceitou, saltitando para cima, o ímpeto do colchão a lançando em meus braços. Com a outra mão, peguei o celular e dei o play na primeira música que apareceu na tela.
Nós giramos e nos balançamos com delicadeza ao som dos acordes cem por cento não românticos de "Eye of the Tiger".

— Meu nome é Veronica — diz a Garota do Batom.
— Sua ideia foi ótima, Veronica. Não sei mesmo se teria conseguido dizer não a ela.
— Acho que ela teria pedido que a gente assinasse com sangue se não tivéssemos dado o fora logo.
— É bem provável.
— Mas e aí, você tem nome? — instigou Veronica.
— Certo. Sim, tenho. Saoirse.
— Tipo a atriz.
— Não! Ela vive dizendo "Sur-cha", e eu sei que o nome é dela também e que tecnicamente ela tem o direito de pronunciar como quiser, mas o certo é "Sir-cha", e é ela quem precisa se acertar com o resto do país.
Veronica bate continência para mim.
— Sim, senhora. Nunca mais mencionarei aquela-que--não-deve-ser-nomeada.
— Bem, sendo justa, ela é mesmo um tesouro nacional irlandês. É só o lance do nome que é chato.
Paramos em uma barraca enfeitada com bandeiras arco-íris, e tento não perceber o meu coração acelerando um pouco quando Veronica marcha na direção dela para deixar

seu nome e e-mail na prancheta. Acrescento o meu nome e e-mail na lista, embora não tenha qualquer intenção de ir a uma reunião. A menos, talvez, que ela esteja lá.
Meu telefone vibra de novo.

PAI
Pode comprar morangos pra Beth
na volta pra casa?

PAI
PS: a internet tá dizendo que desejo por
morango quer dizer que vai ser menina.

Ele acrescenta um emoji de carinha assustada.

SAOIRSE
Muito científico. PS: vou contar pra
Beth que você usou emojis pra ser machista.

— Então, o que você tá estudando? — pergunto a Veronica, colocando o celular no modo silencioso conforme passeamos por mais barracas. Não estou mais prestando atenção aos nomes dos clubes.

— Artes cênicas — diz, esticando os dedos e balançando as mãos.

— Você quer ser atriz ou algo assim?

— As artes cênicas englobam mais do que a atuação — diz ela, e não parece ser a primeira vez que faz esse discurso. — As artes cênicas englobam narrativas, rituais, performance e teatro. É uma maneira de entender a experiência humana. — Os olhos dela brilham conforme fala, e quase fico envergonhada por estar diante de alguém que tem tamanha paixão por algo

e nenhum medo de mostrar isso. — E eu quero ser diretora — acrescenta, acanhada. — Tenho um problema sério com autoridade. As escolhas pra mim são: diretora ou ditadora.
— Bom saber.
Ela me olha de cima a baixo.
— Fotografia? — E aponta para a câmera pendurada no meu pescoço.
— Isso é só um hobby. Tô fazendo um álbum. De memórias, sabe? — Levanto a câmera, minha expressão perguntando se posso tirar uma foto dela. Veronica faz pose de pin-up dos anos 1950, com uma das mãos atrás da cabeça e outra em seu quadril empinado.
— Tá fazendo que curso, então?
— História.
— Então você quer ler sobre pessoas que morreram antes mesmo da gente existir — ela provoca, dando um empurrãozinho no meu braço.
Me permito pensar por um tempo a respeito do que isso significa para mim, para que as palavras saiam corretas.
— A história é quem nós somos — digo por fim. — O passado nos molda. Mesmo as partes de que a gente não se lembra.

AGRADECIMENTOS

Agradeço à minha família: à minha mãe, por me ouvir dizer as mesmas coisas sem parar, de um jeito como só uma mãe consegue. Ao meu pai, por me dizer desde os meus catorze anos que eu devia escrever um livro (e, só pra deixar claro, eu não escrevi só porque você mandou, mas valeu de qualquer forma). Obrigada aos meus irmãos Rory, Conor e Barry por existirem; aposto que agora vão contar às pessoas que vocês têm uma irmã.

Agradeço a Steph por tudo, incluindo — mas não me limitando a — a falação incessante, secar as minhas lágrimas e me zoar por ser tão dramática.

A Darren, pelo apoio técnico, estoque de trocadilhos e por me manter viva; você até que não é tão ruim, acho.

Às minhas editoras, Stephanie Stein e Chloe Sackur, minha infinita gratidão. Vocês são maravilhosas e divertidas, e este livro não seria o que é sem a habilidade, a perspicácia e a dedicação de vocês.

À minha agente, Alice Williams, que transformou meus sonhos em realidade. Agradeço a Allison Hellegers pelo trabalho duro e a Alexandra Devlin pelo dela também. Peço desculpas a ambas pela minha incapacidade de usar a função de "responder a todos" no e-mail.

Meus agradecimentos a todo mundo da HarperTeen: Louisa, que responde as minhas perguntas constrangedoras; Nicole Moreno e Jessica White, pela mágica em geral; Jenna Stempel-Lobell e Spiros Halaris pelos lindos design e arte de capa; e Meghan Pettit e Shannon Cox da Produção e do Marketing.

Agradeço à equipe da Andersen Press: Kate Grove, Jenny Hastings, Alice Moloney e a qualquer um a que Chloe talvez tenha perguntado se conseguia entender o termo "fazer um splish-splash".

E, claro, agradeço a todos de ambas as equipes que eu talvez nunca tenha conhecido ou ouvido falar, mas que trabalharam neste livro.

Ao coven, obrigada pelos chats e pelos momentos de apreciação ao Harry Styles. Agradecimentos especiais para Izzy, por ler meus manuscritos e acreditar em todos eles.

Agradeço à minha equipe de apoio peludinha: Heidi, Harry e Albus; eu, de verdade, não sei o que seria de mim sem vocês me implorando por comida, precisando se sentar em mim *imediatamente* ou latindo e miando enquanto eu estava tentando escrever.

À pessoa que talvez esteja lendo isso e pensando que eu deveria ter agradecido a ela e agora está mortalmente ofendida: foi mal. Você é, na verdade, a maioral, e vou dar um jeito de te compensar.

Finalmente, minha extrema gratidão a todo mundo que leu este livro. Escrever um livro que ninguém lê meio que dá a sensação de falar consigo mesmo. E, tipo, isso é bacana e coisa e tal, mas não é a mesma coisa que ter uma conversa com um ser humano de verdade. Então, obrigada por ser um humano de verdade.

**Confira nossos lançamentos,
dicas de leitura e
novidades nas nossas redes:**

 editoraAlt
 editoraalt
 editoraalt
 editoraalt

Este livro, composto na fonte Fairfield LT Std,
foi impresso em papel Pólen Natural 70g/m2 na gráfica BMF.
São Paulo, Brasil, junho de 2023.